나, 박문수

나, 박문수

지은이 이기담

1판 1쇄 인쇄 2015년 5월 1일
1판 1쇄 발행 2015년 5월 11일

발행처 도서출판 옥당
발행인 신은영

등록번호 제300-2008-26호
등록일자 2008년 1월 18일

주소 경기도 고양시 일산동구 무궁화로 11 한라밀라트 B동 215호
전화 (02)722-6826 팩스 (031)911-6486

값은 표지에 있습니다.
ISBN 978-89-93952-62-9 03810

이메일 coolsey@okdangbooks.com
홈페이지 www.okdangbooks.com

이 도서의 국립중앙도서관 출판시도서목록(CIP)은 서지정보유통지원시스템 홈페이지
(http://seoji.nl.go.kr)와 국가자료공동목록시스템(http://www.nl.go.kr/kolisnet)에서
이용하실 수 있습니다. (CIP제어번호: CIP2015011884)

조선시대 홍문관은 옥 같이 귀한 사람과 글이 있는 곳이라 하여 옥당玉堂이라 불렸습니다.
도서출판 옥당은 옥 같은 글로 세상에 이로운 책을 만들고자 합니다.

나, 박문수

이기담 지음

옥당

인간 박문수를 만나다

10여 년 전, 온달에 관한 글을 쓰면서 설화화된 역사 인물들을 살핀 적이 있다. 강감찬, 남이, 박제상, 김시습 등. 박문수도 이들 중 하나였다.

설화화된 인물들에는 고유의 특징이 있다. 그들은 모두 민중이 사랑한 사람이었다. 사람들이 만들어낸 이야기가 얼마나 많으냐를 그 인물에 대한 애정 척도로 본다면, 박문수는 단연 1위다. 이항복과 이황을 제치고 단일 인물로는 가장 많은 270여 편(《한국구비문학대계》에 271편 수록)의 이야기가 세상에 나와 있다. 귀신을 부리는 신출귀몰 도인이기도 하고, 미륵의 심부름을 대신하는 신인神人이기도 하며, 때로 어린아이의 훈수를 듣는 어리숙한 동네바보이기도 한 '어사' 박문수의 모습은 이런 이야기 속에서 탄생했다.

하지만 270여 편이나 되는 많은 이야기 속에 정작 박문수 본인의 모습은 없었다. 어사가 아닌 인간 박문수가 궁금해졌다. 그에 대한 탐구는 그렇게 시작되었다.

박문수는 서른세 살에 과거에 급제해 벼슬길에 나섰다. 경종 3년(1723)이었다. 이후 영조가 세제가 되었을 때 세자시강원 설서가 되어 영조와 공식적인 인연을 맺는다. 그의 인생에서 가장 큰 전환점이 된 시기는 영조 4년(1728)이었다. 이해 왕족이었던 이인좌가 일으킨 반란을 진압한 박문수는 종2품 경상도관찰사가 되었다. 초고속 승진을 한 셈이다. 또 그는 이 공으로 분무공신奮武功臣 2등에 책록되고 영성군靈城君에 봉해졌다. 이후 박문수는 관찰사와 예조참판, 어영대장, 형조판서, 호조판서 등 다양한 관직을 거치면서 영조와 더불어 한 시대를 이끌었다.

박문수가 처음 어사가 된 것은 관찰사로 초고속 승진을 하기 1년 전, 그의 나이 서른일곱이 되던 해였다. 이해 그는 영남별견어사가 되어 경상도 지역에서 활동한다. 박문수가 다시 어사가 된 것은 4년 뒤인 영조 7년(1731). 그는 호서어사가 되어 이 지역 관리들을 감시하고 백성들의 삶을 살폈다. 그러니까 박문수가 어사로 활동한 것은 모두 두 번, 어사의 활동 기

6

간이 대체로 3개월에서 6개월임을 고려하면 기간은 약 1년 남짓이다. 그럼에도 박문수는 600명이 넘는 조선시대 어사의 대명사가 되었다.

이런 어사로서의 명성은 그가 관직에 있으면서 펼친 여러 정책을 통해 더욱 공고해졌다.

그는 스무 살, 서른 살이 넘도록 시집장가를 가지 못하는 가난한 젊은이들의 혼인길을 열어주고, 군역으로 고통 받는 백성들을 위해 양반에게도 평등하게 군역을 물리자 주장한 혁명가였다. 재해로 고통받는 백성들을 위해서라면 나랏법을 어겨 탄핵받는 것을 두려워하지 않았으며, 굶어 죽어가는 백성들을 위해 문무백관의 녹봉을 깎자고 주장한 대인이었다. 어디 이뿐이랴. 그는 몸소 자신의 재산을 털어 굶주린 백성 살리기를 주저하지 않았다. 조선 팔도에 재해가 들면 규휼사로 앞장서 달려간 이 또한 그였다. 오죽하면 그의 정적, 노론이 다시 어사로 임명하려는 임금의 명을 막았을까.

박문수, 그는 백성들을 위해서라면, 나라를 위해서라면 두려움이 없는 사람이었다. 그는 영조에게 "임금의 탕평은 가짜에 지나지 않는다", "전하께서는 신하를 부리는 도리를 얻지 못했다"는 직언을 서슴지 않았다. 이에 영조는 "영성군을 사람들이 모두 광패狂悖하다고 말하지만 내가 홀로 그를 알 뿐이다"라고 말했다.

욱하는 성격 탓에 조정 대신들의 견제 대상이었고 학문이 부족하다고 영조의 '공부하라'는 닦달을 받아야했던 인물이지만 민생문제에서만큼은 탁월한 혜안으로 원칙과 소신을 지켜나간 개혁가였다. 그의 이런 모습에서 백성들은 희망을 보았고 그를 관리의 표상으로 삼았다.

이렇게 박문수의 삶을 살피며 '어사' 박문수를 드러내니 '나' 박문수가 드러났다.

이 세상 어딘가에 그가 있다면, 그는 나의 글에 어떤 마음일지, 나의 작업에 어떤 희망을 드러낼 수 있을지 궁금해졌다. 나는 그의 마음이 되어 보기로 했다. 그가 품고 있을 미진한 꿈에 대한 이야기들도 알고 싶었다. 그렇게 《나, 박문수》에 대한 과거 시점과 망자 박문수의 시점이 교차하는, 다소 색다른 구성의 소설이 시작되었다.

박문수의 묘는 충남 천안 은석산에 있다. 대강의 자료들이 모아졌을 때, 나는 고령박씨종친회 8대 종손 박용기 회장의 도움으로 그의 묘를 찾았다. 그가 내 안에서 말했다.

"나의 말을 하고 싶다."

박문수는 조선시대 영조 임금 시절 백성들의 영웅이었다. 영웅은 쉬이 죽지 않는다. 지금 우리에게도 그가 필요하다. 정치인의 비리 뉴스로 지친 우리에게 그는 여전히 영웅이다. 박문수의 삶이 불안과 혼돈이 가득한 시대에 작은 빛이 되기를 희망한다.

이생을 떠난 영혼이 하늘에서 아래를 내려다본다는 구성은 앨리스 세볼드가 쓴 《러블리 본즈》에서 영감받았음을 밝혀둔다.

긴 공백을 딛고 다시 작품을 쓸 수 있게 이끌어 주신 한가람역사문화연구소 이덕일 소장님과 졸고를 흔쾌히 받아 애써주신 옥당 여러분께 감사드린다. 또한 고령에도 손수 박문수의 묘까지 안내해주시고 자료를 내어주신 고령박씨종친회 박용기 회장님, 그리고 한가람역사문화연구소 김명옥 박사 연구와 원유한 외 연구자들 글에서 도움을 받았다. 감사드린다.

그리고 매 작품에 첫 독자가 되어주는 남편과 딸, 어릴 때부터 든든하게 버팀목이 되어주는 넷째 언니, 나를 이 세상에 있게 해주신 부모님. 어찌, 책을 낼 때마다 감사의 마음을 표하지 않을 수 있을까. 그분들이 있어 지금의 내가 있다.

이 기 담

차 례

쥐색 승용차가 경부고속도로를 달리고 있다. 작가가 운전
대를 잡고 있고 옆 좌석에는 나의 8대 장손이 앉아 있다. 내가
죽었어도 죽지 않았음을 증명하는 자. 세상의 생명은 이런 방
식으로 유지된다. 장손은 늘 그랬듯 이번에도 작가가 나에 관
한 작품을 준비한다는 말에 동행을 자처하고 나섰다. 모든 것
은 예전 같지 않다. 올해로 여든한 살이 된 그가 죽고 나면 나
를 궁금해하는 이들을 위해 시간을 내어줄 후손은 없을 것이
다. 사람들은 이제 조상 일에 관심이 없다. 산 자와 죽은 자의
거리는 멀어졌다. 세상이 변하는 것은 당연하다. 내가 살았을
때도 그랬고, 내가 살기 전에도 그랬다.

죽음의 기록도 경신되고 있다. 이곳 하늘정원[天苑]에서 나는 수없이 많은 죽음을 지켜보았다. 늘어나는 생명의 수만큼 죽어가는 생명의 수도 많아졌다. 인간은 이기심 때문에 서로를 죽이고 자연의 뭇 생명을 몰살시키며 감당 못 할 천재지변으로 죽어간다. 내가 겪었던 죽음들이 떠오른다. 나는 내가 목격한 죽음들을 작가가 써주었으면 좋겠다.

장손은 올해 들어 기억력이 부실해지는 자신을 걱정했다.

"저도 그래요."

그이가 친절하게 받아준다. 장손은 또 말한다.

"난 우리 영성군을 생각할 때마다 안타까워요. 사람들은 어사 박문수만 알아요. 옛날부터 그랬어. 지금도 그렇고. 영성군이 어사직을 수행한 건 얼마 안 되는데 말이에요. 작가 양반도 잘 알고 있겠지만. 난 진짜 우리 영성군 할아버지의 참모습이 알려졌으면 좋겠소."

"자료를 보니 회장님 말씀이 맞더라고요. 어사로 활동한 건 모두 합쳐 2년이 안 되는 거 같던데요."

"그렇다니까. 영성군께서는 어사 말고 관찰사로 있을 때와 판서로 계실 때 훌륭한 일을 더 많이 하셨어요."

작가는 이미 나의 이력에 대해 알고 있다. 나, 박문수에 대해.

그렇다. 나는 이들이 화제의 중심에 올리고 있는 당사자다. 250년 전에 살았던 역사 속의 그 인물. 지금 나는 하늘정원에 있다. 그대들과는 전혀 다른 공간인 이곳에서 수천 년 선조들이 지켜내며 살아온 땅, 내가 살았던 세상, 그대들이 삶과 죽음을 거듭하며 치열하게 살아가는 터전을 내려다보고 있다.

그대들은 이 소설에 등장한 내가 무척이나 황당할지 모르겠다. 나는 망자의 시각으로 펼쳐지는 내 이야기에 간여할 것이다. 망자이므로 모든 것은 가변적이다. 형체는 있으나 모습은 일정하지 않으며, 목소리는 있으나 그 소리 또한 변화한다. 나는 시간의 흐름을 인지하고 지속한다. 이를테면 영혼의 시간이라고나 할까. 해서 내가 쓰는 언어는 내가 살았던 18세기의 단어들에만 국한되지 않는다.

난 이곳에서 수백 년 동안 그대들을 '지켜' 보았다. 나는 내가 살던 당시에 이루지 못한 일들이 실현되는 것을 보고 싶다. 그렇다고 그대들이 추측하는 것처럼 무슨 일이든 가능한 신이한 존재를 생각하지는 마시길. 만나고 싶은 이가 있어도 만날 수 없고 내 의지대로 그대들 세상을 바꿀 수도 없다. 나는 단지 '생각'할 따름이다. 의지는 그저 의지일 뿐, 영향력은 제로다. 그러므로 내가 그대들 곁으로 내려가 무언가 하고 싶다는 나의 소망도, 이곳 하늘정원에서 생긴 나만의 개인적인 꿈도 직접 이룰 수 없다. 그러므로 누군가 나서줘야 한다.

그런데 한 사람이 나타났다.

그가 내 흔적을 찾아 다닌다.

후손의 말에 그가 고개를 끄덕인다.

"물론 어사로서도 정말 훌륭하셨지만……."

이것과 저것 사이에서 저것의 부각을 위해 자칫 이것의 가치를 부정하게 되는 우를 범하지 않을까, 장손은 조바심을 낸다. 작가는 어사 박문수의 많은 설화를 생각하다 강감찬부터 온달, 박제상, 김시습, 남이장군, 서산대사 같은 역사 인물들을 떠올린다. 고구려와 신라, 조선까지 산 시대는 다르지만 그들의 공통점은 많은 사람이 만들어낸 풍부한 이야기가 있다는 것이다. 학자들은 이걸 "설화화 되었다"고 표현했다. 작가는 예전 작품에서 이 인물들을 다룬 적이 있다.

설화를 연구한 학자들은 역사적 인물은 대체로 세 단계를 거쳐 설화가 된다고 보았다. 처음, 사람들은 역사적 사실을 토대로 이야기를 만든다. 이 단계에서 중요한 건 '사실'을 바탕으로 단지 이야기는 '확대'만 된다는 것이다. 그러나 다음 단계에 이르면 사실은 조금 달라진다. 사람들은 이제 사실에 신경 쓰지 않고 그들만의 이야기를 만들어낸다. 그들의 희망, 간절한 소망을 주로 담아서. 개국공신 아들인 강감찬 장군을 소금장수나 직업이 없는 이의 아들로 만들고, 키가 작고 보잘것없는 인물에 얼굴마저 얽은 곰보로 바꾸어 이야기를 만들어낸다. 그리고 마지막 단계로 이렇게 만들어진 이야기를 사실로 받아들인다. 변형된 사실을 통해 강감찬은 실존인물이 아닌 전설의 인물이 된다.

내 이야기 또한 그 전철을 성실하게 밟았다.

작가는 인기 있는 인물들의 공통점인 사랑, 희생, 애국 같은 의미를 생각하면서 어사 박문수의 핵심 키워드를 생각한다.

'그것이 무엇일까……?'

작가가 생각한다.

'그것이 무엇이지……?'

나, 망자 박문수도 생각한다. 나는 '직直'을 삶의 중심으로 삼고 살겠다고 결심했고 그렇게 살았다고 생각하지만 내 삶의 핵심을 그것으로 대변할 수 있는지는 자신이 없다.

장손이 말한다.

"영성군은 참 곧은 분이셨어요. 굽지 않고 부러지는 분이셨지. 그래서 고초도 많이 겪으셨고."

그러면서 덧붙인다.

"핏줄은 참 묘해요. 나도 영성군을 닮았으니. 나도 구부러지는 성격이 아니거든."

작가가 잠깐 고개를 돌려 장손을 본다. 자신이 본 박문수의 초상과 '닮았나?' 생각한다. 그러다 박문수와 장손과의 거리를 생각하고, 지나온 대代 수만큼 섞여든 외가를 생각하고, 남자 중심의 혈통에 대한 부적절함을 생각하다가 급기야 단군으로 시작됐을 한민족으로 생각이 확장된다. 단군으로 확장된 생각의 여정은 모든 인간의 경계를 허물어버리는 인류의 시원으로까지 거침이 없다. 작가는 제 생각의 질정 없음을 책망하며 분연히 현실로 돌아왔다.

작가는 다시 설화화된 나에 대해 골몰한다.

그것이 무엇일까? 그토록 오랜 시간 사람들의 가슴에 살아남아 끊임없이 변형된 이야기를 만들어내게 하는 어사 박문수 삶의 핵심은 무엇이지……?

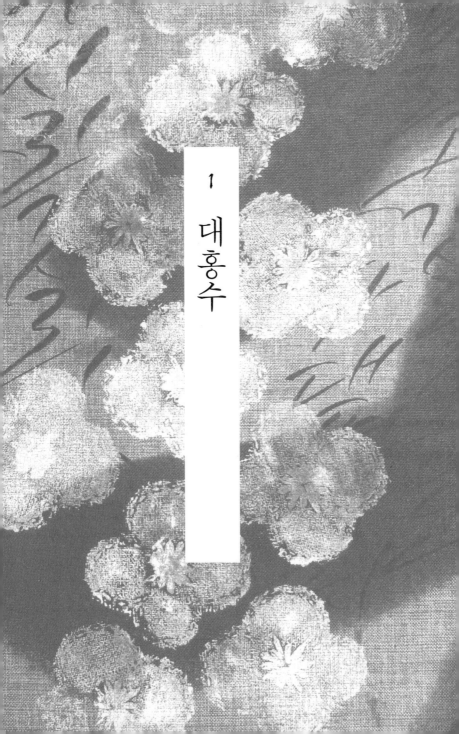

1

대홍수

날이 맑았다면 보름의 둥근 달이 떴을 밤이었다. 어제부터
금방이라도 앞산 머리에 얹힐 듯 낮게 드리운 검은 먹구름에
밤은 칠흑이었다. 그 칠흑의 어둠에 몸을 감추고 한 사내가 대
구에 자리한 경상 감영, 경상도 관찰사가 공무를 보는 선화당
으로 숨어들었다.

    남자가 물었다.

    "어떠하더냐?"

    서른 중반의 중후함이 담긴 목소리다. 사내가 대답했다.

    "짐작하신 대로입니다, 나리."

    낮게 깔리는 중저음의 굵은 목소리. 사내가 낮은 목소리로
남자에게 몇 마디 더 하자 듣는 남자에게서 신음이 새어 나왔
다. 사내의 말을 모두 들은 남자가 말했다.

"애썼다. 잘 지냈더냐?"

사내가 대답했다.

"그러합니다, 나리."

남자가 다른 사내 두 명의 안부도 이어 물었다. 그가 입에
담은 사내의 이름은 구복과 두석. 사내가 모두 나리 덕택에 잘
있다 대답하고 남자 곁을 물러나 어둠 속으로 사라졌다.

남자가 잠시 사내가 물러간 자리를 느끼듯 보다가 문밖을
나섰다. 남자가 방을 돌아 나와 번을 서고 있는 군사를 손짓으
로 불렀다.

"대구 부사와 도사를 들라 해라."

군사가 군기 든 목소리로 대답했다.

"예, 관찰사영감!"

군사가 관찰사영감이라고 부른 이, 그는 박문수였다. 6척에
조금 못 미치는 키에 다소 긴 얼굴, 단정한 이목구비. 기상이
느껴지는 용모다. 수염이 많지 않은 탓인가? 무신년 난을 진
압하고 공신이 된 사람이라고는 믿기지 않을 정도로 문신의
예리함이 더 느껴지는 얼굴이다.

그는 오늘 자신이 부리는, 좀 더 정확히 말하면 그림자처럼
따르는 흥복에게 수해의 근원지를 알아보게 했다.

영조 5년(1729), 거대한 빗물이 함경도를 휩쓸었다. 마을 뒷
산 봉우리에 검은 구름이 드리우는가 싶더니 이내 폭우로 변

해 내리기 시작했고, 곡우를 전후해 심고 가꾸어 제법 알이 실하게 영글어가던 온갖 농작물을 휩쓸고 가버렸다. 농작물만이 아니었다. 폭우는 강둑을 넘어 마을을 덮쳐 가축과 사람들도 함께 쓸어갔다. 그렇게 휩쓸려간 온갖 재앙의 증거들이 박문수가 관찰사로 있는 경상도 부근까지 떠내려온 것은 그로부터 불과 사흘 뒤였다.

재앙이었다.

새 임금이 왕위에 오른 뒤 계속되는 재앙이었다.

영조 즉위년(1724) 8월 30일, 경종이 재위 4년 만에 창경궁 환취정에서 승하한 지 6일째 되는 날 오시에 왕세제이던 연잉군이 창덕궁 인정문에서 즉위한 이래 한 해도 거르지 않고 계속되고 있는.

한 해에는 천둥·번개와 함께 온 이른 수재가 삼남 지방을 휩쓸었고, 다른 해에는 한재가 전국을 시들게 했으며, 이은 한 해에는 풍재·상재가 겹쳐 백성들을 죽음으로 몰아넣었다. 자연이 주는 온갖 재해는 영조가 임금이 되면서 겪은 일련의 일에 내리는 형벌과도 같아서 조선의 새 임금은 두려움에 떨었다. 왕은 재해를 입어 죽어가는 조선 팔도에 부지런히 어사들을 내려보내고 진휼사를 내려보냈다.

박문수 또한 2년 전, 계속되는 재앙 중에 처음으로 어사가 되어 경상도로 나갔다. 그러나 어명의 실행 결과는 언제나 마음 같지 않았다. 명은 대동소이했으되 조선 팔도의 상황은 같지 않았고, 명을 집행하는 관리들의 마음 또한 임금의 마음과 같지 않았다. 나라의 곳간은 굶어 죽어가는 백성들의 생명을 구제하기에는 턱없이 부족했다. 임금은 "장계를 보면, 마음이 상하게 되고 눈이 처참해진다"라고 말하면서도 왕위에 오르기까지 일어난 임인년의 정변에 집착했다. 왕은 경종 승하를 앞두고 자신이 한 행동에 씌워진 의문의 굴레를 벗고 싶어 했고, 그 목적을 향해 지체 없이 나아가고 있었다.

며칠 전 박문수는 경상도 최북단 해변 마을로 올려보낸 두석에게서 해변으로 가재도구며 가축들까지 떠내려온다는 보고를 받았다. 박문수는 떠내려오는 물건의 양이나 형태를 세세하게 물어 수해 정도를 파악했다. 그가 짐작하는 북도의 수해는 경각을 다투는 지경이 분명했다. 그러나 확인이 필요했다. 그래서였다. 흥복이 오늘 밤 몸을 숨겨 그의 방에 든 것은.

수해는 화재, 가뭄, 그리고 무서리의 재앙과 달라서 모든 것을 휩쓸어버린다. 화재의 재앙은 국지적일 수 있다. 가뭄과 서리의 피해는 비교적 시간적 여유가 있다. 그러나 수재는 지상의 모든 것을 한순간에 휩쓸어 버린다. 산을 무너뜨리고 제방을 무너뜨리고 강둑을 무너뜨리며 산천을 휩쓸고 산천에 기대어 사는 사람들의 집과 밭과 논을 쓸어 가버린다. 북도의 백성들은 목숨을 부지했다 해도 몸을 의탁할 집을 잃었을 것이고, 입을 옷이 없을 것이며, 무엇보다 먹을 음식이 없을 것이다. 그가 조정에 출사해 기사관으로, 예문관 대교로, 병조정랑으로, 도사로, 관찰사로, 그리고 어사로 경험한 나라 살림으로 미루어 볼 때 북도 제민창의 곡식으로는 하루 이틀의 위기를 모면하는 것이 고작일 터였다. 그 이상은 어림없었다. 박문수의 눈에는 고통받을 그들의 모습이 보이는 듯 선했다. 어사로 나갔을 때 지치도록 보았던 퀭한 눈, 앙상한 뼈, 의식마저 잃고 쓰러져 죽어가던 사람들의 모습, 그리하여 종내에는 아비가 자식을 죽여 먹는 참담한 광경이 생생했다. 마음이 급했다.

그는 불려 온 부사와 도사 그리고 판관과 중군에게 자초지종을 설명하고는 자신의 결정을 통보하듯 알렸다.

"기민창의 쌀 3천 석을 함경도로 보냅시다."

처음 반응을 한 이는 대구 부사 홍정이었다. 그는 처음엔 놀라다가 이내 반대로 일관했다. 박문수는 설득했다. 굶어 죽어 갈 사람들의 고통을 외면해선 안 된다고, 그것이 사람의 도리라고. 그러자 홍정은 물었다.

"떠내려온 물건이 많다 하여 사람들 또한 같은 지경에 처했다고 어찌 말할 수 있겠습니까?"

하지만 박문수는 그곳을 다녀온 수하가 있다는 말은 하지 않았다. 대신 미루어 짐작 가능한 일이라는 걸 입이 아프게 설명했다. 홍정은 동의하지 않았다.

"어찌 안 된다고만 하시는 게요?"

"안 되는 이유는 관찰사영감께서 더 잘 아시지 않습니까? 어찌 영감께서는 경상도 감영의 비축미를 조정의 허락도 받지 않고 북도로 올려보내려 하신단 말씀입니까? 이것은 권한 밖의 일입니다."

"조정의 허락은 후에 받으면 될 일."

"그래도 문책은 피할 수 없을 것입니다."

"허면 필시 굶어 죽어가고 있을 저 북쪽 백성들을 죽게 내버려두어야 한단 말이오?"

나지막이 달래듯 하대하고, 공손하나 힘을 주어 항대하며 이어지던 대화가 어느 순간, '쩡' 징을 치듯 파열음을 내며 터졌다.

"말해보시오. 죽게 내버려두어도 좋단 말이오?"

박문수가 참고 참던 감정을 터트렸다.

박문수는 이해할 수 없었다. 지금 이 순간에도 굶주림으로 고통받고 있을 사람들에게 어찌 마음이 가지 않는지. 그저 자기 자리만을 보전하는 게 삶의 목적인 자! 박문수는 분노와 함께 터져 나오려는 말을 간신히 참아 넘겼다.

"내 말은 그게 아니지 않습니까?"

홍정 또한 속으로 욕지기가 터질 듯 치미는 것을 간신히 밀어 넣으며 말했다. 그렇잖아도 자기보다 열댓 살이나 어린놈이 관찰사라고 내려와 온 경상도를 휘젓고 다니는 게 영 마뜩 잖던 터였다.

박문수는 작년(1928년) 이인좌의 난을 기회로 출세가도를 달리고 있는 물비린내 나는 소론 애송이였다. 오광운의 종사관으로 출전해 난을 진압하고 2등 공신에 책봉된 뒤, 단숨에 몇 단계의 품계를 뛰어넘어 종2품의 관찰사가 되었다.

재작년 박문수가 어사로 내려왔을 때, 홍정의 백부가 탐관오리로 몰려 삭탈관직되었으니 그에게는 원수가 따로 없었다. 게다가 그의 집안과 박문수는 노론과 소론, 함께 갈 수 없는 정적이었다.

박문수가 홍정의 태도를 물러서는 것으로 판단하고는 밀어붙였다.

"그러니, 보내도록 합시다. 나라 녹을 먹는 자로서 백성이 굶어 죽는 걸 지켜볼 수는 없는 노릇. 전하께서도 이는 원하는 일이 아닐 것이오. 자자, 촌각을 다투는 일이오. 우선 기민창에 있는 3천 석을 실어 보내도록 합시다. 다행히 우리 경상지역은 수해가 없어 보낼 수 있으니 이 얼마나 다행이오. 아니 그렇소? 하하."

그러나 홍정은 박문수의 의견에 동의할 마음이 없었다. 그에게도 나라의 정책을 수행하는 데 있어 나름의 원칙이 있었다. 무엇보다 나랏법을 따르는 일은 녹을 먹는 관리가 지켜야 할 철칙과 같다고 생각했다. 공연히 복잡한 일을 사서 할 필요도 없었다. 홍정은 곁에 있는 도사 김덕벌에게 눈짓했다. 김덕벌은 청풍 김 씨로 노론 집안이니 자신과 의견이 다르지 않을 것이라 여기면서. 그러나 김덕벌은 짐짓 그의 눈길을 외면했다.

"참으로 이해할 수 없습니다. 떠내려오는 걸 고스란히 보았을 강원도의 관리들도 가만있지 않습니까?"

홍정의 말은 일리가 있었다. 박문수가 알기 전 이미 함경도의 수해는 강원도에서 먼저 알았을 것이다.

"그쪽 사정이야 우리가 알 길이 없는 노릇이고. 우리는 우리가 할 일을 하면 될 일!"

박문수가 말에 힘을 주었다. 그러자 이제까지 별말이 없던 판관과 중군도 각기 제 의견을 말하고 나섰다.

"굳이 나서서 좋을 것이 없을 듯합니다."

"후에 관찰사영감이 문책을 받을까 염려됩니다."

두 사람의 응원을 받아 홍정이 이어 말했다.

"다시 말하지만 어찌하여 영감께서는 제 일도 아닌데 이리 문책받을 일을 나서서 하시는 겁니까?"

"무엇이라, 제 일? 사람 목숨 살리는 데 내 일 남 일이 어디 있단 말이오, 대체!"

박문수의 목소리는 고함에 가까웠다. 그가 목소리를 더 돋워 소리쳤다.

"문책이 두렵소? 나는 두렵지 않소. 죽은 목숨은 다시 살릴 수 없는 법!"

이것은 비록 나이는 적어도 관직이 높은 상관으로서 하는 말이었다. 박문수는 그들을 설득하는 일이 소용없는 일임을 깨달았다. 탄식이 절로 일었다. 아아, 세상에 사람 목숨보다 귀한 것은 없는 법이거늘, 세상 물자들은 필요한 곳에 필요한 때 안성맞춤으로 돌고 돌아야 제 의미가 있는 법이거늘.

'눈앞의 이익밖에 탐할 줄 모르는 밥버러지들!'

도사 김덕벌이 나선 건 이때였다.

"저는 관찰사영감의 명을 받들 것입니다."

홍정이 그를 바라봤지만 김덕벌은 그의 시선을 외면하며 덧붙여 말했다.

"관찰사영감의 말씀이 옳습니다. 사람은 살리고 봐야지요."

김덕벌은 사사롭게는 박문수의 아내 청풍 김 씨의 8촌이었지만 그의 명을 받아 일하는 직속 관리다. 청풍 김 씨가 노론이니 박문수 아내의 집안 또한 노론이었고, 그 또한 노론이었다. 박문수가 그를 향해 따뜻한 시선을 한 번 주고는 목소리를 돋워 명했다.

"대구 부사는 내 명만 따르면 그뿐! 지금 당장 기민창을 열어 3천 석을 실어 북도로 보내라!"

오호!

감탄이 터져 나온다. 감동해서는 아니다. 그가 나를 찾아온 뒤 나는 그이의 첫 문장을 기다렸고, 첫 문장에 대한 반응은 기다림이 길었던 만큼 감탄사일밖에!

그날 작가는 천안 은석산으로 나를 찾아왔다. 나의 정신이야 이곳 하늘에 있은 지 오래이나 나의 흔적은 그곳에 있다. 나는 이미 오래전 살을 버렸다. 남은 건 오래도록 사라지지 않는 내 몸을 구성했던 뼈와 머리카락뿐. 그럼에도 그곳은 나의 육신이 남아 살아있는 자들과 교신하는 단 하나의 장소다. 때마다 찾아오는 후손들이 올린 음식 냄새와 술 향기를 맡고 맛을 가늠하며 후손들의 정성을 느낀다. 서로 닿을 수 없는 단절이 존재하지만 그곳은 죽은 자와 산 자가 소통하는 가장 가까운 장소다.

작가는 다섯 번이나 쉬어야 하는 장손에게 내내 미안해 하며 나의 무덤을 찾았다. 장손은 말했다. 3년 전, 영성군 할아버지께 이제 다시 찾아뵙지 못할지도 모른다는 인사를 드렸다고. 작가는 장손의 많은 나이와 조상에 대한 그의 정성을 생각하며 경건한 마음이 들었다. 그러고는 내 무덤 앞에서 감격해했다. 어쩌면 내가 하늘에서 보내는 신호를 느꼈는지도 모르겠다. 산 자와 죽은 자의 시·공간은 다르지만 그 사이에 지극한 정성만은 통할 수도 있겠기에.

작가는 집에서 챙겨온 사과 한 알, 배 한 알, 곶감 다섯 개, 북어 한 마리를 진설했다. 재실에서 가져온 소주로 잔을 올리고는 깊고 낮게 그리고 길게 허리를 숙였다.

내가 그에게 관심을 두게 된 것은 그날 이후부터였다.

나는 작가의 동선을 따라 그의 집필실을 엿보았다. 이제까지 피를 나누거나 물려받은 가족이 아닌 다른 사람의 은밀한 곳까지 들여다본 일은 거의 없었다. 집필실은 흡사 벙커 같았다. 사람들이 떠나가기 시작한 재개발 지역의 낡은 건물 지하에 자리 잡은 집필실은 다섯 평도 되지 않는 작은 공간이었다. 그 공간 한 벽에 내가 있었다.

생각난다. 저 초상화를 그릴 때 의자에 앉았던 일이. 무신년 역모를 진압한 공으로 공신에 책봉된 것을 기념하기 위해서였다. 나는 두 마리 학과 구름무늬를 수놓은 흉배가 있는 초록색 관복을 입었고 허리에는 각대를 둘렀으며 머리에는 사모관대를 써 위엄을 과시했다. 나는 당시 유명한 화원의 말에 따라 두 손을 소매 속에 감추었고 위엄 있는 표정을 지으며 호피

가죽을 덮은 의자에 앉았다. 지금 내려다보아도 잘 그린 그림이다. 수염이 많지 않은 거 하며, 작지 않으나 길게 관자를 향해 뻗은 눈매, 곧게 뻗어 내린 코, 일자로 다문 입술까지.

초상화는 서른여덟 살의 젊은 나다. 승리가 주는 단맛에 취해있던 시절 내 모습. 무덤이 내 육체의 흔적이 지금 사람들과 소통하는 곳이라면 초상화는 생전 내 모습을 고스란히 그들에게 보여주는 거울과 같다.

1728년 3월에 이인좌가 주동자가 되어 일으킨 난은 지금 이곳 하늘정원에서도 수많은 생각과 감정이 들끓게 한다. 이 반란을 전후로 내 삶은 완전히 달라졌다. 내 삶뿐만 아니라 조선 정치지형이 바뀌었다. 소론과 노론으로 대표되던 당시의 세력구도에서 소론은 소론을 공격할 수밖에 없었다.

그때의 망설임과 갈등과 고뇌, 그리고 열정이 생각난다. 나는 이곳에서 내 삶을 마음속으로 수없이 되돌아봤다.

나는 작가가 1728년의 이 사건을 첫 문장으로 시작할 줄 알았다. 혹은 다른 이들이 그랬던 것처럼 어사로서의 활약상부터 시작할지 모른다 생각했다. 그런데 아니다. 작가는 내 삶 전반기, 일에 대한 열정으로 몸살을 앓았던 그 시절 이야기로 시작했다. 힘든 백성을 위해서라면 절차 따위는 아랑곳하지 않고, 법을 어김으로써 받게 될 처벌도 두렵지 않던 그때.

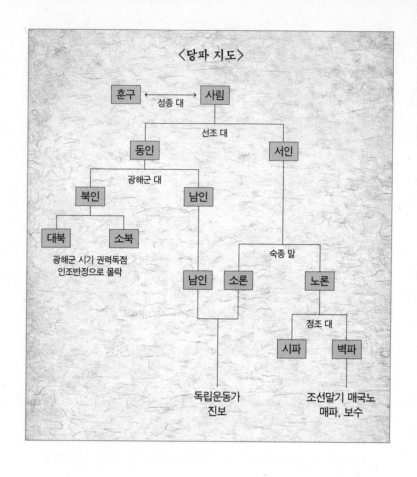

〈당파 지도〉

훈구 ←성종 대→ 사림

선조 대

동인 / 서인

광해군 대

북인 / 남인

대북 / 소북

광해군 시기 권력독점
인조반정으로 몰락

숙종 말

남인 / 소론 / 노론

정조 대

시파 / 벽파

독립운동가
진보

조선말기 매국노
매파, 보수

작가의 커다란 게시판에 노론, 소론이라는 글씨가 보인다. 작가가 만든 당파 지도와 등장 인물도도 보인다.

지도를 보니 당시 나도 분명하게 몰랐던 당파의 역사가 일목요연하다. 성종 대에 관료로 권력을 쥐고 있던 훈구파에 맞서 등장한 대항 세력이 사림이었고, 이것이 당파의 시작임을

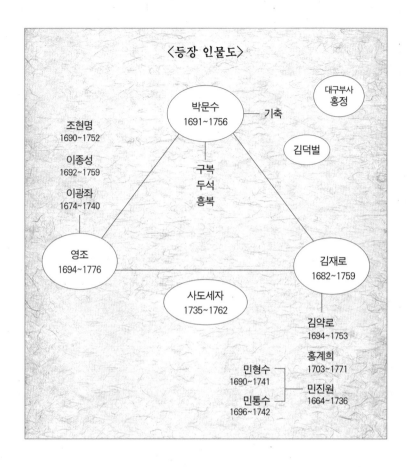

〈등장 인물도〉

박문수
1691~1756

대구부사
홍정

기축

조현명
1690~1752

이종성
1692~1759

이광좌
1674~1740

김덕벌

구복
두석
흥복

영조
1694~1776

김재로
1682~1759

사도세자
1735~1762

김약로
1694~1753

홍계희
1703~1771

민형수
1690~1741

민진원
1664~1736

민통수
1696~1742

작가는 적어놓고 있었다.

조선의 개국을 반대해 낙향한 이들의 후예가 사림이라는
사실을 작가는 알고 있을까 나는 궁금했다. 개국에 반대한 유
학자들은 낙향한 시골에서 새로운 농법을 받아들이고 간척을
주도하며 서원을 세워 주변 사람들을 가르쳤다. 긴 역사 흐름

에서 보면 사림의 등장은 조선 개국에 반대한 고려 후예의 등장인 셈이다.

나는 훈구파를 이긴 사림이 선조 재위 시에 동인과 서인으로 나뉘고, 동인은 다시 광해군 재위 시에 남인과 북인으로, 서인은 노론과 소론으로 나뉘는 당파 흐름도를 보다가 놀랐다.

- 소론 + 남인 → 독립운동가, 진보
- 노론 → 조선말기 매국노, 매파, 보수

이것은 성종 대부터 시작한 당파의 흐름이 2000년대를 사는 지금까지 그대로 이어지고 있음을 보여주고 있지 않은가? 물론 여기에 당파의 좋고 나쁨에 대한 가치는 적혀있지 않았다.

흥미롭다!

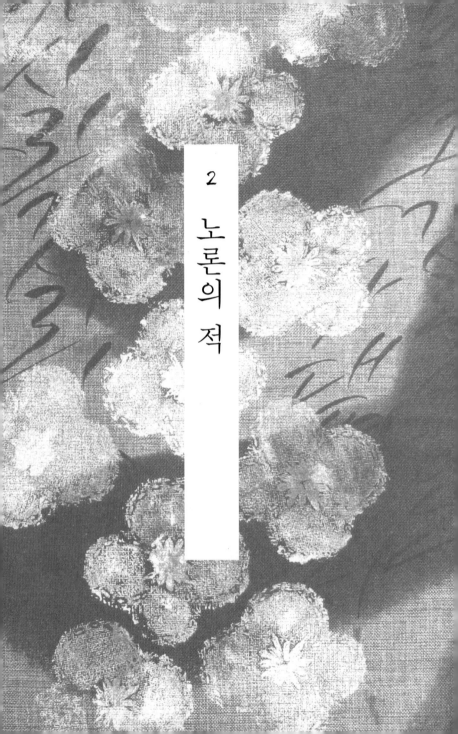

2

노론의 적

그날 밤, 박문수의 명으로 경상도 기민창의 쌀 3천 석이 수레에 실려 긴 행렬을 이루며 함경도로 떠났던 날 밤, 대구 부사 홍정과 도사 김덕벌이 감영에 딸린 취고수방에서 머리를 맞대었다. 홍정은 올해 나이 쉰이 된 중늙은이였고, 김덕벌은 스물이 갓 넘은 패기 넘치는 젊은이였다. 홍정은 하관이 빠르고 수염이 성기게 나 성정이 날카로워 보이는 반면 김덕벌은 이마가 넓고 얼굴이 갸름하며 눈빛이 분명하고 입술이 커 자못 대장부다워 보였다.

"어찌 찬성하였느냐?"

대구 부사 홍정이 나이 차이와 높은 직책, 그리고 같은 노론이라는 동질감에 기대 도사 김덕벌에게 하대했다.

"어차피 관찰사 고집을 막을 수는 없는 일 아닙니까? 어찌

면 공격할 좋은 기회가 될 듯도 하고 말이지요."

"좋은 기회?"

홍정이 생각지 못한 김덕벌의 말에 그의 말을 반복하며 시선을 멈추었다.

"좋은 기회라……, 좀 더 자세히 말해 보게."

김덕벌은 잠시 망설였다. 이 이야기를 홍정에게 해야 할지 말아야 할지 판단이 서지 않았다. 그와 홍정이 같은 노론이라고 해도 자신은 나름 은밀한 임무를 띠고 박문수 곁에 있었다. 그는 한양의 김약로와 김재로를, 그리고 자신의 8촌 누나인 박문수의 아내 청풍 김 씨를 떠올렸다.

김덕벌의 얼굴에 얼핏 어두운 그림자가 드리워졌다. 덕벌은 홍정의 표정을 살피며 말했다.

"제 말은 어찌 됐든 나라의 규정을 어긴 것이니 탄핵의 빌미가 될 수 있지 않겠는가 하는 것입니다."

"탄핵! 탄핵! 그렇지, 그렇지!"

탄핵, 이 얼마나 무서운 말인가. 홍정은 중앙 정계에 나아가지 않아 탄핵의 소용돌이에 휩쓸린 적은 없지만 탄핵이 얼마나 지난하고 치열한 논쟁을 불러일으키는지 잘 알고 있었다.

홍정이 껄껄껄, 소리 내어 웃었다. 관찰사 박문수가 함경도에 쌀을 보내자고 말했을 때, 그 불똥이 자신에게까지 튈까 염려했었다. 그런데 이제 한걸음 물러서서 생각해보니 그건 기우에 불과했다.

"허면, 상소는……?"

홍정의 머리가 재빠르게 돌았다.

"곧 소식이 조정에 전해질 것입니다."

그의 말은 소식이 조정에 전해지면 박문수를 물고 늘어질 노론 측 인사들은 줄을 설 것임을 암시하고 있었다.

"그렇지, 그렇겠지?"

홍정은 박문수가 받을 처분을 생각하니 절로 마음이 가벼워 춤이라도 추고 싶었다. 나서지 않아도 원수를 갚게 생겼으니 어찌 아니 기쁘랴. 원수는 내 손으로 갚아야 한다지만 백부의 일이니 꼭 갚아야 한다면 그건 백부 아들 홍계희가 나서는 게 더 맞는다 싶었다.

"헌데 말이야……."

홍정이 웃음기를 거두고 말을 시작하는가 싶더니 이내 생각에 잠겼다. 김덕벌이 그의 생각을 짚었다.

"어찌하여 관찰사는 하지 않아도 되는 일을 하는지……, 그게 궁금하십니까?"

홍정이 무릎을 치며 반색했다.

"내가 하고 싶은 말이 바로 그 말일세."

"저도 그게 궁금합니다."

행동이 궁금한 것이 아니라 박문수의 본마음이 궁금했다.

주위에서 만난 노론 인사 모두 박문수의 그런 행동이 과잉 충성에서 나온 것이라고 말하지만 1년 동안 박문수를 곁에서 보필하면서 그는 다른 것을 느꼈다. 자기 이익을 탐하는 자의 행동에는 계산에서 나오는 망설임이 있고 행동에 일관성이 부족하기 마련이나 박문수의 행동은 언제나 거침이 없었다. 그것이 그의 마음을 불편하게 했다.

"과잉 충성인 게야."

해답을 얻은 것처럼 홍정이 말했다.

"굶어 죽어가는 백성을 위한다고 하지만 그렇다고 제 재산을 털어 돕는 것도 아니고, 임금에게 잘 보이려고 하는 짓이지."

그에게는 백성의 목숨을 생각하는 박문수의 안타까운 마음조차 임금을 향한 연극처럼 생각되고, 박문수의 튀는 행동은 임금의 뒷배를 믿고 하는 것으로 보였다. 한양에서 멀리 떨어진 시골에 살고 있다고 해서 그가 박문수와 임금 영조의 관계를 알지 못하는 것은 아니었다. 그러자 그의 마음속에서 슬그머니 불안이 고개를 들고 일어섰다.

"헌데 말일세. 관찰사영감에 대한 성심이 아주 남다르시다고 하던데. 아는가?"

김덕벌은 얼마 전 박문수의 명을 받아 한양에 갔을 때 만났던 김재로의 말을 생각했다.

"어디 관찰사영감뿐이겠습니까? 작년 이인좌 일당을 진압한 소론 모두에게 성심이 남다르십니다."

"허허, 말이 그렇게 되나?"

그때 김재로는 말했었다. 소론을 향해 있는 임금의 마음을 돌려야 한다고. 그들 또한 역심을 품고 반역을 일으켰던 이들과 한 뱃속인 소론에 불과하다는 것을 아시게 해야 한다고. 그날 수없이 오고 갔던 말 중 김덕벌이 이해할 수 있는 것은 분명한 편 가르기, 그리고 그에 따른 선과 악의 구별이었다. 그들에게 노론은 내 편, 소론은 상대편, 그리고 노론은 선, 소론은 악이었다.

그에게 분명하게 각인된 건 또 있었다. 소론 여러 인물 중에서도 박문수는 특히 경계해야 할 인물이라는 것. 이 명이 그 증거였다.

"박문수의 행동거지 모두 낱낱이 살펴 기록하고 보고하라."

그러니까 김덕벌은 노론 대표 가문인 청풍 김 씨 가문이 박문수의 아내 집안사람이라는 핑계로 은밀하게 붙인 간자인 셈이었다.

그 시간, 박문수는 장계를 쓰기 위해 대구 감영 자신의 집무실 서탁 앞에 앉아있었다. 날은 찌는 듯이 더웠다. 북도로 몰려간 비구름은 여전히 그곳에 머물러 있었지만 언제 방향을 바꾸어 경상도를 덮칠지 알 수 없었다. 그렇게 되면 자신이 다스리는 경상도가 수해를 당할 수도 있는 일이었다. 그러나 그것은 어디까지나 예상일 뿐, 오지 않은 일을 미리 걱정할 필요는 없다고 생각했다.

대구 부사며 어린 도사며 판관에 심지어 중군까지 반대하고 나선 일을 밀어붙였지만 이 일이 가져올 면면이 예상되지 않은 것은 아니었다. 무엇보다 가장 먼저 예상되는 일은 노론의 탄핵이었다. 대구 부사 홍정이 반대 이유로 내세웠던 것처럼 정해진 나랏법 절차를 어긴 것은 박문수의 잘못이었고 이는 그들에게 자신을 공격할 좋은 빌미가 될 것이다.

박문수는 이광좌를 생각했다. 자신의 외삼촌이자 스승이자, 온건파 소론의 영수. 조현명도 떠올랐다. 영조의 세제 시절, 나란히 인연을 맺어 둘도 없는 친구가 된 이. 이종성의 높은 목소리도 들릴 듯 생생했다. 이종성은 아버지를 일찍 여의고 외가에서 살아야 했던 그에게 친구이자 함께 자란 외종제이자 경쟁자였다.

'아, 스승 이광좌는 오늘 나의 행동을 무어라 판단할까?'

'이종성은? 또 나를 나무라겠지?'

그래도 조현명은 잘했다고 칭찬부터 먼저 할 거라고 박문수는 생각했다.

탄핵.

서른세 살 늦은 나이에 과거에 합격해 출사하기까지 그가 들은 탄핵 상소의 위력은 그저 풍문에 지나지 않았다. 세상 모든 일이 그러하듯 목전에 제 일로 경험하지 않은 이상, 모든 일은 남의 일이요, 재미삼아 하는 이야깃거리였다.

어떤 일이 빌미가 되었든 한 번 시작된 탄핵은 반드시 끝을 보아야 마무리되었다. 탄핵을 올린 자가 죽든 귀양을 가든 삭탈관직을 당하든 혹은 탄핵을 당한 자가 상소에 쓰인 일을 인정하고 그에 합당한 벌을 받든.

이제 머지않아 자신의 일이 조정에 알려지면 상소는 시작될 것이다. 그는 안다. 그들의 문장은 화려하되 치밀할 것이고 죄를 향한 채찍은 가엾이 잔인할 것이다. 상소 속에 그의 진심은 흔적이 없을 것이며, 진심은 되레 죄를 위한 행동으로 왜곡될 것이다.

아아, 말의 무서움이여!

아아, 의중의 잔인함이여!

아아, 목적의 치밀함이여!

그러나 박문수는 후회하지 않았다. 두렵지도 않았다. 임금 영조는 오직 백성들을 살리고자 한 자신의 진심을 의심하지 않을 것이다. 분명 그리할 것이다.

그가 붓을 집어 들어 첫 문장을 써 내려갔다.

'신 경상 관찰사 박문수가 성상께 아뢰옵니다.'

장계의 제목을 쓴 그가 잠시 붓을 멈추었다.

어둠이 짙어진 북촌의 너른 길 위로 사람들이 모여들고 있었다. 교자를 타고, 혹은 말을 타고, 혹은 걸어서. 움직임은 하나같이 여유로웠으나 표정은 사뭇 진중했다. 교자의 행차에도 벽제(지위가 높은 사람이 지나갈 때 하인이 잡인의 통행을 금지시키는 일) 소리는 없었다. 그들은 떠난 곳은 달랐으나 가는 곳은 같았다.

그들의 목적지는 열 칸, 혹은 사십 칸이 넘는 너른 기와집들이 모여 있는 북촌의 한 집, 노론 영수 민진원의 집이었다.

민진원의 집은 노론 영수라는 위세에 맞게 북촌에서도 가장 전망 좋은 곳에 자리하고 있었다. 집에는 오십 명이 넘는 하인이 함께 기거했고, 수십 명의 식객이 무예와 풍월을 주고받으며 지낼 정도로 넓었다.

제일 먼저 민진원의 집 솟을대문 앞에 도착한 이는 홍계희였다. 서른을 넘기지 않은 젊은이답게 그는 따르는 종자 없이 혼자였다. 그는 박문수가 관찰사로 가 있는 경상도 대구 부사의 사촌 조카였으니 홍정이 말한 것처럼 그에게 박문수는 아버지를 곤경에 빠트린 원수인 셈이었다. 아직 그는 과거에 급제하지 못한 백면서생에 불과했다. 그럼에도 그가 오늘 이 모임에 참석할 수 있는 것은 가문의 후광 덕이었다. 그가 솟을대문 앞에 놓인 돌계단에 발을 올려놓자마자 기다린 것처럼 대문이 열리며 하인이 뛰어나와 맞았다.

홍계희의 뒤를 이어 당도한 이는 감청색과 청색, 녹색 옥석을 보기 좋게 번갈아 엮어 만든 끈 달린 갓을 쓰고 유록색 도포에 도홍색 술띠를 두른 김재로였다. 올해로 마흔 중반을 넘어선 그는 네 명의 사내가 둘러맨 평교자 위에서 흔들리며 다가오는 민진원의 너른 집 규모를 가늠했다. 가늠하는 작고 가는 눈빛이 매서웠다. 전체적으로 호방한 느낌보다는 조밀하고 세밀한 모사꾼의 인상이었다. 넓게 자리한 눈썹이 짧으나 굵었으며 긴 인중 아래 입술은 얄팍하게 오므라져 있었다. 인중과 턱 아래로 난 수염은 성글었다.

"멈추어라."

길을 잡아왔던 김재로의 하인이 솟을대문 앞에 이르자 교자꾼들에게 명했다. 사내 넷이 무릎을 꿇어 교자를 바닥에 내렸다. 그러자 이번에는 대문 안에서 비단옷으로 멋을 낸 사내 둘이 나와 맞이했다. 민진원의 큰아들 민형수와 둘째 아들 민통수였다.

"어서 오십시오."

둘은 김재로에게 정중히 인사했다.

"잘 지냈느냐?"

민진원의 뒤를 이어 노론의 중심축이 될 재목들이었다. 그들을 바라보는 김재로의 시선에 따뜻함과 믿음이 묻어났다. 민형수와 민통수가 나란히 가마에서 내리는 김재로를 안내해 대문 안으로 들어갔다.

그들이 이토록 김재로를 극진히 맞이하는 것은 그가 노론에서 차지하는 위치 때문이었다. 김재로는 민진원의 여흥 민씨에 이어 노론을 이끌고 있는 또 다른 중요한 가문 청풍 김씨였고, 청풍 김 씨의 노론 인사 중에서도 기질이나 학풍에서 단연 뛰어난 인물이었다.

오늘 일은 김재로가 청을 넣어 이루어진 일이었다. 그는 며칠 전 박문수가 조정의 허락도 없이 경상 구휼미 3천 석을 함경도로 올려보냈다는 소식을 전해 들었다. 3천 석이 함경도 백성들에게 가져다줄 기적 같은 일은 듣고 보지 않아도 예상할 수 있었다. 박문수, 그가 어사로 나가 사람들 가슴에 심어 놓은 감동과 희망의 변화들을 돌이켜 본다면.

종사관으로, 감사로, 관찰사로 그가 보인 행보는 기존의 관리들과 달랐다. 특히 어사 박문수의 행보는 그로서는 상상할 수 없는 일이었다. 기존 어사들 누구도 그와 같은 이는 없었다.

그가 보기에 박문수는 민심을 얻는 자였다. 그는 박문수가 두려웠다. 온건 소론파의 거두 이광좌도 두려웠고, 조현명과 이종성 같은 소론 인물들도 두려웠다. 그들의 순수함이 무서웠다. 순수함이 가진 무모한 열정도 두려웠다. 그리고 그런 소론을 탕평이라는 이름 아래 조정에 들이는 임금의 속마음을 알 수 없어 답답했다.

"소인이 안내하겠습니다요."

하인이 몸을 굽혀 앞서 계단을 올라갔다. 김재로가 흐흠, 큰 기침으로 응대하고는 그를 따라 대문 안으로 들어섰다.

하인이 김재로를 안내해 들어간 곳은 열두 대문 중 네 번째 문을 지나 자리한 안사랑이었다. 김재로는 들어서며 안사랑에 내걸린 현판을 보았다.

'복영당復榮堂이라, 영화로움을 복원한다⋯⋯.'

숙종 대부터 겪은 파직과 귀양, 그리고 복직을 반복하며 지금에 다다른 주인의 염원이 고스란히 담긴 현판이었다. 그가 현판의 의미를 생각하고 있는데, 그를 향해 누군가 나섰다.

"인사 올립니다. 담와라는 호를 쓰는 홍가 계희입니다. 아버님이 참판 우자 전자를 쓰십니다."

김재로가 홍계희를 한눈에 훑어보며 그의 인사를 받았다.

"허면 그대의 모친은 대사헌 이상의 여식이시겠구만."

홍계희가 놀랍고 감읍한 몸짓으로 말을 받았다.

"그러합니다, 대감!"

그때 복영당 문이 열리며 수염이 하얗게 센 사내가 앉은 채로 소리를 질렀다.

"들어오시게. 내 몸이 불편하여 버선발로 나가지 못한 걸

넓은 아량으로 이해해 주시고!"

민진원의 목소리는 쉿소리를 담고 있었다. 김재로가 선 자리에서 그를 향해 예를 갖추었다. 이 집 주인이자, 노론의 영수 민진원이었다.

"자자, 안으로 들어오시게. 모두 모이기 전에 지리산에서 올라온 올봄 작설차를 마시며 먼저 얘기를 들어 보세나."

그에게 전갈을 넣으며 박문수에 관한 이야기는 하지 않았으므로 민진원은 아직 그가 하려는 말이 무엇인지 알지 못했다. 하지만 그들은 둘만의 시간을 갖지 못했다. 김재로가 안사랑인 복영당 안에 들어가기도 전에 사람들이 연이어 들어섰기 때문이었다.

모두 열한 명이 들어앉은 방안은 그들의 체온으로 후끈했다. 민진원이 모여 앉은 사람들 한 명 한 명에게 눈길을 주며 말했다.

"늦은 시간에 오시느라 수고가 많았소이다."

민진원이 말끝에 괴로운 기침을 뱉어냈다. 지난봄부터 앓은 해소가 여태 낫지 않고 있었다.

"시간이 늦었으니 소소한 안부는 뒤에 듣기로 하고, 쿨럭쿨럭!"

민진원 곁에 앉은 아들 민통수가 재빨리 명주 수건을 꺼내 그에게 내밀었다. 민진원이 입가를 닦고는 다시 말했다.

"오늘 내가 이리 함께하자 한 것은, 흐흠!"

민진원이 김재로를 바라보았다.

"말씀을 먼저 하시겠는가?"

김재로가 고개를 숙여 보이고는 입을 열었다.

"내가 오늘 여기 모인 분들과 이야기 나누고 싶은 것은 기은 그자 얘기를 해야겠다 싶어서……."

막상 얘기를 꺼내놓고 보니 김재로는 박문수에 대한 자기 생각이 너무 앞서나간 것이 아닌가 하는 의구심이 들었다. 의아해하는 이들의 표정을 보니 더 그랬다. 그러나 그는 박문수를 알게 된 후 가졌던 자신의 예감을 믿어보기로 했다.

"박문수? 영성군 박문수 말인가?"

민진원이 확인하듯 박문수가 공신이 되어 영조로부터 받은 칭호까지 덧붙이며 물었다.

"그러합니다, 대감. 지금 경상도 관찰사로 가 있는 자."

김재로는 박문수가 함경도에 보낸 경상도 구휼미 3천 석에 대한 이야기를 풀어놓았다. 반응은 대체로 그가 예상했던 대로였다. 무모한 자라며 조롱하는 사람, 어이없다며 당장 상소를 올리겠다는 사람, 그런 자가 관직에 있는 것은 말도 안 된다는 사람까지. 그러나 정작 자신이 가장 염려하는 부분, 박문수가 사람들 마음에 남길 영향을 지적하는 이는 없었다.

"이유를 말씀해보시게. 단순히 탄핵하자는 말은 아닌 듯싶은데."

역시 민진원은 노회했다. 사람과 사람 관계에서 서로의 위치 인식을 가장 먼저 정확하게 할 줄 아는 사람, 그리고 지금 상황의 뿌리를 들여다보고 다가올 미래까지 조망할 수 있는 폭넓은 시야를 가진 사람.

"그렇습니다. 아직 구휼미를 받은 북도 백성들 일이 전해지지 않았습니다만 그자가 민심을 얻도록 방치해서는 안 될 듯합니다."

순간 방안에 모인 이들 모두 숨을 멈춘 듯했다. 민심. 그 말이 박문수라는 인물과 연결되어 이야기될 줄 상상하지 못했다. 민진원이 깊이 신음했다.

침묵을 먼저 깨고 나선 건 조관빈이었다.

"제가 생각하기에 그건 그리 염려할 일이 아닌 듯합니다만."

송징계가 그 뒤를 이었다.

"이 몸 또한 그리 생각합니다. 백성들이야 주면 좋아하고 덜 걷으면 춤을 추는 족속들이 아닙니까?"

그러자 이번엔 김약로가 나섰다.

"그렇습니다. 박문수 그자가 하는 짓은 나라의 귀중한 재물을 내어 제 명망을 높이는 것에 불과한 일, 상소로 그자의 죄를 엄히 물게 하면 될 것이라 여겨집니다만."

김약로의 말에 홍계희가 성급하게 나섰다.

"영감의 말씀에 천 번 만 번 동감합니다. 그런 자는 조정에 발을 못 붙이게 만들면 되는 일 아니겠는지요? 제가 앞장서겠습니다. 뭐든 하명만 내리시지요!"

홍계희는 당장에라도 박문수의 목을 베어 올 기세였다. 김재로가 손바닥으로 제 앞에 놓인 다탁을 탁하고 내리쳤다. 그러고는 곧 민진원을 향해 그런 자신의 행동을 이해해달라는 듯 고개를 숙여 보였다. 민진원이 눈을 한 번 감았다 뜨는 것으로 그의 의중을 받아들였다. 김재로가 조용해진 좌중을 훑어보고는 입을 열었다.

"자왈 족식족병민신지의라 하였소! 자왈 자고개유사민무신불립이라 하였소!"

족식족병민신지의足食足兵民信之矣 자고개유사민무신불립自古皆有死民無信不立(식량을 풍족하게 하고 군비를 충분케 하며 백성의 신망을 얻어야 하고, 자고로 죽음은 있기 마련이나 백성의 신망을 잃으면 존립할 수 없다). 논어 안연 편에 나오는 대목이다. 그들 모두 이를 잘 알고 있었다. '백성의 신망을 얻지 않고서는 나라가 존립할 수 없다!'

불교의 나라 고려를 닫고 유교를 정치철학으로 삼아 조선을 연 이래 비록 왕권강화와 신권강화 사이에서 권력의 추가 시소를 타 왔지만, 그 모두 나라의 근본인 백성을 위한 일이 되어야 한다는 점에서는 이견이 있을 수 없었다. 물론 이상을 알고 잊지 않는 것과 그것을 실천하는 것은 또 다른 문제다. 그리고 살면서 생기는 많은 욕망 중에서 무엇을 첫째로, 어떤 것을 다음으로 하느냐에 따라 삶의 방향과 모습은 달라진다. 이상은 멀고 희로애락이 들고나는 일상은 미시적이어서 벗어나기 어렵다.

소론과 노론의 정치 이념 차이는 여기에 있다고 해도 과언이 아니었다.

'권력을 쥐지 않은 한 백성을 잘살게 하는 정치도 그들을 바른길로 인도하는 정치도 할 수 없다.'

이것이 김재로, 그가 정치에 임하는 태도였다. 이런 태도는 훈구에 맞서 사림이 등장하고 사림이 동인과 서인으로 나뉘고 다시 남인과 서인으로, 노론과 소론으로 변화하는 가운데 서로가 서로를 죽여야 사는 절체절명의 상황에 놓이게 된 노론의 정치 목적이기도 했다.

"나는 박문수 이자의 문제를 매우 심각하게 보고 있소이다."

김재로의 말은 민진원이 아니라 민진원을 제외한 방안 사람들에게 향했고, 노론 전체를 향한 말이기도 했다. 그는 알고 있었다. 정치에서 민심은 어쩌면 성심보다 무섭다는 것을.

"알고 있소이까? 박문수 그자가 어사로 나가 벌인 일들이 백성들에게 어떤 반향을 일으키고 있는지?"

어떤 상황이든 관심이 있는 자에게는 그것이 하나의 사건일 수 있으나 관심 없는 자에게는 흘러가 버리는 바람 같은 것이다. 주목하는 자는 준비할 수 있으나 그렇지 않으면 닥쳐올 상황에 대처할 수 없다. 김재로가 걱정하는 것은 이것이었다.

"말씀을 해 보시게. 내가 모르는 것이 있는가?"

민진원이었다.

"경상도에서는 이미 박문수가 신의 가호를 받는 사람이라는 말이 돌고 있다 합니다."

"신의 도움이요?"

김약로가 어이없어하며 되물었다.

"경상도 궁벽 한 곳에서는 석상까지 세워 이미 신으로 모시는 이들도 있다고 하고. 이제 함경도 주민들에게 박문수는 그런 인물이 될 것이외다."

홍계희가 불끈 주먹을 쥐고 나섰다.

"그자들 또한 처벌해야 합니다. 사사로이 미신을 믿는 일은 엄연히 국법으로 금하는 일이 아닌지요!"

민진원이 나섰다.

"자자, 허면 어찌하는 것이 좋겠는가? 생각해 놓은 것이 있을 듯싶은데."

김재로가 말했다.

"제가 염려하는 건 박문수의 행동이 비단 박문수 한 사람의 일로 받아들여지지 않을 거라는 것입니다."

"허면?"

"백성들은 소론 전체의 일로 받아들일 것입니다."

김재로는 노론과 다른 소론의 인식과 행동에 대해 덧붙였다. 비로소 방안 사람들이 김재로가 무엇을 염려하는지, 그들 또한 어떤 것을 염려하고 준비해야 하는지 알아차렸다. 김재로가 대처할 방법을 물으며 앞으로 일의 순서를 생각했다.

목적이 분명할수록 단결은 쉽게 이루어진다. 큰 정의에 목마른 자들은 작은 것을 소홀히 하기 쉽다.

홍계희가 나섰다.

"제 아버님께 들으니 박문수 그자는 성질이 급하여 말이 가볍고 행동 또한 경망하다 하더이다."

민진원이 홍계희의 말에 고개를 끄덕이며 말했다.

"성질이 성한 자는 그 성한 성질 때문에 흥하기도 망하기도 하는 법. 그것 또한 우리에게는 좋은 빌미가 되겠구만."

김재로가 모든 말을 종합해 일의 선후를 정했다. 민진원이 말했다.

"박문수를 탄핵할 이를 물색하시게."

이어 그는 이광좌를 비롯한 조현명, 이종성, 송인명에 대한 탄핵 빌미를 찾는 일도 게을리하지 말라 일렀다.

"헌데 말입니다. 박문수 그자에 대한 탄핵 상소를 올린다고 해도 성상께서 가납하시겠습니까?"

"나도 그 소문을 들었습니다. 대체 성상과 박문수 사이에 어떤 일이 있었던 건가요?"

하지만 그들 누구도 박문수와 영조의 관계를 알지 못했다. 임금이 왜 그토록 박문수를 보호하는지.

"중요한 건 성상은 우리가 왕으로 만들었다는 것이야. 흐흠!"

민진원이 목에 걸린 가래를 걷어내며 품에서 무언가를 꺼내 들었다. 서찰이었다.

"우선 회람 하시게."

민진원이 오른쪽에 앉아 있던 김재로에게 서찰을 건넸다. 김재로가 봉투를 벌려 안에 든 것을 꺼내 펼쳤다. 가로변과 세로변이 각각 두 자가 조금 넘는 종이에는 글자가 빽빽하게 쓰여 있었다. 방안에 모인 사람들 시선이 일제히 글을 읽어 내려가는 김재로의 얼굴로 모여들었다. 부챗살의 시선을 느끼며 글을 읽어 내려가던 김재로의 표정이 한순간 굳어졌다.

"이것은!"

김재로가 민진원을 보았다. 민진원이 고개를 끄덕였다.

"이것은 성상께서!"

그 말에 방안에 모인 사람들이 일제히 말했다.

"어찰?"

민진원이 담담한 표정으로 천천히 고개를 끄덕였다.

"읽어보시게."

김재로가 눈길을 다시 어찰에 두어 읽기 시작했다. 임금 영조가 내린 어찰의 핵심 내용은 이러했다.

'그대들은 짐의 말을 새겨들으라. 나는 그대들을 잊지 않고 있다. 그대들 또한 나를 잊지 마라.'

이외 내용 대부분은 선왕 경종 대에 임금이 겪은 불편부당함에 대한 것이었으며 탕평에 대한 임금의 소신을 설파한 것이었다. 내용을 모두 읽은 김재로가 어찰을 곁에 있는 김약로에게 건넸다. 다 읽은 김약로가 이번에는 곁에 있는 조관빈에게 건넸고 다시 어찰은 송징계에게 옮겨졌다.

그렇게 회람한 어찰은 다시 민진원의 손에 옮겨졌다. 민진원이 곁에 놓인 등불 쪽으로 어찰 쥔 손을 움직였다.

"이것은 어명이네."

민진원이 그렇게 말하고는 어찰을 등불 가까이 가져갔다. 그때 김약로가 다급하게 나섰다. 김약로는 김재로와 같은 청풍 김 씨 문중으로 2년 전 증광문과에 병과로 급제하여 승문원정자 관직에 나가 있었다.

"태워 없애는 건 언제든 할 수 있지 않겠는지요."

민진원의 손이 등불 앞에서 멈추었다.

"탕평을 최우선으로 천명하고 있는 임금입니다."

민진원과 김재로의 표정이 살짝 굳어졌다. 김약로의 말은 듣기에 따라 임금을 믿어서는 안 된다는 말이기도 했다. 민진원이 어찰 쥔 손을 내렸다.

"성상을 의심하는 것인가?"

민진원이 물었다.

"제 말씀은 그러니까…… 임금이 된 지난 5년을 돌아보자는 말입니다."

김약로의 말에 김재로가 나섰다.

"만휴당 말도 일리가 있습니다 대감. 이런 어찰을 소론에게도 내리지 않았다고 어찌 장담할 수 있겠습니까?"

"음…….."

민진원이 신음하며 깊은 생각에 빠져들었다. 사실 지난 5년 동안 임금 영조가 보인 행보는 노론에게 기회이자 위기의 반복이었고, 그 행동의 진위를 파악하느라 그의 마음은 지쳐있었다.

나는 하늘정원에서 그만 그이에게 등을 돌린다.

'성질이 급하여 행동이 경망스럽고 말이 거칠다.'

얼굴이 화끈거린다. 그게 나다. 노론 측에서 쓰긴 했어도 그게 살았을 때 나였음을 부정하지 못하겠다. 작가는 《조선왕조실록》에 실린 기사들을 확인한 뒤 나의 모습을 그리고 있다.

예조참판 박문수가 상소하여 이르기를, "신은 본래 어리석고 광포하여 걸핏하면 문득 제멋대로 행동하였는데, 다만 천지의 함용涵容을 입어 아직 성명을 보존할 수 있었습니다. 이로 말미암아 감격하여 마음에 품은 것은 반드시 진달했었습니다."

《조선왕조실록》 영조 9년(1733) 11월 28일

임금이 말하기를, "영성군의 이와 같은 기습氣習을 사람들이 거칠다고 하지만 나는 당직하다고 생각한다."

《조선왕조실록》 영조 9년(1733) 12월 19일

임금이 말하기를, "영성을 사람들이 광인狂人이라고 말하지만 나는 홀로 광인이라고 말하지 않는다. …… 영성은 직간直諫을 하니 칭찬할 만한 일이다."

《조선왕조실록》 영조 10년(1734) 7월 2일

"……그때 연석에서 주문하는 것이 이처럼 자질구레하고 참람한 사건들이 많았는데, 박문수의 경우에 이르러서는 혹은 그 목소리와 얼굴빛마저 거칠어지기도 하고 혹은 쓸데없는 우스갯소리까지 섞기도 하여 전혀 공경하거나 삼가는 기색이 없었다. 그리고 미관말직의 통색 문제로 임금 앞에서 진달하기에 이르렀으나 속마음은 병판을 아울러 중상하는 것 같았고, 또 감히 죄인을 위하여 원통하다고 일컬으면서 사사로이 기록한 글을 가지고 임금에게 올리려 하였으니, 이것을 듣는 자들이 해괴하게 여겼다." 《조선왕조실록》 영조 11년(1735) 2월 14일

이것이 살았을 적 나의 '생얼'이다.

기사관을 역임했던 나는 안다. 대전에서 일어나는 모든 일은 두 명의 사관에 의해 낱낱이 기록되어 역사가 된다. 두 명의 사관은 각각 내 행동과 말을 나누어 살피며 기록했을 것이다. 성질을 참지 못해 파르르 치 떨었던 눈꺼풀의 진동마저도 그들은 기록하고 싶었을 것이다. 아아, 나는 망자가 되어서야 기록되는 글의 냉정함과 사실의 선명함에 두려움을 느낀다. 역사의 저 냉혹한 진실 앞에 옷깃을 여며 잡는다.

작가는 글을 쓰고 버리기를 반복하며 틀을 잡아나간다. 그렇게 얻어진 지금의 이 글, 언제 또다시 버릴지 알 수 없다.

작가의 글은 내가 경험한 사실과 다르다. 세부적인 사실로서 나를 소망한 내 꿈은 애초부터 불가능하다는 것을 작가의 작업을 지켜보며 알아간다.

내겐 선택권이 없다. 기억하는가? 처음 내가 했던 말, 사실로서 나를 되찾고 싶다는. 이제 나는 그것이 불가능하다는 것을 알겠다. 역사적 사실은 작가가 해석하는 새로운 시각이며, 그가 찾아내는 의미대로 전혀 다른 이야기가 된다. 하늘정원에서 살아낸 지난 시간을 끝없이 반추한다고 해도 마음이 적지 않게 이상하다. 뭐라 한 마디로 딱 꼬집어 말할 수 없다.

나는 입 나팔을 만들어 그들을 부른다.

"이 보시게, 게 있는가?"

이곳, 저승의 공간 하늘정원의 목소리는 메아리를 만들지 않는다. 역시나 가장 먼저 응답하는 이는 오천이다.

"종형! 또 실없는 농지거리를 하려 부르는 겐가?"

이름은 이종성. 어릴 적 아랫도리 꺼내놓고 오줌발 세우기 내기를 하던 한 살 어린 나의 외종제. 그 시절 내기에서는 어김없이 내가 이겼었다.

"또 그 타령을 하려 부르는 건 아니겠지, 기은?"

슬쩍 농을 얹어 말하는 이 사람은 조현명이다.

"귀록 이 사람, 왜 또 하면 안 되는가? 이제 더는 들어주지 않을 셈인가?"

이곳에서도 살았을 적 그 시절의 풍습대로 호를 이름 삼아 그를 부른다.

조현명의 다른 호 녹옹보다 귀록이 지금도 나는 좋다. 귀록

이 주는 치자 빛으로 물든 석양과 그 석양을 등에 지고 긴 목을 하고 서 있는 사슴의 이미지는 내밀하게 품고 있는 그의 일면 같다.

"더는 안 되지. 내 살았을 때도 자네의 그 거칠고 침척한 말에 아주 질리다 못해 진저리가 난 사람일세. 기억 안 나시는가? 오죽하면 내가 전하께 자네의 추고를 청하였겠는가?"

기억한다. 벼슬길에 나아가 조정에서 내가 받은 무수한 참소와 무고, 그리고 추고의 청들. 그 대부분은 노론에 의해서였으나 간혹 귀록과 오천도 내게 벌주기를 임금께 청했다.

"내 그때 일만 생각하면 자네들을 다시 볼 생각이 없으이."

"그러신가? 허면 안녕히 계세요. 기은."

"나 또한 바이바이일세."

저 아래, 21세기식 단어를 사용한 유머를 오천이 한다. 하하하 귀록이 웃고, 나 또한 허허허 웃는다. 한바탕 웃음이 하늘 정원에 가득 찬다. 오천 이종성과 귀록 조현명, 그리고 나, 기은 박문수. 살아서도 그리고 죽어서도 함께하는 인연은 우주의 인연이다.

"시기를 하는 겐가?"

"시기라? 그럴 리가. 내가 자네보다 벼슬을 못했나, 인물이 못하나, 기집을 덜 품었나."

조현명이 자기 자랑을 하며 나를 놀린다. 일리 있는 말이다.

인정한다. 귀록 조현명은 살아생전 일인지하만인지상의 자리까지 올랐으니 임금을 모시며 만백성을 편안케 하리라는 원대한 포부를 품고 벼슬길로 나간 사대부로서 그는 승자다. 나는 죽어서야 영의정에 올랐다. 일명 추증. 그건 죽었기에 가능한 벼슬이라는 의미다. 살아서는 할 수 없었던 벼슬. 나는 안다. 33년 동안 나의 주군이었던 영조는 내가 죽자 애통한 심정을 드러내며 나를 영의정으로 추증하라 명했다. 그러면서 영조는 다음과 같이 덧붙였다.

"애석한 것은 영성군의 벼슬이 재상에 그친 것이다. 이것이 어찌 된 연유이겠는가? 자신보다는 당黨을 곡호曲護한 때문이었다."

곡호曲護. 마음을 다해 당을 보호한다는 말이다. 임금의 이 말에 동의할 수 없다. 나의 당 소론을 저버리지 않은 것이 문제였다면 오직 노론이라는 당파만을 위해 백성의 삶마저도 외면하며 삼정승으로 부귀영화를 누린 자들에 대해서도 대등한 말이 있어야 한다.

나 또한 농으로 그의 말을 받는다.

"그걸 자랑이라고 하시는가?"

오천이 나선다.

"기집이라면 내 귀록보다 한 길 위였지 아마."

"오죽하시겠는가, 오천!"

어사로 나가서도 부사며 현감이 넣어주는 기생들을 마다하지 않고 품은 것도 모자라 그 소회마저 글로 남겨 놓기를 주저하지 않은 오천이 아닌가. 지금 이 순간 저 아래 남자들도 계집 많이 품은 걸 자랑으로 삼는 일이 많으니 그 시절 공인된 관습을 거스르지 않은 것이 무에 잘못이라 할 수 있으랴 싶다. 그렇지만 그때도 지금도 나는 왠지 그런 마음을 자랑삼아 얘기하는 오천이 곱게 보이지 않는다. 시간과 에너지가 한정된 삶에서 식욕이든 색욕이든 권력욕이든 도를 넘치는 욕망은 다른 건전한 소망들을 갉아먹는다.

"죽은 뒤의 명성을 감히 견줄 수 있느냐, 지금 그 자랑을 하고 싶은 게지, 영성군께서는 그러니까!"

오천이 나를 놀린다. 그 또한 살아서 영의정에 올랐다.

"허면 오천은 살아서 일인지하만인지상의 자리에 오른 자와 죽어서야 오른 자를 어찌 한 자리에 올려 논할 수 있으리, 이 말을 하고 싶은 건가?"

"암 자랑할 만하지. 아니 그러한가? 하하하하."

조현명도 덩달아 나를 놀린다.

"암암, 오천 말씀이 맞지, 맞아!"

"이 사람들, 삼정승 좀 했다고 편먹어서 날 놀리는 겐가!"

한바탕 신 나는 놀이가 지나갔다. 시기라는 감정마저 유희로 삼을 수 있는 관계. 하지만 나는 안다. 살아생전 벼슬의 높

낮이는 중요하지 않다. 소용도 없다. 이 친구들 또한 그걸 안다.

이곳에서 과거는 의미만 남는다. 나는 몸을 돌려 작가의 작업실을 내려다본다. 그리고 다시 어제 들여다보았던, 오늘은 조금 달라진 흐름도를 본다.

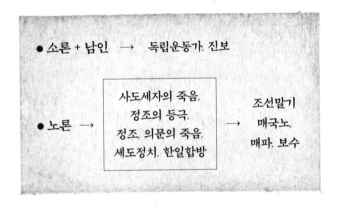

●소론 + 남인 →   독립운동가, 진보

●노론 →   사도세자의 죽음,
            정조의 등극,
            정조, 의문의 죽음,   →   조선말기
            세도정치, 한일합방   매국노,
                                      매파, 보수

사도세자, 그 이름에 칼에 베인 듯 고통이 스친다. 죽기 전까지 나는 그가 세자란 호칭으로 추존 받을 줄 상상하지 못했다. 그는 내가 죽기 전 늙은 아내와 어린 두 아들만큼이나 이승의 발목을 붙잡는 가슴 아린 존재였다. 그러나 내가 모셨던 임금이 자기 아들을 그토록 잔인한 방법으로 죽일 것이라고는 생각조차 못했다. 고구려 유리왕이 아들 해명태자를 자결하게 한 일은 있었어도 뒤주에 스물여덟 장성한 아들을 가두어 굶겨 죽일 임금이 있을 줄 누가 상상이나 했을까.

나는 세자의 죽음을 보지 못했다. 얼마나 다행스러운지. 지금처럼 하늘정원에서 지켜볼 수밖에 없었다면 지옥을 향해 내 영혼의 날개를 접어버렸을지도 모르겠다.

내 삶의 마지막, 다시 돌이키고 싶지 않은 참담했던 때, 내가 누렸던 영광과 삶의 의미마저도 사라지게 만든, 그래서 결국은 나 스스로 죽음을 향해 뚜벅뚜벅 걸어가게 한 그때를 생각한다. 일어나는 세상 모든 일은 처음과 끝이 있기 마련이고 전체는 시작과 끝을 함께 보아야 가능하다.

'무엇이 잘못되었는가?'

그때도 생각했었다. 죽음을 향해 한 발 한 발 다가가며 되짚고 또 생각했었다.

'무엇이 지금 상황을 만들었는가?'

영조에 대한 믿음과 배신감으로 고통스러워하던 그때가 떠오른다. 나는 감정의 시소를 타다 배신감의 고통에 당혹해하며 눈을 감았다. 그리고 이곳 하늘정원에 자리 잡은 뒤, 다시 생각했다. 죽음의 순간까지 내가 놓쳤던 게 무엇이었는가 하고.

어쩌면 여섯 살 어린 세자에게 양위를 선언했던 영조의 정치적 행동에 더 일찍 주목했어야 했는지 모른다. 사도세자의 고통에 가슴이 저리다.

"그나저나 오늘은 또 무슨 말을 하고 싶어서 이리 불러대었는가?"

조현명의 말에 나는 등을 돌려 다시 작가의 작업실을 내려다본다. 조현명과 이종성이 내 시선을 따라 작가의 작업실이 있는 동네를 내려다본다. 그러고는 지금과 옛 말투로 각각 묻는다.

"저긴 어디?"

"뭘 보고 있었던 겐가?"

나는 망설인다. 저 아래 작가의 존재를 이 친구들에게 알려야 할지 생각을 늘려 하면서.

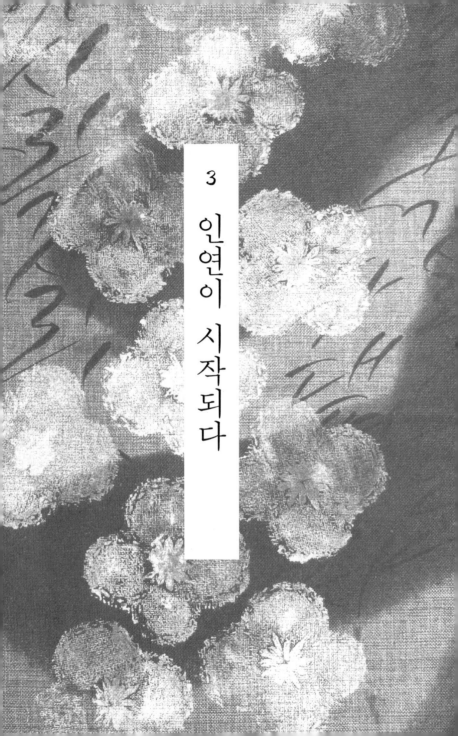

3

인연이 시작되다

이유를 밝히지 않은 임금의 갑작스러운 호출은 언제나 팽팽한 긴장감을 불러일으킨다. 박문수는 어제 초저녁, '은밀하게 즉시 대궐로 입시 하라'는 임금의 비밀 어찰을 받았다. 함경도로 쌀을 실어 보내고 장계를 올린 것이 그제 낮이었으니 임금은 장계를 받지 못한 채 밀서를 내려보냈을 가능성이 컸다.

　박문수는 세상 모습이 어둠에 뭉개져 하늘과 땅의 경계만이 드러나는 해시 초입에 길을 나섰다. 어사로 출정하는 것도 아니고 새 부임지에 부임하는 것도 아니어서 어릴 때부터 그림자처럼 따르는 가노家奴 기축이는 떼어놓았다. 항상 주변을 맴도는 세 명의 심복에게도 알리지 않은 채 혼자 말 위에 올라 밤을 달려 대궐에 도착했다.

　"전하, 신 경상 관찰사 박문수, 어명을 받잡고 한걸음에 달려왔사옵니다."

용안을 보지 않은 몇 개월 사이 임금의 위엄은 한층 더 높아 보였다. 박문수는 엎드려 영조에게 예를 갖추었다.

"몸은 괜찮은가?"

임금 영조가 박문수에게 물었다.

"전하의 하회와 같은 성은을 입사와 이렇듯 건강하옵나이다."

여기까지는 의례적으로 오가는 인사였다. 영조가 어좌에서 일어나 박문수 곁으로 내려섰다. 박문수는 임금의 손에 들린 상소를 보았다. 박문수가 고개를 숙여 예를 갖추었다. 박문수는 임금이 이토록 다급하게 자신을 불러올린 일이 무엇일까 궁금했으나 묻지 않고 기다렸다.

하지만 임금의 말은 예상과 달랐다.

"경상도 상황은 어떠한가?"

박문수는 하고픈 말을 먼저 하기로 했다.

"신, 어제 전하의 하명도 받지 않고 일을 하나 처리하였사옵니다. 장계를 올려보냈사온데."

영조가 박문수의 말을 끊으며 나섰다.

"아직 받지는 못하였으나, 이걸 읽어보라."

영조가 들고 있던 상소를 내밀었다. 박문수가 받아 읽어 내려갔다.

정언 김자혁이 올린 상소였다. 상소는 박문수가 조정이 정한 절차도 지키지 않고 함경도에 경상 구휼미 3천 석을 실어 보냈다는 내용을 적시하는 것으로 시작되고 있었다.

영조는 상소를 읽어 내려가는 박문수의 표정을 가만히 들여다보듯 바라보고 있었다. 박문수의 얼굴이 하얘지는가 싶더니 이내 붉게 변해갔다. 영조가 가만 혀를 찼다. 속을 감추지 못하는 성미는 외려 더해진 듯 보였다. 하긴 영조가 박문수를 마음에 품게 된 것도 속을 감추지 않는 솔직함 때문이었으니 영조에게 이런 박문수의 모습은 애정 어린 안타까움으로 다가왔다. 더구나 박문수는 과거에 급제한 뒤 불과 5년 만에 난을 진압해 공신이 되었고 관찰사라는 종2품 벼슬에까지 올랐다. 굳이 마음을 다독여 감정을 감출 이유마저도 사라진 셈인지 몰랐다.

'조정과 성상을 농락하기를 어찌 이보다 더한 자가 있을 수 있겠나이까? 경상 관찰사 박문수를 추고하소서'라는 말로 끝을 맺는 상소를 접으며 박문수는 영조 앞에 부복했다.

"전하!"

박문수가 놀란 것은 자신이 임금에게 올린 장계보다 어찌 저들이 먼저 상소를 올렸는가 하는 것이었다.

"언제 장계를 보냈는가?"

"그제 미시에 보냈사옵니다."

"헌데, 이 상소는 어제 진시에 올라왔느니라. 내가 어이하여 그대를 급히 불러올렸는지 알겠는가?"

박문수가 용안을 보았다. 안다. 이제는 안다. 임금 영조는 박문수가 또다시 당할 고통을 막아주고 싶은 것이다.

박문수는 영조와 그들만의 추억, 그들만의 약속, 그들만의 맹약을 떠올렸다. 누군가와 목숨을 걸고 맹약한다는 것은 그와 아주 특별한 관계가 된다는 의미이며 또한 인생의 향로를 전혀 다른 곳으로 바꾸는 일이기도 하다. 그러니 박문수에게 영조와 맺은 약속은 특별할 수밖에 없었다.

"예, 전하. 하오나, 전하! 신은 전하 또한 신과 같은 마음일 것이라 여겼사옵기에 감히 그리할 수 있었사옵니다. 만석의 곡식을 쌓아 놓은들 적재적소에 쓰이지 않는다면 무슨 소용이겠사옵니까?"

박문수는 그러니까 분배의 중요성을, 쓰임의 중요성을 이야기하고 있었다. 그 옛날 임금 영조가 세제였던 시절, 이 또한 함께 논한 적이 있었다.

"하여, 신은 감히 전하의 하명을 받지 않고 일을 처결하였사옵니다."

말을 하며 박문수는 혹여 자신이 놓치고 있을지도 모르는 탄핵 상소의 의미를 되짚었다. 영조가 명료하게 대답했다.

"옳다."

임금이 잠시 말을 멈추었다가 이었다.

"잘하였느니라. 허나, 탄핵은 이제 시작일 것이다. 그대를 벌주라는 연이은 상소는 피하기 어려울 것이다."

"염려하지 않은 것은 아니옵니다."

정말, 염려하지 않은 것은 아니었다. 임금이 물었다.

"허면 그대는 나를 믿었다는 것인가?"

허를 찌르는 질문이었다. 그대가 나의 성은에 기대 그리 행동한 것인가 하는 일종의 질책이 담긴.

박문수는 자신이 그 결정을 할 때 어떤 마음이었는지 돌이켜 보았다. 계산 따위는 하지 않았다. 오직 죽어가는 백성에 대한 안타까움과 탄핵 따위를 받아도 상관없다는 마음뿐이었다. 그러나 어쩌면 그 결정에는 자신도 미처 인식하지 못한 임금 영조에 대한 믿음이 있었을지도 모르겠다고 생각했다. 특별한 언약으로 맺어진 관계, 그가 이 나라 조선의 임금이며 나는 그 임금의 성은을 입은 신하라는.

"전하…… 그러니까…… 그건…….."

박문수는 당황했다. 영조가 허허허, 시원하게 웃었다.

"나를 믿었다는 것이야, 아니라는 것이야? 하하하."

"신은 오직 전하의 충신이고자 할 따름이옵니다."

처음 임금 영조를 인간 대 인간으로 만났을 때 박문수는 당당했다. 그리고 지금 군신의 관계가 된 박문수는 당당하지만 동등할 수 없는 현실을 절감한다. 차이는 영조가 왕족이라는 사실, 왕의 형제라는 사실을 알고 난 뒤부터 생겼다. 그리고 영조가 왕세제가 되어 궁으로 들어오고 박문수가 서른세 살에 과거에 급제해 출사한 뒤 왕세제의 시강원 설서가 되면서 이 차이는 극명해졌다. 감히 함께 나아가 앉을 수 없는 관계, 세 살 많은 나이 따위는 셈법 근처조차 기웃거릴 수 없는 다른 자리. 그렇게 달라진 지 5년째였다.

영조가 그의 마음을 아는 것처럼 말했다.

"하하하. 그것이면 되지. 암 그것이면 되고말고."

"성은이 망극하옵니다, 전하."

"그대는 오직 지금처럼 백성들만 위하면 될 일. 그것이 곧 나의 명을 충실히 따르는 길. 암 그렇고말고."

"어명을 받들겠사옵니다, 전하!"

박문수가 비로소 묻고 싶은 것을 물었다.

"하온데, 전하. 어떻게 제가 올린 장계보다 빠른 상소가……."

영조가 말했다.

"낮말은 새가 듣고 밤말은 쥐가 듣는다는 속담을 잊은 겐가? 다른 이들에게도 늘 관심을 놓지 마시게. 소론 다른 누구보다 영성을 향한 질투는 수미산만은 못해도 저 남산만큼은 될 것이야."

박문수는 주위 사람들을 생각했다. 자신의 일거수일투족

을 살피며 곧바로 노론 핵심 인사에게 알릴 이가 누구인가 하고. 의심해볼 이는 많았으나 확신할 만한 이는 쉽게 짚이지 않았다.

"자자, 그 일은 북도로 보낸 특진관이 돌아와 해결하면 될 터이고."

영조가 박문수 곁으로 다가와 앉으며 손을 잡았다.

"지난밤 꿈을 꾸었느니. 그대와 더불어 견평방에 있었느니라. 그대와 내가 벗의 인연을 맺으며 맹세하던 꼭 그날의 광경이었느니."

6년 전 벗이 되었던 일을 이야기하면서도 영조의 말투는 주군의 말투였다. 하지만 박문수는 임금의 외로움을 직감했다. 무소불위 권력을 가졌다고는 하나 인간의 외로움은 신분 고하와 상관없이 침범할 것이므로. 문득 연민으로 가슴이 아려왔다. 처음 임금을 보았던 그 날, 잠든 그의 모습에서 느꼈던 아픔이었다.

'아, 임금은 지금 고독하구나!'

"그러하였사옵니까? 전하."

"그래…… 그러하였느니라. 내 하여 그대를 보고 싶었느니라."

박문수가 마음을 몸으로 드러내며 읍하였다.

"신 또한 언제나 전하를 그리고 있사옵니다, 전하!"

박문수 또한 어찌 그때의 일들이 그립지 않을까. 감히 임금 영조를 일러 '사내', '이 양반'이라 불렀던, 한 인간으로 연민의 마음을 품었던 그때 일들이.

몰아치는 한풍에 잎 떨군 맨몸의 가지들이 쉑쉑, 호된 회초리 소리를 내며 몸서리를 치고 목화솜조차 누벼 입을 수 없는 가난한 백성들이 몸을 웅크린 채 종종걸음을 걷는 한양 견평방 거리를 서른두 살의 사내가 건들건들 걷고 있었다.

웅얼웅얼, 들릴 듯 말 듯 사내의 입에서 노래 같기도 하고 넋두리 같기도 한 말이 흘러나왔다. 오늘 이 사내는 술을 마셨다. 내년이면 서른세 살이 되고 이미 오래전 혼인하여 가정을 이룬 가장이지만, 진정 자신이 대장부인가에 대해 순간순간 일어나는 의문과 해일처럼 덮쳐오는 자괴감에 술에 온몸을 내맡기고 있는 것이다.

'오늘 내 행동을 만든 깊은 원인은 먼 곳에서부터 왔다. 오늘 내 행동을 만든 얕은 원인은 처가로부터 왔다. 지금 내 모습은 내가 태어나 살아온 모든 것에 뿌리를 두고 있다.'

오늘 그는 장인으로부터 통덕랑(조선시대 정5품 동반東班 문관에게 주던 품계)에 임한다는 교첩을 받았다. 교첩에 쓰인 글자는 이러했다.

처부 사복시첨정 김도협 임구별대가

妻父 司僕寺僉正 金道浹 壬九別代加

이는 사복시 첨정 김도협이 받은 1722년 9월의 특별 승진
을 대신 받게 한다는 뜻이다. 그러니까 박문수가 받은 통덕랑
이라는 정5품 품계는 장인이 받은 품계를 사위에게 준 것이라
는 의미가 된다. 본래 품계를 양도할 수 있다고는 하나 박문
수에게 이 일은 기쁘고 감사한 일이라기보다는 슬프고 민망
한 일이었다. 박문수와 아내는 소론과 노론이라는 정치적 노
선 차이에도 처의 조부 청풍부원군의 허락으로 어렵게 혼인
할 수 있었다. 그 후 서른한 살이 된 작년에서야 겨우 진사 초
시에 붙은 백면서생이나 다를 바 없는 그였으니 자괴감이 없
을 수 없었다.

아내는 공납제도 폐단을 없애기 위해 대동법을 주장한 개
혁가 잠곡 김육의 고손이며 청풍부원군 김우명의 증손녀로
왕비를 배출한 명문가 출신이었다. 어영대장과 형조판서를 지
낸 할아버지 김석연은 현종의 비 명성왕후의 동생이었다.

그렇다고 고령 박 씨인 박문수 집안이 청풍 김 씨 가문에
비해 빠지는 건 아니었다. 증조부 박장원은 숙종 대에 여러 벼
슬에 올라 백성들의 삶을 살핀 목민관이었다. 인조 14년 별시
문과에 급제해 강원도 관찰사, 대사간, 대사헌, 공조 · 형조 ·

예조 · 이조판서, 한성부판윤, 우참찬, 홍문관 · 예문관 양관제학 등에 오른 증조부는 무엇보다 학덕과 효행으로 명성이 높았다. 할아버지는 김제 군수를 지낸 박선으로 효종 8년 진사시에 합격하고 사복시 주부, 공조정랑, 김제 군수, 여산 군수를 지냈다. 조부 역시 집안 내력처럼 효행과 청렴으로 명성이 높았다.

어머니는 대표적인 소론 명문가인 경주 이 씨 가문 사람이었다. 이세필의 여식이자 백사 이항복의 현손으로 백사의 대범한 기백을 그대로 이어받은 분이었다.

하지만 박문수가 채 꿈을 갖기도 전 가문에 불행이 들이닥쳤다. 박문수 나이 불과 여섯 살인 1696년 1월 조부 박선이 사망한 것을 시작으로 다음 해 5월 백부 박태한이 사망했다. 서른네 살의 젊은 나이였다.

불행은 연이어 일어났다. 박문수가 여덟 살 되던 1698년 11월 겨울, 부친인 박항한도 사망했다. 이때 나이가 서른세 살. 그야말로 줄초상에 가세는 급격히 기울 수밖에 없었다. 박문수는 다섯 살에 옮겨온 소의문(지금 소서문)에 있는 조부의 고택에서 다시 외가로 옮겨갈 수밖에 없었다.

몰락하다시피 하여 어머니의 친정으로 이사한 박문수는 이곳에서 외삼촌인 이광좌, 이태좌, 그리고 외종제 이종성과 함께 생활하며 자랐다. 이광좌는 외삼촌이자 스승이었으며, 자연히 삶의 사표가 되었다. 함께 공부한 외종제 이종성과는 이 때부터 운명적인 얽힘이 시작되었다.

외가의 그늘 밑이었다고 해도 박문수의 삶은 고단하지 않을 수 없었다. 어머니가 실질적 가장이 되어 삯바느질로 집안을 이끌었지만 가장 없는 집안의 가세는 날로 기울었다. 가난의 고통은 어린 박문수의 삶에 깊은 생채기를 냈다. 자연스레 그의 시선은 서책보다는 힘겹게 삶을 이어가는 현실 세계로 향했다. 당연히 그의 삶도 양반의 삶이 아니라 가난한 백성들의 삶에 가까울 수밖에 없었고, 그들에 대한 애정이 자랄 수밖에 없었다.

"아! 아! 아!"

박문수가 웅얼거리던 입안 소리를 꺼내 내질렀다. 웅크리며 바삐 지나던 사람들 시선이 잠시 그에게 머물렀다 흩어졌다. 그때였다. 무엇인가가 그의 두 종아리를 강하게 때렸다. 충격에 박문수의 몸이 앞으로 튕기며 균형을 잃었다.

"어디서 행패야!"

길바닥에 개구리처럼 너부러지며 박문수는 소리가 나는 쪽을 바라봤다. 박문수의 눈에 발가벗겨져 자신처럼 내동댕이쳐진 사내가 들어왔다. 머리의 상투는 비집어 나와 어지럽고 겨우 걸린 아랫도리 속곳은 사내들에게 밟혔는지 바닥에 끌린 탓인지 지저분했다. 몸을 가눌 수 없을 정도로 취한 사내는 겨우 눈만 끔벅거리고 있었다.

"양반이면 다야?!"

"양반인지 백정 놈인지 알게 뭐야?"

거친 수염이 얼굴을 뒤덮은 덩치 좋은 사내들은 이 추위에
도 양 소매를 걷어붙인 채였다. 기방에서 기생들과 기거하며
뒷배를 봐주는 기둥서방들로 짐작되는 행색이었다.

"아이고 좋은 구경이 났네!"

"허연 상판대기를 봐서는 양반은 양반이겠구만."

추위에 몸을 사리며 세상이 뒤집혀도 상관 않을 것처럼 종
종걸음을 치던 사람들도 구경거리에는 너나없이 걸음을 멈추
고 몰려들었다.

"저 손 좀 보소. 저게 어디 상놈의 손이야?"

"헌데 뭔 일로 양반이 이 꼴을 당하고 있대?"

"뻔하지 뭐."

박문수는 술이 확 깨는 기분을 느끼며 자기도 모르게 몸을
일으켰다. 그러고는 벌거벗은 사내를 향해 몸을 날렸다. 이미
그의 손에는 벗어 든 두루마기가 들려있었다. 박문수의 손이
획 허공을 한 번 휘젓는가 싶더니 발가벗은 사내의 몸을 휘감
아 올렸다.

상황은 순식간에 일어났다. 사람들은 혼을 빼앗긴 듯 잠시
멍해졌다. 탄식 같은 감탄이 나오기 시작한 것은 잠시 뒤였다.

"어, 무엇이여? 뭔 일이 일어난 거여?"

"글씨, 저 양반이……."

"와, 홍길동이 저럴란가?"

박문수가 개털 수염 가득한 사내들을 보며 소리쳤다.

"네 이놈들!"

놀라기는 기둥서방 닮은 사내들이라고 다를 리 없었다. 사
내들이 박문수의 높고 우렁찬 목소리에 정신을 차렸다.

"뭐여, 당신은?"

정신을 차린 두 사내가 걸음을 맞추어 배를 내밀며 박문수
를 향해 다가왔다.

"뭔데 남의 일에 상관이야?"

박문수가 호통쳤다.

"아무리 상놈들이라고 해도 어찌 사람을 이리 막 다루는 것
이냐?"

한 사내가 박문수조차 요절을 낼 것처럼 우락부락 얼굴을
구기며 소리쳤다.

"모르면 빠져, 좋은 말 할 때!"

"네 이놈! 이 양반이 죽을죄를 지었더냐?"

박문수의 물음에 얼떨결에 다른 사내가 대답했다.

"건 아니지만!"

"허면, 도둑질을 했더냐?"

"것도 아니지만!"

"것도 아니면?"

다른 사내가 나섰다.

"도둑질, 그래, 도둑질이나 진배없는 짓을 했지, 저 양반이! 계집을 품었으면 마땅한 삯을 내야 하고, 술을 마셨으면 응당 술값을 치러야 하는 것쯤은 나 같은 무뢰배도 알고 있는 이치 아니오."

"하여 네놈들이 그 값을 받아내려 이 엄동설한에 옷으로 셈을 한 것이냐?"

"그렇다!"

박문수가 말했다.

"네놈들은 하나는 알고 둘은 모르는구나. 나랏법의 지엄함을 처벌을 받아봐야 알겠느냐?"

나랏법이라는 말에 사내들의 표정이 설핏 굳어졌다.

"어디냐? 당장 이 양반을 정중히 모셔 의복을 정제케 하거라!"

몰아치는 박문수의 말에 사내들이 술 취한 사내를 부축해 올렸다. 그저 구경만 하던 사람들에게서 반응이 나왔다. "그렇지" 동조하는 사람에, 예상치 못한 낯선 사내의 기백에 손뼉을 치는 사람도 있었다.

털북숭이 사내 둘이 얼떨결에 술 취한 양반을 부축해 올렸다. 그들이 들어간 곳은 예상대로 견평방 골목 깊숙한 곳에 자리한 기방이었다. 겉으로 드러나진 않으나 안은 제법 정성들여 꾸민 정원에 십여 개의 별채를 갖춘 대규모 기방이었다. 그들은 그중 한 별채로 들어섰다. 박문수는 허엄, 기세 좋은 기침을 내뱉으며 사내들을 따라 들어갔다.

방에 들어선 사내들이 부축해 온 양반을 방바닥에 내동댕이치며 소리쳤다.

"이제, 이 양반은 나리가 책임지슈. 술값이며 해웃값도 셈해줘야 되우!"

박문수는 가타부타 대답은 하지 않았다. 그는 자신이 이 양반을 대신해 치러야 할 값이 얼마인지 알지 못할뿐더러 설사 적은 금액이더라도 셈을 치를 능력이 되지 않았다. 가난 탓에 책상 앞에 앉아만 있은 책상물림은 아니지만 주머니는 언제나 비어있었다. 물려받은 노비들이 열댓 명 있었지만 그들은 재산이 아니라 부양해야 할 식구였다. 박문수는 방에 너부러진 옷을 보았다. 모두 자신은 한 번도 입어보지 못한 귀한 것들이었다. 추위 따위는 느낄 겨를 없게 도톰하니 솜을 넣어 누빈 옥빛 비단 두루마기며 속곳에 최고급 말총으로 만든 갓과 갖가지 색깔 옥으로 멋을 부린 갓끈까지. 박문수는 헛웃음이 나왔다. 돈이 없어서가 아니라 너무 취해 돈을 털려 셈을 치르지 못했을 가능성이 컸고 그러다 이런 취급까지 당한 것이 분명해 보였기에.

박문수는 잠든 사내 얼굴을 가만히 들여다보았다. 눈썹이 기세 좋게 하늘을 향해 뻗어있고 가지런한 눈매에서는 자못 성성한 기세가 느껴졌다. 콧날은 길고 오뚝했으며 크지 않은 입술은 단정하고 얼굴은 갸름했다. 고생이라고는 한 번도 해본 적 없는 천생 선비의 얼굴을 하고 있었다. 그런데 박문수는 그 얼굴에서 슬픔을 느꼈다. 가슴 아래쪽이 뭉근하게 뭉치면서 일어나는 애잔함은 견디기 힘든 고통을 겪은 이들에게서 느껴지는 슬픔이었다. 박문수는 좀 당황스러웠다.

작게 속 타박을 하고는 소리쳐 사내들을 불렀다. 그러고는 위급할 때 쓰라며 아내가 마련해준 작은 금붙이를 꺼내 들었다.

박문수가 그의 존재를 알게 된 것은 이후 두 번 더 만나고 난 뒤였다.

그날 박문수는 비상금으로 갖고 있던 금붙이로 연잉군의 술값을 갚고는 그가 술이 깨기를 기다렸다가 일어섰다. 비상금은 어디까지나 비상 상황에 쓰는 돈, 비록 가난하고 위급한 이들을 위해 쓰게 되리라는 예상은 빗나갔지만 나름 치욕스러운 상황에 처한 한 사람을 구한 것이니 용도는 합당하다고 여겼다.

자신이 도운 이가 누구인지 알 필요는 없었다. 도운 마음이

나 행동은 되갚음을 받으려 하는 순간 변질되기 마련이다. 박문수는 연잉군이 깨어 그를 쳐다보았을 때, 그러나 아직 상황 파악은 하지 못했을 때 몸을 일으켜 방을 나왔다.

박문수와 연잉군의 두 번째 만남은 우연을 가장한 연잉군의 계획으로 이루어졌다. 처음 박문수는 그 사실을 알지 못했다. 그날, 기방 마당을 나서는 길에 한 무리 사내들이 다급히 들어서며 지나는 것을 보았지만 그들이 연잉군을 모시는 사람임은 알지 못했다. 그리고 연잉군의 명에 따라 그들 중 한 사내가 박문수 뒤를 다급히 따른 것도 알지 못했다.

"허면, 그때 제 뒤를 밟아 저에 대해 아신 것입니까?"

후에 연잉군에게 그 사실을 들었을 때 그는 이렇게 물었다. 돌아온 대답은 "아니다"였다. 그러면서 연잉군은 덧붙였다.

"마치 둔갑술을 쓰는 사내처럼 재빨라 도저히 좇을 수가 없었다고 하던데, 그러하오?"

박문수는 웃었다. 그럴 리가 있느냐고, 자신은 그저 평범하기 이를 데 없는 사내라고, 다만 가슴에 뜨거운 꿈 하나 간직한 사내라고 말했다. 그러자 연잉군은 물었다.

"꿈이라……, 내게 그 꿈을 들려줄 수 있겠소?"

그러나 박문수는 제 꿈을 말하지 않았다. 불가에서는 옷깃만 스쳐도 인연이라 하지만 유가에서 인연은 작은 것부터 하나씩 쌓아 올려야 이루어진다. 이럴진대 벗의 정을 나누는 사이쯤 되려면 얼마나 많이 쌓여야 하겠는가? 비록 위급할 때 도와준 인연이 있었으나 겨우 두 번째 만남에서 속내까지 털어놓고 싶지는 않았다. 게다가 연잉군은 그저 출사를 포기한 전주 이 씨라고만 자신을 밝혔을 뿐 더는 자신에 대해 말하지 않았다. 약속을 하고 만난 세 번째 만남은 우연을 가장한 두 번째 만남과는 달랐다. 연잉군은 말했다.

"기은. 나도 꿈을 갖고 싶소. 그대의 꿈을 들으면 어찌 내게도 도움이 좀 될 듯싶은데."

박문수는 어처구니없다 싶었다.

'이자는 어찌 남의 꿈을 궁금해하는가? 이제 겨우 세 번 만났거늘. 자기 속내는 드러내지 않으면서 어찌 상대 속내부터 알고자 하는가? 게다가 자신은 꿈이 없다니!'

속엣말이 절로 올라오려 했다.

"그리 궁금하시면 앞으로 나와 석 달 지내보시겠소? 그러다 보면 자연 아시게 될 것입니다. 양성헌께서는 그럴 용의가 있소?"

두 번째 만남에서 이름과 호를 교환하였기에 둘은 자연스럽게 서로의 호로 호칭했다.

"그리 많은 시간을 보내야 들을 수 있을 만큼 대단한 꿈이 대체 무엇이란 말이오. 참으로 궁금하외다."

연잉군이 허허, 웃고는 이어 말했다.

"정승이 되는 것이오?"

박문수가 껄껄껄, 웃었다.

"참된 유학자가 되는 것이오?"

박문수가 하하하, 웃었다.

"내가 보기에 그대는 학문 쪽은 아닌 듯싶소만."

박문수의 두 눈이 놀랍다는 듯 커졌다. 그러나 그것은 속을 들여다보는 연잉군에 대한 긍정보다는 장난에 가까웠다.

"나는 자유인이 되고 싶소이다. 하하하!"

연잉군이 장난으로 박문수의 말을 받았다.

"그게 꿈이라면 나 또한 그러하오. 나 또한 자유인이 되고 싶소이다. 하하하!"

둘은 그렇게 한참을 웃었다. 말하지 않으나 무언가 통한 듯한 감정을 공유하면서. 한참을 그렇게 웃고 난 뒤 박문수가 조용히 입을 열었다.

"나를 위시한 백성들이 지금보다 조금 더 잘 먹고 조금 더 잘 입고 조금 더 잘 자고 조금 더 행복해지는 것, 그 일에 내 힘이 쓰이는 것, 그것이 내가 원하는 바이오."

연잉군 표정도 가라앉은 박문수 목소리만큼이나 차분해졌다.

"오호……."

감탄하는 연잉군을 향해 박문수가 껄껄껄, 소리 높여 웃었다. 어느새 그 얼굴에는 장난기가 가득 차 있었다.

"어떠하오? 방황하는 그대 꿈에 도움이 될 것 같소?"

그러나 연잉군은 웃지 않았다.

"이제까지 그리 말한 이는 없었소."

"하하, 허면 양성헌 그대는 다른 이 꿈 얘기만 들었단 말이시오?"

연잉군이 이번에도 박문수 말에 답을 하는 대신 조금 더 가라앉은 표정으로 말하기 시작했다.

"내 어머니는……."

연잉군이 거기서 말을 멈추었다. 박문수 얼굴에서 장난기가 걷혔다. 연잉군이 말을 이었다.

"내 어머니는…… 천하디천한 출신이었소……."

고백과 같은 말투였다. 박문수는 '천하다'는 말에 노비를 떠올렸다. 노비를 어미로 둔 서자. 그렇다면 그는 아비를 양반으로 두었으나 양반이 아닌 자였다.

'그래서였구만. 내가 저자에게 느낀 슬픔은…….'

그쯤 생각하는데 연잉군이 다시 말했다.

"무수리."

그 말은 상상 밖의 말이었다.

"인연은 내 마음대로 할 수 없는 게 아니겠소. 아무리 천출이라도 어머니는 분명 어머니."

훈계하려 한 것은 아니었으나 문득 훈계처럼 느껴져 박문수는 말을 멈추었다. 게다가 내가 그가 아닌 다음에야 그가 느끼는 슬픔을 짐작만 할 뿐, 어찌 안다고 하겠는가? 그 또한 자라면서 이종성에게서, 함께 공부한 다른 동무에게서 수도 없이 느꼈던 감정이었다. 생각은 폭풍을 몰고 오는 구름처럼 재빠르게 흐르는데, 연잉군이 격한 시비조로 물었다.

"내가 천한 내 어머니를 부끄러워한다 여기는 게요?"

그야말로 난데없는 말투였기에 박문수는 튀어 오르는 돼지 불알 공처럼 되물었다.

"아니란 말이오?"

"아니오. 가슴이 아팠을지언정 나는 단연코 그런 적이 없어!"

"아니면 되지 않았소? 화까지 낼 일은 아니라고 보오만!"

"나는 보내기 싫었어. 천한 출신이라 업수이만 당한 어머니, 맘고생만 한 어머니, 그 어머니를 보내기 싫었소. 석 달도 채우지 못하였어."

혼잣말하듯 뱉어내는 연잉군의 사연을 들으며 박문수는 생각했다.

'이자는 생각이 많은 자다. 이자는 솔직하게 자신을 드러내는 것보다 인내를 먼저 배운 자다.'

"아바마마는…… 상복을 벗으라, 그만 벗지 않으면 물고를 낼 것이라 으름장을 놓았지……. 내가 정한 묫자리는 번번이 아니 된다, 아니 된다……. 그렇게 100일도 채우지 못하고 양주 웅장리에 어머니를 묻어야만 했소……."

앞에 앉은 박문수에게 하는 말이 아니었다. 그것은 한에 취해 자신에게 하는 말이었다.

'이자는 지금 무슨 말을 하는 것인가. 아바마마라니!'

박문수는 정수리에서 찌르르 전기가 흘러내리는 것 같았다.

그제야 비로소 4년 전 풍문으로 들었던 대리청정을 하는 세제와 그 어머니 장례 이야기가 떠올랐다. 그리고 무심히 넘겼던 구중궁궐 왕족사도.

'허면? 이자가?'

연잉군이 박문수의 두 눈을 똑바로 바라보았다. 마치 이제야 내 존재를 알아챈 거야? 하는 표정으로. 그 표정에는 이제 네놈이 어떤 태도로 나오는지 보겠다는 능글맞은 계산도 들어있는 듯 보였다. 박문수의 눈에는.

박문수가 고개를 들어 먼 곳으로 시선을 던졌다. 그러고는 "허어!" 탄식 같은 외마디를 내뱉었다.

"이제 알겠소? 내가 왜 꿈을 꿀 수 없는지?"

박문수가 입을 열었다.

"내게 무엇을 바라는지는 모르겠으나."

박문수가 말을 끊었다.

"내가 만난 이는 전주 이 씨에 양성헌이라는 호를 쓰는 한 사내. 나는 그 사내로만 기억할 것이오. 후에 다시 만난다면 그때는 신분에 걸맞은 대우를 해주리다."

도포 자락을 오른손으로 열어젖히며 박문수가 몸을 일으켰다. 연잉군이 그때, 껄껄껄 크게 웃었다.

"나 또한 그대와 같은 꿈을 꾸고 싶소이다."

박문수가 앞으로 몸을 기울이다가 멈추었다.

"나 또한 그대처럼 소박하나 큰 꿈을 행하는 그런 삶을 살고 싶소이다. 허나!"

박문수가 연잉군을 내려다보았다.

"꿈조차도 꿀 수 없는 게 나의 처지. 안 되겠소? 나는 그대와 벗이 되고 싶소. 그대가 말했듯 세 살의 나이 따위는 아랑곳하지 않고, 신분 따위는 명나라나 왜에 던져버리고."

문득 박문수는 처음 그를 보았을 때 느꼈던 슬픔을 다시 느꼈다. 슬픔의 무게는 달랐다. 이번에도 박문수는 좀 당황스러웠다.

"내가, 내가 왜 그리해 주어야 하오?"

말을 해놓고도 박문수는 자신의 말이 마음에 들지 않았다. 조건 따위를 따지는 건 자신과 어울리지 않았다. 두려워하지 않고 당당하게. 언제나 진심을 다해 솔직하게 행동하는 것. 그것이 박문수 자신이었다.

"나는 그대가 마음에 드오. 그대는 아니 그렇소?"

일종의 구애였다. 연잉군, 신분 따위는 명나라나 왜에 던져 버리고 오직 마음을 다해 친구를 얻고자 하는. 다리가 스르르 꺾이며 박문수는 바닥으로 주저앉았다.

사람 인연은 가늠할 수 없는 인생만큼이나 짐작할 수 없다. 인생은 태어나 맺은 많은 인연으로 완성된다. 그럼에도 인간 관계마다 경중은 어쩔 수 없어서 마음에 오래도록 남는 인연, 삶에 굽이굽이 굵은 방점을 찍는 인연들이 따로 있다.

임금 영조가 그러했다. 그를 만나고 내 삶은 바뀌었다. 그 날, 나와 영조는 그렇게 인간 대 인간으로, 같은 꿈을 좇는 사 내 대 사내로 붕우 관계를 맺었다. 하지만 그 관계는 그가 임 금이 되면서 달라졌다. 달라질 수밖에 없었다.

나는 다시 혼자다.

나는 작가에 대해 말하지 않았다.

조현명과 이종성, 그들에게 비밀로 하고 싶어서가 아니라 오로지 나 홀로 작가의 작업을 지켜보고 싶어서다. 어쩐지 그 래야만 할 것 같다. 방해하지 않고 가만히 숨죽이며 지켜보아주는 일, 그것만이 가늠할 수 없는 이곳에서 그이를 위해 할 수 있는 일 같다.

작가는 나와 영조와의 관계를 상상했다. 작가가 상상한 일에 사실 여부를 밝히지 않겠다. 대신 그 상상에 덧붙여 내가 겪은 이야기를 하겠다.

지금 영조라 불리는 사람, 나의 임금 이금. 나는 임금과 내 관계를 이곳에서 셀 수 없이 생각하고 되짚었다. 살면서 영조에게 느꼈던 환희와 연민과 실망, 그리고 배신의 감정까지.

작가가 표현한 내가 영조에게 느꼈던 슬픔에 공감한다. 나는 작가처럼 예민하지 못하고, 살면서 글에는 그다지 뛰어난 감각이나 능력을 발휘하지 못했다. 그래서 작가가 표현한 것을 보면서 이런 감정일 수 있었겠구나, 그 일을 이렇게 볼 수도 있겠구나 하고 새삼 깨닫는다.

임금을 만나기 전 나는 오랜 기간 방황했다. 일찍 할아버지와 아버지를 잃었고 그 상실감은 내 성격에 투영되었다. 돌이켜보니 그러하다. 내 당당함은 세상에 주눅 들지 않으려는 의지였으며, 가벼움은 그 의지가 지나쳐 형성된 성격이다.

나는 조상들 삶을 이해하려 노력했다.

'진수효盡壽孝'(목숨을 다해 부모님께 효도하는 일)

이것은 고령 박 씨 어사공파의 오래된 전통이다.

'정일집중精一執中'(오로지 정일하여 중용의 도를 지키는 일)

이것은 이조판서, 우참찬 등 다양한 벼슬에 오른 증조부 박장원의 삶을 대변하는 말이다. 증조부 문집《구당집久堂集》간행을 준비하면서 나는 청렴결백한 성품을 느끼고 배웠다. 증조부는 백성의 삶을 개선하는 데 관심을 가진 목민관의 모범이 되는 분이셨다. 다행히 부친과 백부가 남겨놓은 글도 있어 두 분 삶을 부족하나마 추측할 수 있었다.

'성리학, 불교, 도교에 이르기까지 학문적 관심 폭이 넓었다.'
'주자학적 의리론과 명분론 같은 현학적인 면보다는 백성들 삶을 개선하는 실용 학문에 관심이 많았다.'
'당색은 중요하게 생각하지 않았다.'

이것이 내가 배운 우리 가문의 정신적 지향점이었다. 덧붙여 어머니는 말씀하셨다.

"네 부친은 욕심을 내려놓으신 분이셨다. 일찍이 세상의 허망한 이치를 깨달은 분이셨지. 그래서 그리 일찍 세상과 하직한 것인지도 모르겠다."

원망이 세초한 글씨처럼 감춰진 어머니 말을 더듬으며 나는 서른셋이라는 짧은 삶을 사는 동안 아버지가 가졌을 구체적인 꿈, 욕망, 그리고 고통을 이해하려 노력했다. 하지만 기억 속에서 아버지의 생전 흔적은 조부의 삶만큼이나 아득했다.

외가 가풍과 어머니 삶 또한 내 인생의 자양분이 되었다. 명문가 여식이었음에도 뒤바뀐 삶 앞에 당당하게 맞서 가문을 지켜내신 어머니 모습에서 절망에 굴복하지 않는 삶의 강인함을 보았다.

가난은 성리학적 이상과는 상관없었다. 굶주림은 인간의 작은 존엄성마저도 내던지게 만들었다. 목숨을 담보하는 절박한 상황은 누구에게나 비슷한 변화를 만들어낸다. '3일 굶기면 양반도 담을 넘는다'는 말은 인류사를 통해 증명된 인간의 속성이자 한계이다.

열 살을 넘으면서부터 나는 그런 속성을 알았고 그래서 방황했다. 20대에는 그런 한계를 극복할 수 있으리라 믿었다. 20대 후반에 접어들면서 이 믿음이 자만에 불과하다는 사실에 절망했다. 그렇게 상실과 방황, 믿음의 시기를 지나면서 나는 좀 더 현실적인 꿈을 꾸기 시작했다.

내가 겪은 굶주림, 내가 본 백성들의 헐벗고 굶주리고 학대받는 삶을 바꾸고 싶었다. '가난 구제는 나라도 못 한다'는 말을 감히 그르다 증명해 보이고 싶었다. 그러나 이 일은 현란한 성리학적 담론에 갇힌 선비의 삶으로는 불가능해 보였다. 그럼에도 과거에 급제해 조정에 나가는 일만이 이를 이루는 지름길임은 인정하지 않을 수 없었다.

작가 작업실 벽에는 영조 어진 두 개가 붙어 있다. 세제가 되지 못한 시절과 20대 연잉군 시절의 초상화. 임금 영조를 만나기 10년 전 모습이다. '눈썹이 자못 기세 좋게 하늘을 향해 뻗어있고……'라는 작가의 표현이 재미있다. 생전 모습을 화가 시선으로 담은 초상화는 생의 한 시절을 함께한 내가 아는 모습과는 다를 수밖에 없다. 그리고 초상화에는 내가 미처 보지 못했던 영조의 느낌도 담겨 있다. 초상화 속에 담기지 못한 나만의 임금 영조가 떠오른다.

내가 임금 영조를 만난 건 꿈을 향해 현실적인 발걸음을 뗀지 3년이 되는 겨울이었다. 임금이 아직 임금이 아니었을 때, 아직 세제도 되지 못하였을 때, 그저 부와 권력을 가진 집안의 선비인 줄로만 짐작했을 때.

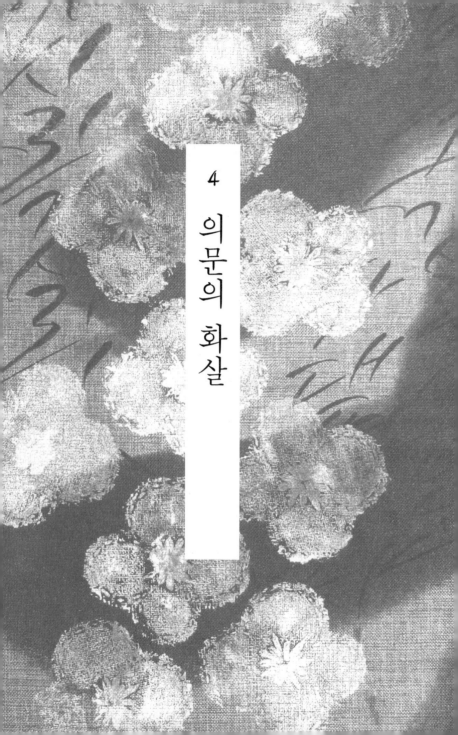

4

의문의 화살

"나리!"

"아이고 깜짝이야! 내 지금 귀신을 본 것이냐?"

대궐 문을 나서다 박문수는 귀신이라도 본 것처럼 놀라 한 걸음 뒤로 물러섰다. 이곳은 대궐 돈화문 앞이었다. 그 앞에 박문수의 가노 기축이 문 뒤편에 몸을 숨기고 있다가 나타난 것이다.

"네가 어찌 여기 있는 것이냐?"

놀라움이 가시기도 전, 예상치 않은 기축의 등장에 박문수의 머리가 다급하게 돌아갔다.

'분명 이놈에게 알리지 않고 말을 달려왔거늘!'

"아이고. 나리만 하룻밤 천 리를 가시는 줄 아십니까요. 그런 주인을 모시려면 종놈도 그만한 능력은 되어야 하지 않겠습니까요."

"에끼, 네 이놈! 권을 놀리는 게냐?"

박문수가 언제나처럼 기축의 장난을 받아넘겼다. 종도 주인을 닮아가는 것인지, 기축은 어릴 때부터 요량이 되는 상황에서는 제 주인인 박문수를 상대로 장난치기를 즐겨했다. 박문수의 나이 여덟 살 때, 부친이 할아버지와 큰아버지에 이어 돌아가신 그해, 집안의 노비였던 이만과 반비班婢였던 어미 점례에게서 태어나 박문수의 하인이 되었으니 종으로 태어나 종으로 죽음을 맞이할 슬픈 운명이었다.

"아이고, 제가 어찌 감히 종으로 주인 나리를 놀리겠습니까요."

기축이 조금 더 박문수와 장난을 치고 싶은 모양이었으나 박문수는 궁금하여 그럴 마음이 없었다.

"냉큼 말하지 못하겠느냐, 이놈."

그러나 말투에는 주거니 받거니 하는 농지기가 묻어있었다.

"도사 나으리께 떼를 썼습니다요."

도사라면 김덕벌이었다. '그자가 왜?' 하는 의문이 들었다. 그렇잖아도 자신이 감시당하고 있을지 모른다는 의구심이 든 뒤였다.

"아이고 잊으셨습니까요?"

"뭘 말이냐?"

"마님 팔촌 혼인이 모레 아닙니까요."

"그, 그리되느냐?"

잊고 있었다. 박문수는 비로소 아내에 대한 미안함이 일었다. 아무리 팔촌이라고는 해도 처가 쪽 일에 너무 무심했다.

"큰 마님께서 모시고 오라 하셨습니다요."

"벌써 집에 들렀다가 왔단 말이냐?"

"그러믄요."

"허면 언제 떠났더냐?"

"나리가 뵈지 않아 찾고 있는데, 도사 나으리가 알려줬습니다요."

기축의 말대로라면 도사 김덕벌은 박문수가 떠나고 얼마 지나지 않아 출발했다는 말이었다.

"도사는 지금 어딨느냐?"

"거야 제가 어찌 알겠습니까요? 다만 제가 큰 마님의 명을 받고 나서기 전까지는 집에 있었지요."

그렇게 말하는 기축의 얼굴에는 내내 빙글빙글 웃음이 떠나지 않았다. 저도 오랜만에 집에 오니 좋은 모양이었다. 더구나 제 주인을 놀려먹는 재미 또한 없지 않을 터이고.

"헌데 내가 대궐에 온 걸 어찌 알고."

"아이고. 한두 해 모셨습니까요? 제게 말도 없이 도성 행차를 하셨을 때는 임금님이 불러서겠지요. 그라고 대궐에 몰래

들어가셨다면 이 문이 출입문이고."

총명한 아이였다. 노비 신분이 아니었다면 출사를 하고도 남았을. 박문수는 껄껄껄, 웃지 않을 수 없었다.

"네놈은 지금 당장 가서 어머님께 내 인사를 여쭙거라. 공사가 바빠서 인사 못 드리고 다시 임지로 떠나야 한다고."

기축이 두 팔을 벌려 박문수 앞을 가로막았다.

"안됩니다! 내는 큰 마님 명을 지킬랍니다! 나리는 작은 마님이 보고 싶지도 않으십니까?"

"네 이놈! 네놈이 보고 싶은 이가 있어서가 아니고?"

박문수가 지엄한 톤으로 일부러 호통을 쳤다. 그때였다. 익숙한 목소리가 그들 사이에 끼어들었다.

"기축이 이놈 잘한다! 아주 잘하고 있어!"

뒤를 돌아보는 박문수의 얼굴에 반가움과 웃음이 피어올랐다.

"이 사람, 귀록!"

다시 다른 목소리가 끼어들었다.

"우리 얼굴도 보지 않고 가려 했단 말이지, 이 무심한 사람이!"

이종성이었다.

"오천!"

셋은 격하게 얼싸안았다.

"헌데, 어찌 알았는가? 누가 알려주었어?"

조현명이 말했다.

"누군 누구겠나, 전하시지!"

이종성이 말했다.

"회포는 저녁에 풀기로 하세. 기축이 놈을 따라 어서 집으로 가시게."

박문수가 '허허, 이것 참' 하며 갑작스러운 상황에 어쩔 수 없어 하며 집으로 향했다.

낮에 여는 경연인 주강晝講이 끝났다. 의정부 대신들을 비롯한 상참에 참여했던 신하들이 주섬주섬 물러갈 채비를 하는데 이조판서 조문명이 나섰다.

"전하, 신 이조판서 조문명 전하께 올릴 말씀이 있사옵니다."

일어서던 당상관이며 사관이 도로 궁둥이를 붙이고 앉았다. 영조는 웃음 띤 얼굴로 명하였다.

"말씀하시오, 이판."

"조정의 절차를 무시하고 전하의 명도 받지 아니하고 제 마음대로 권력을 남용한 경상도 관찰사 박문수에 관한 일이옵니다. 신이 알기로 처벌을 주청하는 상소가 여럿이라 들었사온데 어찌하여 전하께서는 아무런 비답이 없으신지요?"

이판의 이런 행동은 의외였다. 즉위와 함께 지평으로 발탁

된 그는 이광좌, 송인명, 박문수 등과 함께 누구보다 영조의 정책 방향을 잘 알고 따라준 인물이었다. 서장관書狀官으로 청나라에 다녀온 뒤 동부승지로 승전하였을 때 파붕당설을 앞장서 주장하다가 민진원의 비판을 받아 그와 척을 진 사이였다. 그런데 이런 그가 지금 박문수의 일을 주청하고 있었다.

영조가 예상하기에 마땅한 인물은 영의정 홍치중이어야 했다. 그는 경종 대에 소론에게 배척받아 홍주 목사로 쫓겨났다가 민진원의 강력 추천으로 우의정에 오른 인물이었다.

물론 조문명이 외가와 처가가 노론 집안이어서 노론계 명사와 널리 교류하고 있다는 것은 영조도 알고 있었다. 특히 노론의 골수 김재로와 매우 친밀한 관계이니 일의 사안에 따라 견해가 그들과 같을 수는 있었다. 하지만 영조는 그가 파당적인 견해가 아니라 개인적인 판단으로 나서는 행동일 것이라 짐작했다.

"그대 또한 박문수를 체직해야 된다고 생각하는가?"

그러나 조문명의 대답은 임금 영조의 예상을 벗어나는 것이었다.

"신은 체직만으로는 아니 된다 여기옵니다."

"허면?"

"경상 관찰사 박문수가 저지른 과오는 임금을 능멸하고 이 나라 근간을 뒤흔드는 처사이옵니다. 어찌 재상 위치에 있는 자가 나라 법을 무시할 수 있겠사옵니까? 신이 생각하기에 박문수는 백성의 칭송을 듣고자 성상의 명도 무시하고 나랏법도 무시한 자에 불과하옵니다. 더구나 박문수는 성상의 은혜만을 믿고 방자하게 행하는 것이라 여겨지옵니다. 국법의 지엄함을 보여주시오소서!"

그의 말을 받아 이번에는 좌찬성이 나섰다.

"신 또한 이판의 의견이 옳다 여기옵니다, 전하!"

"그러하옵니다, 전하. 박문수의 행동은 삭탈관직해야 마땅한 중벌이라 사료되옵니다!"

좌찬성의 뒤를 이은 것은 참판이었다. 영조는 가만 그들의 말을 들으며 정전의 문을 바라보았다.

"허면 내가 영성군을 삭탈관직하면 되겠는가?"

영조의 말에 박문수의 처벌을 입에 담았던 사람들이 입 맞추어 대답했다.

"그러하옵니다, 전하!"

잠자코 있던 이태좌가 나선 건 그때였다.

"전하, 신 좌의정 한 말씀 올리겠사옵니다."

"말하라."

"신은 경상도 관찰사 박문수를 어릴 때부터 봐와 누구보다 잘 알고 있사옵니다."

그랬다. 개인적으로 이태좌는 박문수의 외삼촌인 이광좌의 재종형이니 박문수가 이광좌 밑에서 공부할 때 가까이서 보고 살펴, 출사를 한 이들 가운데서는 이광좌와 이종성만큼이나 박문수를 잘 아는 사람이었다.

"영성군 박문수는 사사로이 제 이익을 도모할 인물이 못 된다는 것쯤은 전하께서도 잘 아시리라 생각하옵니다. 영성군 박문수는 오직 죽어가는 백성들을 위해 쌓여있는 경상도의 구휼미를 올려보낸 것일 뿐이옵니다. 후에 재가를 청하면 분명 하명하시리라 믿었기에 한 행동일 것이옵니다. 어찌 죽어가는 백성을 위한 행동을 죄라 이를 수 있다하겠사옵니까?"

이태좌의 목소리는 단호했지만 간곡했다. 그 말을 영의정 홍치중이 반박하고 나섰다. 이태좌를 바라보는 홍치중의 눈빛은 매의 눈처럼 매섭고 결의에 차 있었다.

"바로 그게 문제라는 것이외다. 임금의 은혜를 자만하지 않고서야 어찌 그리 행동할 수 있단 말이외까?"

영조가 되물었다.

"허면 그대들은 짐이 영성군을 특별히 편애라도 한단 말인가? 무슨 근거로 그리 말하는 것인가?"

홍치중이 생각지 않은 영조의 질문에 당황했다. 그러나 그는 노련한 노론의 정객이었다.

"전하께서 어찌 만백성을 두고 편애를 하시겠사옵니까? 신이 말씀드린 것은 박문수 스스로 임금의 편애를 믿는 것처럼 행동하는 것을 두고 이르는 것이옵니다."

임금조차 저들 손아귀에 두고 조선이라는 나라를 움직이려 드는 자들이 이따위 논쟁에서 당황할 리 없다 여기며 영조가 허허 웃었다. 그때였다. 정전 문밖에서 함흥에서 급한 장계가 올라왔다는 소리가 들려왔다.

영조의 얼굴에 이미 알고 있는 소식을 확인해야 하는 고통이 설핏 떠올랐다. 영조가 들라 명하자 철릭 차림 사내가 빠른 걸음으로 예를 갖추어 장계를 바쳤다.

장계를 읽어 내려가는 용안이 급격히 어두워졌고, 이를 보는 대신들 표정 또한 임금의 안색에 따라 빠르게 가라앉았다. 장계를 다 읽은 영조가 곁의 승지에게 주며 회람하라 명하였다. 장계는 영의정 홍치중을 시작으로 차례대로 돌았다.

장계의 내용은 이러했다.

지금 함경도의 홍수는 대우大禹 때 홍수보다 더합니다. 만세교가 하룻밤에 떠내려가고, 도련포 목장 말이 80여 마리나 익사했으며, 이성利城은 작은 고을인데 민가가 360여 호나 떠내려갔습니다. 그리고 덕원 원산포구에 시체가 수없이 쌓였습니다. 덕원 부사가 날마다 묻어 놓지만 감당할 수가 없는 지경입니다. 더구나 이는 신이 확인한 것이옵니다. 길이 끊기고 산이 무너져 가보지 못한 곳의 폐해를 알 수 없겠사오나 이와 다르지 않을 것이옵니다……

"전하, 북도의 수재는 진실로 예사롭지 않은 재해이옵니다."

먼저 나선 것은 특진관 이정제였다. 그가 말을 이었다.

"함흥은 도신의 장계가 혹 실제보다 지나친 것이 많았던 적은 있사옵니다만, 심지어 대우 때의 홍수도 반드시 이보다 더하지는 않았을 것이라고 말하였습니다. 이는 실로 전에 없었던 변괴이옵니다."

"공도 그리 생각하는가?"

"그러하옵니다, 전하. 더욱이 함흥의 본궁은 곧 용흥하신 옛터인데 무너져 손상을 입은 재난은 마음에 지극히 놀라운 일이 아닐 수 없사옵니다!"

용흥, 조선의 건국이 이곳에서 시작됐다는 이정제의 말은 영조가 하고 싶은 말이기도 했다. 그가 말을 이었다.

"어사를 차송하여 안무安撫하게 하시고, 남관南關이 영동의 아홉 고을과 영남의 연해 고을과 서로 가깝고 쌀을 실은 배가 또한 많이 와서 모이니, 관서의 돈 1만 냥을 꾸어 보내어 빨리 곡식을 무역하게 하면 좋을 것이라 여겨지옵니다, 전하."

임금 영조가 말했다.

"아아, 이 시각에도 얼마나 많은 백성이 굶주리고 있을 것인가!"

지극한 한탄이었다. 대신들이 놀라 용안을 우러렀다.

"아아, 얼마나 많은 이가 나라의 손길이 미치지 않아 굶어 죽어가고 있을 것인가!"

순간 대신들 사이에 작은 웅성거림이 일었다. 용루를 본 까닭이었다. 그들은 임금 영조의 볼을 타고 흐르는 눈물에 일제히 읍하며 울부짖었다.

"전하!"

"북로는 왕업을 일으킨 옛 땅! 조종으로부터 우리 선왕에 이르기까지 권고하심이 심상한 데에 견줄 바가 아니었다. 내가 사복한 뒤로는 덕으로 화육하지 못하였고, 혜택이 두루 미치게 하지도 못했었다."

임금이 잠시 말을 멈추었다.

"아아, 내가 용상에 오른 지 4년 동안 수재·한재·풍재·상재가 없었던 해가 없었다. 아아, 짐의 부덕의 소치가 아니고 무엇이겠느냐?"

대신들이 엎드린 채로 일제히 소리쳤다.

"망극하옵니다, 전하!"

영조가 이었다.

"이번 북도 수재에 마음이 상하고 눈이 처참해진다."

곁의 상선이 용루를 닦기 위해 다가섰으나 영조는 손을 들어 저지했다. 흐르는 눈물이 그대로 용포자락에 떨어졌다. 임금이 계속했다.

"옛사람들은 한 사람이 제 살 곳을 얻지 못하게 되어도 마치 저자에서 매를 맞은 것처럼 부끄러워했는데, 하물며 수천 리 안의 민생들이 구렁에 나뒹굴게 된 것이겠는가?"

정전의 신하들이 다시 합창했다.

"망극하옵니다, 전하!"

영조가 잠시 말을 멈추었다. 대신들은 얼굴을 들지 않은 채 임금의 다음 말을 기다렸다.

"이래도 영성이 잘못하였는가?"

홍치중이 놀라 얼굴을 들었다.

"나는 영성을 칭찬하고 싶도다. 백성을 향한 영성의 마음을 간직하고 싶도다!"

할 말은 있으나 할 수 없는 분위기에 홍치중과 조문명은 물론이요, 이에 동조하기로 했던 다른 노론 인사 누구도 나서지 못했다.

"영성이 다급히 실어 보낸 3천 석은 기백 명을 살렸을 것이다. 아니 그러한가?"

이태좌가 임금의 말을 받았다.

"그러하옵니다, 전하. 영성의 행동은 자신에게 닥칠지도 모를 탄핵마저 두려워하지 않고 오직 백성들 안위를 생각하는 전하의 깊은 용심을 알고 행한 것으로 생각되옵니다, 전하!"

홍치중은 '하오나, 전하'라는 말을 입안으로 다급하게 집어

넣었다. 임금 영조는 그런 홍치중을 비롯한 신하들 안색을 보며 명을 내렸다.

"어사의 소임은 이종성이 아니면 할 수 없다. 비록 어버이 나이가 많다 하여 이제 막 북평사에서 체직되었지만, 어사는 곧 왔다 갔다 하는 소임이니 이종성으로 어사를 차출하도록 하라."

이어 영조는 명하였다.

"감영의 전포錢布와 북관의 내노비內奴婢, 조條와 주창州倉(각 고을에 있는 관청 창고)에 올려다 놓은 것들도 일체 가져다 쓰되, 떠내려간 민가와 익몰한 민정 또한 휼전을 거행하여 내가 상심하고 참혹하게 여기고 있는 뜻을 알리도록 하라."

덧붙여 방점을 찍듯 말을 이었다.

"곡식을 옮기는 것은 곧 왕정의 큰일이니, 영남의 곡식 1만 석과 관서의 돈 1만 냥을 시급히 꾸어 보내도록 하라."

곧 신하들의 정해진 대답이 돌아왔다.

"성은이 망극하옵니다."

보름을 이틀 앞둔 달은 밝았다.

박문수는 어머니의 드러내지 않은 깊은 정과 아내의 수줍은 마음에 종일 흠뻑 취했다. 어머니는 한낮인데도 자꾸 아들을 며느리와 함께 두려 애썼다. 아침을 먹고 나서도, 늦은 점심을 먹고 나서도 한사코 박문수의 등을 떠밀었다.

박문수는 알았다. 혼인 후 16년 만에 아이가 생겼을 때 어머니의 기쁨이 어떤 것이었는지. 그리고 그 아이 돌을 겨우 넘겨 잃었을 때 슬픔의 무게가 어떤 것이었는지. 박문수 집안은 아버지 대 세 아들 중 두 명이 서른 갓 넘은 나이에 절명했다. 어디 이뿐인가? 대를 이을 아들을 두지 못한 박문수의 백부댁에는 박문수의 형을 양자로 보낼 만큼 손이 귀했다.

'일각여삼추一刻如三秋'

이것이 아들을 바라는 박문수의 어머니, 경주 이 씨 마음이었다. 그러나 그녀는 며느리를 채근하지 않았다. 탓하지도 않았다. 하여 어느 날인가 박문수는 물었다.

"어머니는 어이하여 후처를 보라 채근하지 않으십니까?"

경주 이 씨는 대답했다.

"내 입장이야 어찌 그리하고 싶지 않겠느냐? 허나 여자에게 남편의 시앗보다 더 큰 고통은 없는 법이니라."

"어머님은 어찌 아십니까? 아버지께서 혹여 그리하셨습니까?"

"세상의 이치는 꼭 겪어봐야 아는 것은 아니니라. 미루어 깨쳐 알아야 현명한 사람인 게지. 내 마음에 비추어 세상을 보면 알아지는 게 세상 이치지. 깊게 보고 마음을 다해 느끼면 세상은 겪어보지 않아도 알게 되는 것이니라."

'하나를 알면 열을 안다'는 평범한 진리를 어머니는 말하고 있었다. 어머니는 너 또한 그리하거라, 말하지 않았지만 박문수는 어머니의 마음을 알았다.

어머니는 또 언젠가 말했다.

"금슬이 너무 좋아도 삼신할미가 질투하여 아이를 주지 않는다는구나."

그것이 타박이라면 유일한 타박이었다. 하지만 어머니는 당신이 한 말을 후회하듯 곧이어 말했다.

"며늘아기한테 잘해 주어라. 가풍이 달라 맘고생이 클 것이니라. 우리 집안에 시집와 준 용기가 가상하지 않느냐. 그 마음이 나는 어여쁘구나."

박문수는 어머니의 소망을 좇아 어둠이 내리지 않은 늦은 오후, 아내 청풍 김 씨를 오래도록 안았다. 박문수는 아내의 귓가에 가쁜 숨결을 불어넣고 소담스레 솟아오른 젖가슴을 베어 물었다가 아내의 잘록한 허리를 휘감아 안았다가, 아내의 뜨겁고 부끄럼타는 아랫도리를 파고들었다. 그렇게 짧은 듯 긴 듯 시간의 흐름조차 잊은 시간이 흘렀다.

"달이 곱습니다."

박문수의 아내 청풍 김 씨가 그의 품에 안겨 말했다. 열어놓은 작은 교창으로 이른 밝은 달이 부끄러운 듯 창틀에 걸려 있었다. 보름을 이틀 앞둔 달은 크고 둥글었다. 박문수는 '크다'

는 표현 대신 '곱다' 말한 아내가 어여뻐 감싸 안은 손에 힘을 주었다. 오랜 사랑 뒤의 느낌은 부풀린 목화솜 속처럼 아늑하고 포근했다. 이 순간만큼은 임금 영조 앞에서 밝혔던 꿈마저도 생각나지 않았다.

"고맙소……."

박문수가 아내 귓불에 대고 말했다. 처음 보았을 때 여리고 아름다웠던 모습이며, 서로 마음을 당돌하게 확인하였던 때 두근거림이 떠올랐다. 집안이 소론과 노론으로 다르다는 것을 확인했을 때 느꼈던 절망도 생각났다. 그 절망을 간절한 믿음으로 바꾸어갔을 때, 한 걸음 한 걸음 어른들을 설득해 나갔을 때 일들도 선명하게 떠올랐다. 고집스레 그들 만남을 허락하지 않던 아내 조부가 앞장서 혼인을 성사시키던 일도 어제인 듯 생생했다.

생각해보면 그런 감정이 자신의 내부 어디에 있었는지 알 수 없었다. 마치 불가능한 듯 보이는 불모의 땅에서 새 생명이 잉태되듯 사랑의 감정 또한 그렇게 생겨나는 것 같았다. 우주의 신비고, 자연의 신비였다.

박문수는 다시 속삭였다.

"고맙소……."

연모한다는 말이 고맙다는 말 속에 같은 크기와 색깔로 스며있다는 걸 아내 청풍 김 씨는 잘 알았다. 청풍 김 씨가 작은 어깨를 한층 오므려 남편 박문수의 품에 안겨들었다. 그때였다. 문밖에서 인기척이 들린 것은.

곧 조심스러운 청풍 김 씨 여종의 목소리가 들렸다.

"저… 저기…… 마…… 님……."

늦은 저녁, 일과를 끝낸 뒤의 사랑이라면 혼곤한 잠속으로 빠져들었으리라. 그러나 손님의 방문은 박문수의 귀가와 더불어 예정되어 있었다. 청풍 김 씨가 아쉬운 듯 박문수 품에서 움직였다.

"마… 님…… 손님이……."

다시 목소리가 들려왔을 때, 청풍 김 씨는 비로소 몸을 추스르며 대답했다.

"알았다."

곧 여종의 발소리가 멀어졌다. 박문수가 말했다.

"귀록과 오천이 벌써 왔나 보오."

밖은 이미 묽은 묵물처럼 어둠이 번져있었다. 그 어둠에 먼 산이 하늘 경계를 선명히 드러내고 있었다.

"너무 빨리 왔나 우리가?"

마치 제집인 양 사랑채 마루에 편안히 앉은 조현명이 다가오는 박문수를 향해 말했다. 그의 표정에는 여태 무얼 하고 있었는지 다 안다는 듯 장난기 품은 웃음이 가득했다.

"아무래도 그런 듯싶으이."

이종성이라고 가만히 있을 리 없었다.

"에끼, 이 사람들. 그리 잘 알면서 이리 일찍 오셨는가?"

박문수라고 질 리 없었고.

"내가 뭐라 했나, 오천!"

이번에는 떠넘기기.

"뭐라 했었나?"

조현명에 질 리 없는 이종성의 말이 다시 이어졌고……. 그렇게 한동안 오랜만에 보는 세 사람의 즐거운 농지거리가 오고 간 뒤, 박문수가 장난기 걷어낸 목소리로 말했다.

"헌데, 귀록은 오늘 여기 있을 자리가 아닌데……?"

자못 진중하게 말하는 박문수의 말을 조현명이 받았다.

"또 내가 노론이라고 몰아붙일 셈인가?"

"몰아붙이기는 누가?"

"에끼, 이 사람. 성상이 탕평을 명한 지가 언젠데 흰소리로 날 놀리는 겐가?"

"탕평이 어디 한쪽만 한다고 가능한 일인가?"

"그건 기은의 말이 맞으이."

이종성이 둘의 대화에 끼어들었다.

"아마도 노론은 지금쯤 기은에 대한 전하의 명에 대항할 명분을 찾으려 혈안이 되어있을 걸세. 귀록, 말씀 좀 해 보시게. 아니 그러한가?"

조현명은 동그랗게 눈을 모아 뜨며 말했다.

"낸들 어찌 알겠는가? 자네들하고 어울린다고 이제 연락도 없는데."

"그게 정말인가?"

이종성의 말을 박문수가 이었다.

"세작을 위해서는 아니고?"

"에끼, 이 사람!"

조현명의 목소리가 너무 커서 이종성과 박문수가 서로 마주 보며 누가 먼저랄 것도 없이 입을 맞추어 말했다.

"이거… 이거…… 정말인가 보이."

"자꾸 그리 놀릴 텐가. 허면 나는 그 세작질이나 하러 가야겠으이."

조현명이 몸을 일으키는데 박문수가 그제야 장난을 멈추고 말을 돌려 물었다.

"스승님은 퇴청하셨는가?"

이종성이 그의 말을 받았다.

"자넨 하필 지금 스승님 말씀을 꺼내는가?"

조현명이 말했다.

"스승님도 양반은 못되시겠네!"

조현명의 말에 박문수가 등지고 앉은 몸을 돌려 뒤돌아보았다. 사랑채 협문 앞을 지나 마당에 발을 딛는 스승이자 외삼촌 이광좌가 있었다. 박문수가 '외삼촌'이라는 호칭 대신 언제나 그랬듯이 스승이란 호칭으로 그를 불렀다. 두 마리 학 흉배가 수놓인 진홍색 홍포를 입은 이광좌가 만면에 환한 웃음을 지으며 쾌활하게 손을 흔들었다.

"양반이 아니면 나는 지금 무엇이야? 양민이야, 것도 아니면 천민이야? 하하."

이광좌가 농을 하며 사랑채 누마루를 향해 걸어왔다. 그때였다. 휙, 바람을 가르는 날카로운 소리가 들린 것은. 박문수와 이종성은 누가 먼저랄 것도 없이 소리쳤다.

"스승님!"

화살은 스승 이광좌의 귓바퀴를 스치며 날아와 사랑채 기둥에 꽂혔다. 박문수는 재빨리 화살이 날아온 곳을 가늠했다. 그러나 뛰쳐나간들 화살을 날리고 사라져버린 자를 찾을 수는 없을 것이다. 족히 250보는 날릴 수 있는 화살의 사정거리를 생각하면 방향만 짐작할 수 있을 뿐, 발사된 곳을 짐작하기 어려웠다. 박문수의 몸이 생각과 동시에 스승을 향해 뛰쳐나갔다.

박문수는 귀를 감싸 쥔 스승의 오른손을 제 손으로 감싸 내렸다. 오른쪽이었다. 스승의 귀에 화살이 남긴 상처가 나 있었다. 다행히 상처는 깊지 않았다.

"스쳤습니다."

어느새 조현명도 이종성도 버선발로 달려 내려와 서 있었다.

"괜찮으십니까?"

"괜찮다."

이광좌가 손에 묻은 피를 보고는 기둥에 꽂힌 화살에 시선을 주었다.

"내 목숨을 노린 것은 아닌가 보구나."

세 사람의 시선이 기둥에 꽂힌 화살로 모였다. 화살에 뭔가 묶여 있었다. 이종성이 앞서 움직였다.

"이게 뭐야?"

종이를 펼쳐 보는 그들 얼굴에 황망함이 드리워졌다.

"보면 모르겠나. 빈 종이질 않은가."

박문수가 다시 화살이 날아온 쪽을 바라보았다.

"대체 누가?"

조현명이 말했고, 이종성이 대답했다.

"누구긴 누구겠나?"

곧 경거망동하지 마라, 섣불리 예단하지 마라는 이광좌의 경고가 이어졌다. 잠시 그들 모두 생각에 빠졌다.

이종성은 생각했다.

'이유 없는 행동은 없다······.'

조현명은 짐작했다.

'상대는 분명······.'

이광좌는 염려했다.

'이것은 대체 어떤 일의 포석인가……?'

박문수는 깊이 추리했다.

'이것은 적어도 우리 중 누구, 혹은 우리 뒤를 밟는 자가 있다는 증좌일 수 있다. 빈 종이는 수많은 가능성을 품고 있다. 이것이야말로 상대를 교란시키는 가장 좋은 방법이다.

누구인가? 누가 이런 짓을 했는가? 나에게인가? 스승님에게인가? 아니면 우리 소론 전체에게인가? 그것도 아니면…….'

'적이 없는 세상은 있을 수 없는가?'

작가가 낙서처럼 휘갈겨 쓴 의문을 내려다본다. 의문은 순수하나 어리석다. 만약 작가가 갈등 없는 완전한 삶을 이상으로 추구한다면 불가능한 꿈을 꾸는 것이다. 인간 삶의 역사에 진리가 있다. 내가 겪었던 삶, 죽어 이곳 하늘정원에서 보았던 삶을 통틀어 그런 세상은 존재하지 않았다. 지금 그대들 세상 또한 그러하듯이.

내가 산 삶을 돌아보면, 출사하기 전에는 배부른 자와 굶주린 자의 욕망이 거세게 충돌했다. 뜻을 세우고 출사한 뒤 갈등 상대는 보다 분명해졌다. 그것이 작가가 말하는 '적'이라고 표현해야만 한다면, 내 적은 분명했다.

작가가 상정한 대로 내 적은 노론이었다.

물론 삶에서 디뤄야 하는 적이 어디 나 아닌 타자만 있을까? 내 안에도 동질의 표정을 지은 채 나를 고통스럽게 만든 '나이면서 적'은 많았다. 그 적들과의 동침을 통한 희로애락이 밖의 적을 대적하는 태도가 되었을 터이고. (그렇다면 궁금하지 않은가? 지금 이곳 죽어 망자가 된 하늘나라의 나에게 그 적이 여태 자리하고 있는지? 하하)

작가의 작업이 더디다.

노론을 나의 정적政敵으로 인식하고 노론과 나 사이 갈등을 하나의 유기적인 이야기로 엮어나가는 일이 쉽지 않은 듯하다. 한 사람의 인생은 그리 드라마틱한 일들이 한 편의 드라마나 소설처럼 유기적으로 얽히며 단시간에 일어나지 않는다. 그럼에도 작가가 풀어갈 나와 노론의 갈등, 소론과 노론의 갈등 이야기가 기다려진다.

그러려면 나의 스승 이광좌를 비롯한 소론 전체와 노론의 갈등을 피해갈 수 없으리라. 사실 그 시기 노론 공격의 핵심은 내가 아니라 그들이 소론의 영수라 여긴 스승 이광좌였다. 게다가 내가 어사로, 관찰사로 지방을 누비며 동분서주할 때는 소론이니 노론이니 하는 구분에 신경 쓸 여유가 없었다. 더구나 탕평은 조선의 선비라면 누구든 따라야 하는 임금 영조의 국시였다.

나는 작가의 구성이 여러 번 바뀌는 것을 지켜봤다. 작가는 적어도 내가 염려했던 부분, 어사일 때 내 행적을 중심으로 삼진 않을 것 같다. 그럼에도 내 삶의 상징인 어사 활동을 전체 줄거리 속에서 녹여내는 대목에서 막혀 있다. 도와주고 싶다.

작가를 내려다본다. 어느새 여름 한가운데다. 작가는 더위와 씨름한다. 더위는 작가의 옷을 벗기고, 선풍기를 틀게 하고, 지쳐 노트북 앞을 떠나게 만든다. 승리는 언제나 더위 몫이다.

아니다. 이 생각은 틀렸다. 승자는 세상의 모든 일을 무사히 겪어내는 자다. 경험에서 무엇을 얻었는가는 굳이 셈하지 않아도 된다. 살아있는 생명은 겪어낸 시간을 허투루 보내는 법이 없다. 미세한 흔적을 기록으로 쌓아간다. 쌓인 기록이 모여 미래를 만든다. 그렇게 운명은 만들어진다.

작가가 안타깝다. 흔하디흔한 에어컨이 그이 작업실에는 없다. 작가의 구성판을 들여다본다. 구성이 약간 바뀌었다. 김덕벌, 기축, 홍계희, 민통수, 민형수, 김재로…… 가상의 인물도 있고 실재 인물도 있다.

작가는 기축이란 인물을 종손이 대대로 물려받으며 간직한 호구단자 기록을 사료 삼아 소설 속으로 불러들였다. 기축은 내 호구단자 처음과 마지막에 모두 등장하는 유일하게 내가 죽기 전까지 살아남은 인물이다. 노비로 태어나 노비로 죽어갈 수밖에 없는 그들 수명은 길 리 없었고, 그런 면에서 기축은 매우 이례적이라 할 수 있었다. 김덕벌은 전혀 새로운 인물이다. 지금 용어로 말하자면 스파이 같은 존재로 그리려는 것 같다. 그의 활약이 자못 기대된다.

구성판에 붙은 자료들을 본다. 《송천필담》,《계암만록》,《대동기문》,《양은천미》,《계산담수》,《임화필기》 같은 조선시대 문집에 실린 나에 관한 기록이 일목요연하게 정리돼 있다. 그 중 《송천필담》에는 내 이야기가 가장 많이 실려 있다.

사채 독촉하면서 부녀자를 욕보인 중을 징치한 이야기며 가세가 기울어 혼인을 파혼당한 총각 결혼시킨 이야기하며, 필운대 시의 부귀와 기상에 관한 이야기, 도성을 지킬 방비책을 논의한 이야기, 그리고 단신인 최석정을 놀린 이야기까지. 《계암만록》에는 조관빈을 구명한 이야기와 기우제를 지낸 영조에게 우산을 씌워준 이야기가, 《대동기문》에는 조관빈을 구명한 이야기가, 그리고 《양은천미》에는 천신으로 화하여 무뢰배를 징치하는 이야기가 실려 있다.

구성 자료 쪽에는 이 밖에도 나에 관한 모든 기록을 의미별로 정리한 표가 있다.

'민중의 시각'

1) 인재양성과 등용에 힘쓴 관리
2) 하늘이 인격을 길러준 관리
3) 신령의 대리자
4) 생활밀착형 관리
5) 정의의 실현자
6) 융통성 있는 관리
7) 본능에 충실한 인물

정리된 표에는 이런 것도 있다. '소설화된 이야기 목록.'

조선이라는 나라가 일제에 망하고 난 뒤 일제 강점기와 해방 후에 쓰인 나에 관한 다양한 소설 목록인 듯하다. 참으로 많다. 고맙기도 하고 한편으론 안타깝기도 하다

작가의 스토리에 기대 그날 뒤의 이야기를 해보기로 한다.

그대들은 함경도에 독단으로 경상도 구휼미 3천 석을 실어 보낸 일에 대한 스승 이광좌의 반응을 어찌 짐작하시는지?

불같이 화를 냈을까? 아니면 역시 내 조카답구나, 칭찬하였을까?

대답을 하기에 이광좌란 인물에 대한 정보가 너무 없는가?

내 스승 이광좌는 선비였다. 그는 어릴 적부터 반듯하지 못한 나를 염려했다. 가난과 아버지의 부재가 삶의 그늘로 드리워졌던 어린 시절이었지만 나는 거룩한 우울함을 싫어했다. 대신 나는 바람처럼 움직였다. 흔들릴 수 있는 것들은 모두 흔들리게 만들고 싶었다. 정해진 규칙이나 명령 따위는 가능한 한 무시하고 바람에 휘날리는 볼 붉은 아이의 연노랑 치맛자락처럼 가볍게 만들고 싶었다. 표리부동한 세상의 모든 것을 뒤집어 보고 싶었다. 사람들은 그런 나를 두고 지독한 장난꾸러기라 하였지만, 스승은 내 내면에 자리한 응달과 정함 없이 흔들리던 꿈과 미래에 대한 불안을 알아봐 줬다. 그래서 나는 기꺼이 스승의 꾸지람을 받아들이곤 했다.

"어찌 아직도 그리 천지 분간이 되질 않는 게야!"

흰 얼굴이 붉어지며 소리치던 목소리가 귀에 생생하다.

"네놈이 좀 더 분별 있게 행동했다면 3천 석이 아니라 수십만 석을 줄 수도 있고, 만 명의 목숨이 아니라 십만 명의 목숨도 살릴 수 있다는 걸 왜 몰라? 저들이 가만히 있겠느냐? 그렇잖아도 네놈을 눈엣가시처럼 여기는 저들이 아니더냐? 이번엔 성상의 서슬에 물러설지 모르나 후에 반드시 너를 모함하는 씨앗으로 삼을 것이다."

묵직하게 가라앉은 스승의 목소리에는 천근의 근심이 얹혀 있었으나 당시 내게 그 무게는 가늠되지 않았다. 나는 오직 한

가지, "백성을 위한 일입니다"라는 말로 되받았었다. 더구나 임금 영조마저 나의 행동을 두둔하지 않았는가 자부하며. 사람은 누구나 자신의 잘못을 인정하고 싶어 하지 않는다.

지금은 안다. 스승의 꾸지람은 내 행동에 대한 100% 꾸지람은 아니었다. 내가 놓친 부분에 대한, 내가 그토록 오랜 세월 고치고 싶었으나 고치지 못한, 태어나면서부터 지니고 나온 나의 성정에 대한 부분을 안타까이 여긴 말씀이었고, 정치판을 좀 더 잘 보라는 냉정한 가르침이었다. 스승은 그 일을 두고 마지막으로 내게 말했다.

"백성을 향한 그 마음은 잊지 말거라. 변하지도 말거라."

나이 먹은 조카에 대한 예의는 아랑곳없이, 나이 들어 출사해 어엿한 종2품의 자리에 오른 관록 따위도 안중에 두지 않고 호되게 야단쳤던 무서운 스승의 마음속에 나에 대한 칭찬이 자리하고 있었음을 이제는 더 잘 안다……. 가슴이 뜨거워진다.

이제 다른 이들의 반응이 궁금하지 않은가? 나의 친구 조현명과 이종성의 반응은 어떠했는지? 그리고 다른 소론의 입장은 또 어떠했는지?

감탄과 근심과 동조, 그리고 가벼운 질투. 그것이 내가 느꼈던 당시 그들의 태도였다. 물론 이종성은 질타가 조금 더 했고, 조현명은 제 성격만큼이나 장난 섞인 질타와 칭찬이 앞뒤로 놓였다. 하지만 그들 모두 나를 진심으로 이해해주는 이들이었다. 물론 정치적으로 지향점이 약간 다른 조현명은 좀 달랐지만.

생각해보면 당시 나는 백성을 위해서라면 못할 일이 없는 듯 행동했다. 마치 칼을 쥔 사람처럼. 지금 생각해보니 그런 나의 행동은 노론에게 공격의 빌미를 주기에 충분했다. 더구나 어사로 내가 푼 장곡 100석은 그들에게 분노의 도화선이 되었을 터이고.

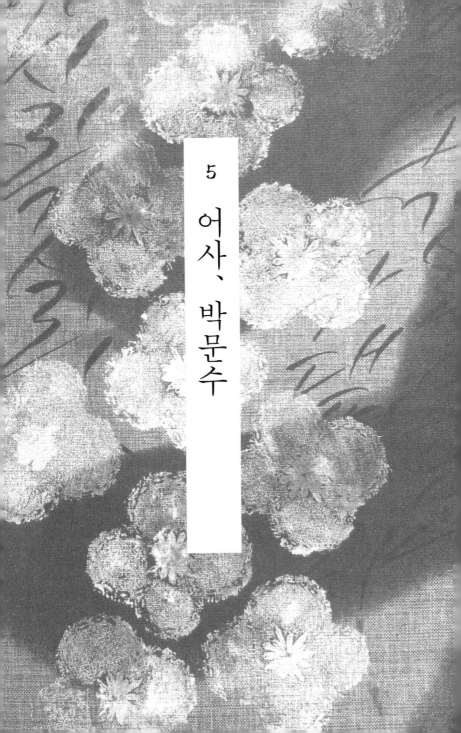

5

어사, 박문수

백지 서찰에 대한 의문은 풀리지 않은 채 시간이 흘렀다. 화살을 날린 자에 대한 의문도 흐르는 세월 속에 묻혔다.

박문수는 경상 관찰사에서 대사간으로 자리를 옮기며 한양으로 올라왔고, 이후 대사성으로 도승지로 자리를 바꿔가며 관직 생활에 익숙해졌다. 그리고 오늘, 또 다른 명을 받았다.

소매 속에서 봉서를 꺼내 드는 박문수의 손이 떨렸다. 곁에 함께 선 이의민과 정수겸도 긴장된 표정이기는 마찬가지였다. 그들은 오늘 오전 사시에 다 함께 어전으로 불려갔다. 박문수는 봉서 겉면에 쓰인 글자를 내려다보았다.

형조참의 박문수

도동대문외개탁到東大門外開坼 (동대문 밖에 도착하여 열어보라)

암행어사에게 내리는 임금의 사서私書였다.

여기는 동대문 밖에 자리한 관왕묘. 동대문과 지척인데다 죽은 관우에게 제사 지내는 묘당이니 인적이 드물었다. 관우는 임진왜란 때 참여한 명나라 군대의 조상. 인적이 드물다 못해 을씨년스러운 분위기가 감돌았다. 임금의 은밀한 명을 확인하기에 더없이 좋은 장소였다. 박문수는 봉서를 펼쳐 임금이 직접 쓴 어필을 읽어 내려갔다.

봉서는 모두 네 장이었다. 첫 장에는 민간을 살필 내용이 17건의 조목으로 적혀있었다. 둘째 장은 전결, 즉 논과 밭에 관해 살펴야 할 사항들이 기준과 함께 쓰여 있고, 셋째 장은 암행어사가 지켜야 할 규칙에 관한 내용이었다. 그리고 마지막 넷째 장에는 추생抽栍(제비뽑기로 암행할 지역을 뽑은 것)된 고을 이름이 적혀있었다.

"나는 함경도요. 공은 어디시오?"

이조정랑직으로 있다가 어사로 차출된 이의민이 물었다.

"보시다시피."

이의민이 어명이 쓰인 박문수의 사령을 보았다.

"호서로구만."

"나는 관서요."

박정겸이 묻지도 않은 말로 대화에 끼어들었다. 미시未時, 임금 영조는 경복궁 앞 육조거리에 자리한 관아에서 일을 보고 있던 그를 대전으로 불러 봉서를 내리며 말했다.

"짐은 그대만을 믿노라."

그때도 그렇게 말했다.

"짐은 오직 그대들만을 믿노라."

임금의 그 말 한마디만으로 박문수는 자신이 맡게 될 일이 무엇인지 짐작했다. 게다가 나흘 전 어사직 파견을 짐작하게 하는 임금의 말이 없었던 것도 아니었다.

조선 팔도에 파견 나간 모든 관리는 임금 대신 어명을 수행하는 대리인이었으나 그중에서도 암행어사는 특별했다. 우선 신분을 드러낸 채 임금의 명을 수행하는 관리에 비해 암행어사는 비밀리에 파견됐다. 당연히 신분을 감추기 위한 복장과 행동은 필수. 풍찬노숙은 암행어사가 감당해야 할 의례와 같았다. 그만큼 그들에게는 관직을 뛰어넘는 권한이 주어졌다. 모든 지방의 관리는 암행어사의 감찰 대상이었다. 이들의 처신과 백성의 처지를 살펴 임금 앞에서 보고하는 것이 암행어사의 임무였다. 따라서 어사가 보고 느낀 대로 정책이 실현될 가능성이 높았다.

박문수는 임지로 떠나기 전 그에게 주어진 물품을 확인했다. 우선 봉서와 함께 유척鍮尺과 마패, 그리고 사목책事目冊이 있었다. 유척은 검시 때 쓰는 놋쇠로 만든 자인데 두 개가 준비되었고, 역마를 징발할 수 있는 마패도 두 개였는데 말 세

마리가 그려진 삼 마패와 한 마리가 그려진 단 마패였다. 수행해야 할 목록을 적은 사목책은 한 권이었다.

다음으로는 사알과 호조를 통해 내린 각종 물품이 있었다. 우선 구급약인 소합원, 안신원, 청심원과 상질의 광목인 정목 네 필, 백미와 콩 다섯 말, 말린 민어 다섯 마리, 말린 조기 다섯 두름. 여기에 스승 이광좌와 이종성, 조현명이 보내온 돈 열두 냥이 있었다.

집에 소식을 전하러 간 기축은 아직 오지 않았다. 짐을 실을 마필과 양식도 오지 않았고 함께 수행할 사람들도 도착하지 않았다.

박문수는 어머니를 생각하고 아내 청풍 김 씨를 떠올렸다. 다시 이별이다. 소소하고 안온했던 가정의 일상도 당분간은 느끼지 못할 것이다.

박문수는 잠시 고개를 젖혀 하늘을 보았다. 그가 원하는 길은 이런 길이었다. 소소한 일신의 행복보다는 고통받는 백성들의 삶을 살피는 것.

조용했던 관왕묘가 갑자기 시끄러워졌다. 새로 임명된 어사들에게 배속된 사람들과 짐이 도착하고 있었다. 박문수는 그들 틈에서 자신에게 배속된 사람들의 면면을 살폈다. 홍문관 서리 김재익, 청파역졸 지망, 팔복, 갑돌과 왕십리역졸 수종. 모두 다섯이었다. 기축까지 더하면 여섯 명이 되는 셈이었다.

그런데 아직 기축은 오지 않고 있었다.

가까운 곳에 액정서 별감들이 출발을 확인하기 위해 서 있었다. 봉서의 내용을 확인하는 즉시 출발하는 것, 이것은 암행어사가 지켜야 될 첫 번째 행동수칙이었다.

"자, 먼저 떠나오."

채비가 갖춰진 이의민과 박정겸이 앞서거니 뒤서거니 떠나는데 기축은 아직 오지 않고 있었다.

"우리도 출발합시다."

"종 하나 안 거느리구요?"

묻는 이는 서리 김재익이었다.

"뒤따라 올 거요."

"어찌 알구요?"

"아니면 말면 되지요, 하하."

행선지는 봉서를 열어보고서야 알지 않았느냐는 서리의 말에 박문수가 농 삼아 그리 말하는데 기축이 숨을 헐떡이며 내달려왔다. 그를 바라보는 박문수의 시선 속으로 말을 탄 한 사내가 들어왔다.

"자네가 무슨 일인가?"

덕벌이었다. 그가 다가오며 대답했다.

"함께 모시라는 이조吏曹의 명을 받았습니다."

길이 사라졌다. 흐릿하게나마 식별되던 길이 하마치 고개를 넘어서자 그믐의 어둠 속으로 완전히 가라앉아버렸다. 일곱 명의 사내가 어둠에 포위된 채 하마치 고갯길을 내려가고 있었다. 흐흠, 그 칠흑 속에서 서리 김재익이 자꾸 헛기침을 했다. 길 위에는 오직 그들뿐이었다. 온 세상에 오롯이 그들뿐인 듯했다.

"이 고개를 내려가 오 리쯤 가면 마을이 있을 것입니다."

덕벌이 기억을 더듬어 말했다. 박문수도 기억을 더듬어 말을 받았다.

"열댓 가구쯤 되었지 아마."

그때, 아이고, 기축이 비명을 내질렀다.

"왜 그러느냐?"

"아, 돌부리에 걸려서."

멋쩍은 기축의 말에 숨죽이며 함께 걷던 이들이 제각기 나름의 소리로 존재를 알렸다. 덕벌도 기축의 돌발적인 행동에 긴장이 다소 풀리는 듯했다. 덕벌은 어둠 속에서 앞서 가고 있는 박문수를 가만히 살폈다. 그는 말고삐를 기축에게 맡기고 걷고 있었다. 덕벌은 떠나기 전에 만난 김재로를 떠올렸다.

"막아라. 반드시 막아라."

김재로가 덕벌에게 한 첫마디였다. 말하는 그의 얼굴은 창백했고 속마음을 읽을 수 없었다.

지난번 의문의 화살이 박문수의 집으로 날아들었던 날도 김재로는 같은 표정이었다. 음…, 낮고 깊은 한숨 소리를 내면서 조용히 덕벌의 보고를 듣는 김재로는 표정이 없었고 생각에 잠긴 듯했다. 그런 그가 덕벌은 언제나 불편했다. 같은 집안이라고는 하지만 자신은 가난한 청풍 김 씨였고, 그런 자신을 김재로가 재물을 주고 벼슬길을 열어주었다. 그 길로 덕벌은 김재로의 하수인이 되었다.

그날, 덕벌은 그동안 보고 겪은 박문수에 대해 고하면서 자신의 마음 안에 일었던 생각들을 되짚어 보았다. 그는 불의와 정의에 대면하는 방법의 차이를 목격했고, 순수와 술수라는 극명하게 다른 인간의 마음도 경험했다. 이를 통해 자신의 마음에 조금씩 일어나기 시작했으나 분명하게 인식하지 못한 변화들. 이에 대해서는 김재로에게 말하지 않았다.

"무엇을 말씀하시는 건지요……?"

그래도 덕벌은 물었다. 구체적으로 박문수의 어떤 행동을 막아야 하는지.

"정녕 몰라서 묻는 것이냐?"

덕벌은 헤진 갓에 낡은 옷을 입고 당당하게 걸어가는 박문수의 뒷모습을 보며 자꾸 김재로의 마지막 말을 생각했다. 그가 원하는 것의 궁극은 무엇일까 궁금해졌다. 그때 박문수가 뒤를 돌아보며 덕벌을 불렀다. 그의 가슴이 쿵, 저도 모르게 내려앉았다.

"예, 대감."

"허어."

박문수가 꾸지람 담은 소리를 냈다. 동대문 밖 관왕묘를 떠나면서 박문수는 그들에게 호칭과 함께 새로운 관계를 만들어주었다. 어사에게 무엇보다 중요한 것은 기밀유지. 사내 일곱이 한꺼번에 움직이면서 신분을 드러내지 않으려면 그만큼 주도면밀해야 했다. 그렇게 새롭게 정한 관계에서 덕벌은 조카였다.

덕벌이 무심결에 그를 향해 웃어 보였다. 그때였다. 덕벌의 입꼬리가 채 제자리를 찾기도 전 찰나 같은 그 순간, 어디선가 비명이 들렸다. 일행의 맨 뒤 왕십리역졸 수종의 등 뒤 다섯 발자국쯤 떨어진 곳에서 비명과 함께 요란한 바람이 일었다. 칠흑 같은 어둠 속에서 움직임은 바람과 소리로만 가늠됐다. 쉿! 박문수가 가로로 쭉 팔을 뻗었다. 일곱 사내가 일순간 어둠 속에서 소리의 흔적을 지웠다. 그 침묵 속에 들리는 소리.

"사, 살려주십시오."

겁에 질린 목소리. 목소리는 하나가 아니라 여럿이었다.

'어둠 속에서 추격자와 도망자가 있었는가? 눈치채지 못하는 사이?'

박문수는 마치 전혀 다른 세상을 지나온 듯한 당황스러움에 신경을 곤두세웠다. 머릿속에 산도적일 거라는 추측이 번개처럼 스쳤다. 가난하고 척박한 삶을 피해 도망한 자들이 피신할 곳은 오직 산속, 그 곳에서 사람들의 봇짐을 터는 것밖에는 살아남을 방법이 없다. 그들 또한 조선의 백성들. 하지만 사람의 행동에는 반드시 정正 · 사詐 구분이 있어야 한다. 그것이 박문수의 지론이었다.

나라 녹을 먹는 관리로서도, 명을 받아 사령지로 가는 어사의 신분으로서도 나설 수 있는 처지가 아니었지만 그렇다고 위험에 처한 사람들을 모른 척할 수도 없었다. 그런 생각을 하고 있을 때 기축의 목소리가 들려왔다.

"나리!"

기축의 시선이 소리가 난 뒤쪽이 아니라 향해 가던 길의 앞쪽을 가리키고 있었다. 마치 귀신처럼 두 사내가 길 앞쪽에 서 있는 것이 보였다. 박문수가 고개를 돌려 다시 뒤를 보았다. 뒤쪽으로도 사내 둘이 서 있었다. 박문수는 그들 뒤에 목덜미를 잡힌 채 서 있는 사내 둘을 보았다. 어둠 속이라 형체만 겨우 분간할 뿐, 얼굴은 분별할 길이 없었다.

"무엇이냐?"

청파역졸 지망이 호기롭게 물었다. 제법 무기를 쓸 줄 알고, 무예에 능한 자라 임금 영조가 특별히 골라 붙여준 자였다. 목소리에 힘이 있었다. 기축이 재빨리 박문수의 귓전에 대고 물었다.

"어찌합니까요, 나리?"

박문수가 웃음을 터트렸다.

"하하하하……."

어둠을 뚫고 나온 박문수의 웃음에 수행하던 사람들은 당황했다. 그때 앞에 선 사내 중 하나가 말했다.

"이거 천지 분간도 되지 않는데 그나마 여인의 웃음소리가 아닌 게 천만다행이오. 하하하."

박문수는 하대가 아닌 사내의 말투에 주의했다. 박문수가 사내의 말을 받았다.

"이 칠흑의 산 중에 그대들은 뉘시오?"

사내들이 한발 가까이 다가섰다. 박문수는 비로소 그들 손에 들린 칼을 보았다. 기축이 제 주인 앞으로 걸음을 옮겨 막아섰다. 덕벌과 김재익 등도 박문수를 가운데 두고 한 발 모여섰다. 긴장감이 부풀어 오른 짐승 오줌통처럼 팽팽해졌다.

"보아하니 양반님네들 같은데. 이 밤중에도 길 위에 있는 걸 보니 유람은 아닌 것 같으오."

"허면 그대들은 어찌 이 밤에 사람을 잡아가는 것이오?"

박문수가 다시 물었다.

"저놈들은 노비요. 제 주인을 버리고 도망한 놈들이란 말이지. 하여 내 이리 붙잡아 바치려는 것이오."

그러니까 사내들은 추노꾼이었다. 박문수가 붙잡힌 사내들을 보았다. 어둠 속에서도 그들의 두려움이 느껴졌다.

지난 갑진년에 임금은 추노를 금했다. 자신의 지위를 이용해 사욕을 채우는 관리들이 생기는 것을 염려하여 취한 조치였다. 그러니까 추노는 임금의 명으로 발포된 엄연한 금법이었다. 그럼에도 도망노비가 생길 때마다 주인들은 사사로이 추노꾼을 써서라도 잡아들이는 데 주저하지 않았다.

박문수는 갈등했다. 모른 척해야 하는가? 아니면 이들을 내보낸 자를 알아내야 하는가? 이곳은 어사로 명을 받은 호서가 아니었다. 하지만 어행길에 겪고 본 모든 일은 임금에게 보고할 의무가 있었다.

김덕벌은 박문수가 어찌 행동할까 짐작해 보았다. 어둠 속에서도 담대한 저 표정, 불의에 대해서는 언제나 한 치의 물러섬도 없던 그의 이제까지 모습에 견주어. 덕벌이 그들을 향해 말했다.

"허면 네놈들은 추노꾼이냐?"

과감한 말투였다. 아니 그들을 도발케 하는 말투였다. 이곳은 산속, 어둠에 포위당한 독립된 세상과 같은 곳이었다. 양반이나 추노꾼 같은 신분 차이는 중요치 않고 그저 한칼에 저승과 이승으로 갈라놓을 수 있는.

"추노꾼? 음, 그렇지. 그렇게 되겠구만."

사내가 반말로 덕벌의 말을 받았다. 그때였다.

"살려주십시오. 저흰 도망노비가 아닙니다. 아니 노비가 아녀요."

"나도 아니오. 나도 노비가 아니란 말여요."

사내들은 욕지기와 함께 무자비한 폭력을 그들에게 퍼부었다. 기축이 자기도 모르게 박문수에게 애원의 눈길을 보냈다. 박문수는 자신의 헤진 도포 자락을 움켜쥔 기축의 팔을 내려다보았다. 같은 신분으로 느끼는 공감은 박문수의 마음보다 절절한 듯했다.

"멈춰라!"

덕벌이 소리쳤다. 박문수가 그런 그에게 그만하라, 눈짓으로 명령하며 큰 소리를 내어 웃었다.

"하하하, 원래 내 조카 정의심은 공자님도 인정하지!"

박문수의 말에 사내들이 매타작을 멈추었다. 그가 다시 자신을 쳐다보는 사내들에게 말했다.

"그 칼 좀 그만 치우면 어떻겠는가? 허고, 그대들이 추노꾼이든 도망꾼이든 누굴 잡아가든 우리와는 상관없는 일. 헌데 이제 저 도망노비들을 어디로 데려가는가?"

사내 하나가 대답했다.

"알 바 아니라며 묻기는 왜 묻소?"

"보면 모르겠는가? 무서워 오금이 저리던 참이었는데. 여기가 어딘가? 산적들이 시도 때도 없이 출몰한다는 하마치가 아닌가?"

사내 하나가 말했다.

"저기 저 아래요."

박문수가 말이 끝나기 무섭게 맞장구치듯 받았다.

"아이고! 이거 다행이구만. 그대들에게 물어 길 좀 함께 내려갑시다."

사내들이 저희끼리 눈을 맞추었다. 기축이 제 주인의 속내를 들여다보고 따라 장단을 맞추었다.

"아이고 나리, 무서웠습니까요?"

하지만 그들이 가려던 방향은 정반대였다.

"그래, 이놈아. 빼앗길 거야 없지만 목숨은 귀한 것이 아니더냐?"

김재익이 덕벌과 다급히 눈을 맞추었고 팔복과 갑둘 등은 부지런히 눈을 돌려가며 서로의 감정을 확인하기 바빴다. 덕벌에게 박문수의 그런 행동은 이미 예상했던 것이었다. 그가 봐 왔던 그라면 이 일을 그냥 넘길 사람이 아니었다. 박문수는 그런 사람이었다.

사내 하나가 심드렁하게 대답했다.

"우리한테 물어 내려간다면야 뭐 부러 내외할 필요가 있겠소?"

그 시간, 김재로는 민진원과 사랑채 마당에 만들어진 연못가를 거닐고 있었다. 이른 더위와 오랜 가뭄에 온 세상이 바스락거리는 듯했다. 그러나 이곳, 마흔 칸이 넘는 민진원의 집 후원 연못으로 들어오는 물길은 졸졸졸 명랑하게 흘러들었고 부들이며 수련이며 개구리밥이며 옥잠화가 어우러져 아름다웠다. 민진원은 그들을 향해 몰려드는 잉어들을 보고는 멀찍이 선 하인을 손짓으로 불렀다. 익숙한 듯 하인 하나가 냉큼 달려와 그에게 잉어 밥을 내밀었다. 쌀겨였다.

"허허 고놈들 참!"

먹이 경쟁을 하느라 은비늘을 햇살에 튕기며 엎치락뒤치락 하는 잉어들을 보는 민진원의 표정이 흐뭇했다. 바람이 제법 시원했다.

"박문수가 어사로 나간 곳이 어디라구요?"

"호서지역입니다, 대감."

그렇게 말하는 김재로의 표정은 불쾌했다. 그는 박문수가 다시 어사가 되는 것을 막으려 했었다.

"호서라니!"

민진원의 목소리가 커졌다. 호서는 박문수가 살았던 곳, 지금 그곳에는 박문수의 집과 공신이 되면서 하사받은 땅이 있다. 그것은 어사를 선택하는 규칙에 어긋나는 일이었다. 어사는 그 어떤 관직보다 공평무사해야 하기에 인정에 이끌릴 여지를 없애기 위해 연고가 있는 지역에는 보내지 않는 것이 오랜 관행이었다. 그런데 임금은 그들이 반대하는 박문수를, 그것도 그와 연이 남아있는 호서에 보냈다.

박문수가 어사로 나가는 지역이 다른 곳이 아닌 호서라는 것을 알았을 때, 김재로의 반응 또한 민진원에 못지않았다. 독단적인 행동을 한 박문수의 탄핵조차 영조가 저지했을 때, 이대로 있을 수만은 없으며 여기서 더 나아가지 못하게 영조를 막아야 한다고 생각했다. 저들이 득의에 취해 있을 때, 저들이 임금의 성은을 믿고 방자해 있을 때, 더는 박문수와 소론이 백성의 마음을 얻어가기 전에.

이런 김재로에게 함경도에서 전해온 소식은 보다 확고한 자극이 돼 주었다. 박문수의 행동이 가져올 결과야 예상했던 것이지만 그곳에 심어놓은 수하가 보내온 반응은 예상보다 놀라웠다.

"백성들 모두 굶주린 지 사흘이 넘었습니다. 그때 홀연히 배가 한 척 떠오는데, 곡식이 가득 실려 있었습니다. 사람들은 모두 하늘이 보내주었다고 눈물 흘리며 감격해 했습니다. 한 사람이 배를 향해 큰절을 올리기 시작했습니다. 그러자 또 한 사람이 그를 따라하고 나중엔 모두 배를 향해 큰절을 올리기 시작했습니다. 그 광경은 마치 거대한 종교집단의 참배와 같았습니다. 그것이 경상도 관찰사 박문수가 보낸 것이라는 것을 안 뒤에는 하늘을 향했던 감동과 감사의 마음 그대로 박문수를 향했습니다. 사람들은 박문수가 신이라도 되는 양 칭송하고 숭배했습니다. 그를 얘기하는 사람들 얼굴에는 환희가 가득했습니다. 은덕을 기리자며 만세교 머리에 은덕비를 세우자 너도나도 나서는데, 반대하는 이가 한 사람도 없었습니다."

그 비의 이름은 이러했다.

'경상도 관찰사 박공문수 만세불망비慶尙道觀察使 朴公文秀 萬世不忘碑'

"이번엔 호서라……."

민진원의 말은 무심한 듯 흘러나왔다. 그러나 그의 말에는 지역을 넓히며 민심을 얻어가는 박문수에 대한 불쾌함이 담겨있었다. 그런 민진원을 보는 김재로의 표정에도 분노가 일었다.

"그 방법을 쓰시지요."

김재로가 말했다. 민진원이 깊은 신음을 내뱉었다.

'결국 이 길밖에 없는 것인가?'

민진원은 소론과 박문수를 향한 임금의 총애가 커지는 것을 막기 위해 했던 일들을 생각했다. 무진년 소론 강경파가 일으킨 이인좌의 난 때 박문수를 비롯한 소론 전체를 이 사건과 엮기 위해 얼마나 애를 썼던가. 그는 각 지방 노론 세력을 끌어들여 박문수를 비롯한 오명항, 이광좌 등에 대한 상소 공격도 같이 밀어붙였다. 경상도에 사는 이도장에게 "박문수가 일찍이 소사령의 적진에 앉아 있었다"고 상소를 올리게 했다. 소사령은 안음과 무주, 두 고을의 경계로 역적 정희량이 군사를 일으킨 곳이니 이는 곧 박문수가 적과 내통했다는 말이 되었다.

경상도 관찰사였던 박문수는 곧 모든 임무에서 물러나 왕명을 기다렸다. 임금 영조는 이 일을 오광운에게 조사하라 명했다.

거짓을 진실로 만들기 위해서는 진실보다 철저한 준비가 필요한 법. 하지만 이도장의 준비는 허술했고 박문수를 무고한 사실이 금세 드러났다. 이에 임금은 "정희량이 소사에 진을 쳤던 때는 박문수가 도순무사都巡撫使를 보좌하여 한양에서 내려갔을 때의 일이다. 그러할진대 언제 소사에 갈 수가 있었겠는가?"라는 말로 박문수의 무고함을 받아들였다.

김재로를 비롯한 노론이 박문수를 괴롭히기 위해 생각한 다음 방법 또한 무고였다. 노론인사 이양에게 무신년 이인좌의 난 때 '박문수가 적정賊情을 알고도 고발하지 않았다'는 내용으로 탄핵 상소를 올리게 한 것이다. 박문수는 또다시 의금부 마당 앞에 부복한 채 임금의 하명을 기다려야 했다.

박문수는 끊임없이 자신의 무고함을 상소했다.

"신이 이런 무망誣罔이 밝혀지기 전에 어떻게 세상에 서겠습니까?"

노론이 박문수를 끌어내리려고 혈안이 되어 있는 상황에서 그의 실수는 좋은 먹잇감이 됐다. 박문수가 패초牌招(조선시대 임금이 승지를 시켜 신하를 부르던 일)할 때 작은 실수를 하자 좌의 정 이집이 나서 파직할 것을 청했고, 경연에서 있었던 사소한 실수에도 추고를 요구했다.

거듭된 상소는 의심을 키우기 마련이지만 영조는 간단한 추고에만 응할 뿐 언제나 박문수를 두둔했다. 예조참판으로 도승지로 관직을 바꿔가며 박문수를 곁에 두었다. 그리고 노론의 염려를 알고 있었음에도 박문수를 다시 어사로 삼아 호서지방에 내려보냈다.

김재로를 비롯한 노론은 이 모든 상황을 받아들일 수 없었다. 생각할수록 이해할 수도 두고 볼 수도 없는 일이었다. 소론이 일으킨 역모를 소론이 진압하다니. 더구나 이광좌를 위시한 소론은 강경파를 진압한 공로로 공신이 되어 권력을 장악했다. 노론은 이런 상황을 '영조의 배신'으로 규정할 수밖에 없었다. 영조는 노론을 배신하면서 '나는 소론과 노론 모두의 지지를 얻은 임금'이라는 명분을 내세우고 있었지만 노론으로서는 받아들일 수 없는 미사여구에 불과했다.

"정말 그 방법을 써야 하는가……?"

갈등하는 목소리였다. 효과가 강력할수록 위험부담은 크다.

김재로가 흔들리는 민진원을 향해 결연한 표정을 지어 보였다.

"더 참을 수 있으시겠습니까?"

못을 박듯 김재로가 말했다.

비로소 멀리 불빛이 보이기 시작했다.

"마을입니다!"

기축이 안도했다는 듯 한숨까지 내쉬어가며 말했다.

"안다, 이놈아."

박문수가 응대하며 그들 사이에 흐르는 긴장감을 풀었다. 산길을 내려오는 내내 추노꾼들은 긴장하지 않았다. 긴장한 것은 박문수의 계획을 알 길 없었던 그의 일행이었다. 박문수는 추노꾼들에게 끌려가는 두 사내의 말이 필시 사실일 것이라고 생각했다. 그들이 했던 말, 행동에서 느낌은 전해져왔다. 그러나 사실은 확인해 봐야 아는 것. 이 일로 어행길이 반나절 혹은 하루쯤 늦춰지겠지만 나랏법을 어긴 자들을 묵과할 수는 없었다. 더구나 억울한 사람일 수도 있을 터, 그의 목숨을 외면할 수는 없었다. 계획을 세운다고 상황이 그대로 따라주진 않을 것이다. 대처는 상황에 따라 해야 한다. 문제는 신분을 드러낼 수 없다는 데 있었다. 이곳은 어행지인 호서가 아닌 경기도 진위였다. 더욱이 돌아오는 길이 아닌 가는 길.

"자 이제 서로 갈 길 갑시다."

마을을 백 보쯤 앞에 두고서였다. 박문수는 말하는 사내를 바라보았다. 어둠 속에서도 사내의 눈빛이 교활하게 빛났다. 삶과 죽음의 경계에서 처절하게 터득한 질긴 생명력을 가진 눈빛이었다.

"이거 신세 진 김에 한 번 더 신세를 지면 안 되겠는가? 보다시피 이런 밤중에 남의 집 대문 두드려봤자 헛간도 쉬이 내줄 거 같지 않아서 말일세."

"허어, 이 양반 말하는 것 좀 보게."

사내 하나가 어이없다는 듯 반말투로 말했다.

"물에 빠진 놈 건져놨더니 지 보따리 내놓으라는 심보 아녀?"

"거 참, 아무리 부탁하는 처지라지만, 양반한테 하는 말버릇하고는."

"뭐요?"

사내 하나가 덕벌을 향해 싸울 듯 대거리로 나왔다. 박문수가 나섰다.

"내 조카가 한 성질 하네. 이해하시게."

그러고는 일행을 향해 말했다.

"그만하거라. 어찌 됐든 우린 부탁하는 처지 아니냐?"

다른 사내 하나가 말했다.

"형님, 뭐 보아하니 갈 길도 먼 듯하고 노잣돈도 넉넉지 않을 듯하니 도와줍시다. 춘삼이네 헛간 정도야 어떻겠소?"

"거 고맙수다."

내내 가만히 있던 김재익이었다.

마을 입구에 들어서자 우두머리로 보이는 사내가 수하에게 우리를 춘삼이 집으로 데려다주라 했다. 박문수는 그 사내 뒤를 따르면서도 사내들의 움직임을 소리로 쫓았다. 하지만 소리는 곧 어둠 속으로 사라져버렸다.

"저기 저 집이요."

사내가 멈춰선 곳은 마을의 오른쪽을 휘돌아 한참을 올라간, 마을 끝에 자리한 초라한 초가였다. 사내는 춘삼이라는 자를 불러 이러저러 우리에게 들은 대로 대충 소개를 하더니 말했다.

"같이 안 갈텨? 김 목사가 한 상 푸짐허게 차려낼 터인데."

"잡았구만!"

"그놈인지는 모르겠지만, 암튼 우리야 머릿수만 채우면 되니 내 상관할 바는 아니고."

"숟가락 얹게 해준다면야 사양할 수 없지."

춘삼이라는 자는 정말 일행을 헛간으로 안내했다. 두 평 남짓한 헛간 벽에는 쇠스랑이며 호미며 낫과 같은 농기구들이 걸려있고, 한쪽 구석에는 작년 가을걷이로 나왔을 짚더미들이 쌓여있었다.

"미안하우. 보다시피 방이라고는 내 한 몸 뉘일 코딱지만 한 방이 전부니."

김재익이 나섰다.

"아이고 이것도 고맙구만. 헌데 신세 진 김에 저녁도 좀 신세 졌으면 하네만."

춘삼이 인상을 구기더니 말했다.

"마누라도 건사하지 못하는 형편이오. 부엌은 쓰신다면야 말리진 않을 것인디."

춘삼은 그리 말하고는 자신을 데리고 온 사내를 따라 집을 나가버렸다. 박문수는 잠시 그들이 멀어지기를 기다렸다. 곧 그는 덕벌과 지망에게 그들 뒤를 따라 사정을 살펴보고 오라 명했다.

"단지 살펴만 보고 와야 할 것이다."

더불어 박문수는 언제나 그렇듯이 조심하라, 절대 들켜서는 안 될 것이다, 당부했다.

덕벌과 지망이 사내들 뒤를 쫓기 위해 떠난 뒤 기축을 비롯한 팔복과 갑돌이 봇짐을 풀어 저녁을 준비했다. 얼마 지나지 않아 달달하고 구수한 밥 냄새가 초라한 초가집을 넉넉하게 감싸 돌았다. 엎드려있던 회가 요동을 치는지 모두의 뱃속이 하나같이 요란했다.

"나리, 밥이 다 되었구만요."

기축이 그리 알리는데 아직 덕벌과 지망의 모습은 보이지 않고 있었다. 기축이 재빠르게 싸리로 엮어 만든 사립문 밖으로 나가 고개를 디밀며 말했다.

"기다려야 되겠죠?"

박문수는 늦은 저녁에 허기진 얼굴들을 돌아다보았다. 왠지 느낌이 좋지 않았다.

"남겨놓고 먹거라."

박문수가 그리 말하고는 잰 발걸음으로 헛간을 나섰다. 기축이 어디 가느냐, 묻지 않아도 될 말을 하며 다 된 밥과 박문수를 번갈아 쳐다보다 밥그릇을 부여잡고 앉았다. 기축이 다급하게 한 숟갈을 입안에 욱여넣으며 엉덩이를 들었다 놓았다를 반복했다.

춘삼의 집을 나서서 어둠 속을 걷는 박문수의 모습은 드러나지 않았다. 박문수의 몸이 어둠 속에서 나무와 건물에 붙어 움직이며 흔적을 드러내지 않았다. 박문수가 향하고 있는 곳은 그가 걸어온 마을 입구가 아니라 마을의 가장 위쪽이었다.

그 시간, 덕벌은 눈앞에서 벌어지는 광경을 믿을 수 없었다. 좀 전, 그들은 사내들을 뒤따라 와 그들이 들어간 집 뒤쪽 담을 넘었다. 담이 높고 집이 깊어서 도저히 박문수가 내린 명을 수행할 수 없을 것 같아 내린 결정이었다. 그런데 그런 그들 앞에 사내들이 마치 기다리기라도 한 것처럼 서 있었다. 덕벌은 그들과 대적하는 대신 상황을 먼저 살피기로 했다.

"내 이럴 줄 알았지."

추노꾼, 그 사내들이었다. 집을 내준 춘삼이라는 자는 그들 사이에 없었다. 덕벌이 재빨리 머리를 굴렸다. 그러고는 박문수처럼 행동하기로 했다. 덕벌은 우선 걸판지게 웃어 재꼈다. 지망이 덩달아 곁에서 소리 내어 웃고.

"웃어?"

"아이고. 이거 배가 고파서리. 미안하게 됐수다."

사내 하나가 다른 사내들에게 명했다.

"묶어!"

사내들이 우르르 몰려들어 덕벌과 지망의 몸을 포박했다. 난감함에 덕벌과 지망의 얼굴이 흙빛으로 변했다. 사내들이 그들을 집 뒤켠으로 끌고 갔다. 그곳에는 산속에서 도망노비로 끌려온 사내 둘이 마치 형을 기다리는 것처럼 겁에 질려 있었다. 그들이 덕벌과 지망을 보았다. 덕벌은 그들 시선에서 안도감보다는 두려움이 커지는 것을 보았다.

그때였다. 누군가 뒷마당을 돌아 들어왔다. 사내들이 일제히 그를 향해 허리를 굽혔다. 덕벌은 정자관을 쓰고 결 고운 모시 저고리와 바지를 입은 사내를 보았다. 나이는 쉰 안쪽으로 보였다. 그에게서 양반 특유의 느림과 여유가 과장되게 묻어났다.

"네놈이더냐?"

"아닙니다요. 이 두 놈은 담을 넘었기에."

"뭐라?"

정자관 사내가 눈을 가늘게 뜨고 덕벌과 지망을 보았다.

"제 발로 뛰어들었다 이 말이로구나."

덕벌이 다급하게 머리를 굴리는데 도망노비로 잡혀 온 한 남자가 소리쳤다.

"저입니다요, 나으리! 노비가 아니라 저 아랫노미 장가입니다요. 군역을 피해 도망가긴 했지만 지가 어찌 노비입니까요."

다른 이도 소리쳤다.

"지는 윗노미 천가구만요. 지 또한 노비가 아닙니다요. 지는 엄연한 양민입니다. 다만 군역을 질 수가 없어서……."

정자관 사내가 말했다.

"시끄럽다! 군역을 피해 도망한 것이면 국법을 어긴 중죄를 지은 죄인들이 아니더냐?"

덕벌은 비로소 어이하여 박문수가 이들의 뒤를 밟았는지 알 것 같았다. 덕벌이 잠시 생각을 정리했다. 정자관 사내가 했던 말, '제 발로 뛰어들었다'를 되짚었다. 그 말이 무엇을 의미하는지에 대해.

"이걸 푸시오."

"네놈들은 내 집 담을 넘은 죄인!"

그때 추노꾼 하나가 정자관 사내 귀에 무어라 귓속말을 했다. 듣지 않아도 덕벌 일행에 대해 말하고 있을 것이었다.

"어사란 걸 말하면 어떻겠습니까?"

어행길이 처음인 지망에게는 이 모든 상황이 두려울 수밖에 없을 줄 알지만 너무 쉽게 나온 지망의 말에 덕벌은 자기도 모르게 낯을 찌푸렸다. 하지만 그라고 좋은 방법이 떠오른 건 아니었다. 그들이 오지 않는다면 박문수는 분명 자신들을 찾으러 올 것이다. 덕벌은 김재로를 떠올렸다. 막아라, 명했던 그 말을. 어사 박문수 존재를 알리는 것이 그를 막는 일이 될지도 모른다. 그렇게 되면 지금 상황은 단숨에 해결될 것이다. 덕벌은 갈등했다.

정자관 사내가 귓속말한 추노꾼에게 다시 귓속말로 무어라 말했다. 곧 그가 사내 셋을 뒤에 달고 마당을 빠져나가려 했다. 그때였다. 종으로 보이는 사내가 다급하게 뛰어 들어왔다.

"무엇이냐?"

경망스럽고 다급한 하인을 향해 짜증 섞인 정자관 사내의 고함이 터졌다. 덕벌은 그 사내 뒤를 따라 들어오는 사람을 보았다. 박문수였다. 그 곁에는 기축과 김재익, 팔복과 갑돌, 그리고 수종도 함께였다. 어디 그뿐인가. 그들은 춘삼이라는 사내 집에 풀어놓았던 짐을 모두 챙긴 듯했다. 박문수가 묶여있는 덕벌과 지망을 보더니 한걸음에 내달려왔다.

"아니, 너희가 여기 왜 이러고 있느냐? 이 꼴이 대체 무엇이야?"

박문수가 고개를 돌려 정자관을 쓴 사내를 바라보았다. 박문수가 서둘러 사내를 향해 다가서며 말했다.

"이거이거 큰 오해가 있는 모양이오."

그리 말하며 산속에서처럼 자신과 일행을 소개했다. 그들은 과거에 낙방하고 마음이나 달랠까 싶어 유람 떠난 사람들이라고. 그러면서 정중하게 상대의 이름을 물었다. 자신의 정체를 밝히는 일이 득이 될까 실이 될까 계산을 마친 사내가 자신을 이곳 목사라 했다. 박문수가 한껏 자세를 낮추었다.

"아이고, 이거 몰라뵙고 실례를 범했습니다. 이놈이 내 조카인데."

덕벌과 일행 모두 박문수를 따라 몸을 낮추며 주억거렸다.

"정말이냐? 담을 넘었다는 게? 어찌 그런 짓을 하였느냐?"

덕벌이 말했다.

"안을 좀 들여다본다는 게 그만 떨어져 버린 것입니다. 작은아버지."

"이런 이런. 오비이락이 되었구만. 아무튼 참으로 송구하게 되었습니다. 내가 이리 용서를 청하지요."

정자관 사내의 눈이 빠르게 움직였다.

연잉군이 쫓기고 있다. 말 탄 무리는 시퍼런 칼을 빼 들고 달려드는데 다리는 천근 무게로 움직여주지 않는다. 그를 쫓는 자들이 누구인지 알 수 없다. 소론인지 노론인지 그도 아니면 형 경종이 보낸 자들인지.

"아악!"

몸 위로 덮치는 그들, 차마 보지 못하고 눈 감고 소리친다.

"금아."

눈을 뜬다. 어머니다. 어머니 숙빈 최 씨가 그를 내려다보고 있다. 어머니의 눈빛이 갑자기 매섭게 돌변한다. 놀라 몸을 일으키며 연잉군은 잠에서 깼다. 술에 취해 발가벗겨져 거리로 내쫓긴 그를 박문수가 구해준 날, 어머니 숙빈 최 씨는 매를 들어 그의 종아리를 쳤다. 종아리에 붉은 줄이 무수히 그이고, 붉은 줄에 핏방울이 맺혀도 숙빈은 매를 놓지 않았다. 기어이 피가 흐르고 살이 뭉개졌을 때에야 매를 놓고 통곡했다. 그녀는 식어버린 지아비의 은혜를 서러워했고, 술로 세월을 낭비하는 아들 때문에 아파했다. 그날처럼 어머니의 매서운 눈빛이 눈앞에 있는 것 같았다. 영조가 몸을 일으켰다. 그때였다.

"!"

소리였다. 바람이 내는 소리가 아니었다. 일상의 움직임이 만드는 소리도 분명히 아니었다. 숨죽여 움직였으나 끝내는 감추지 못한 소리. 영조는 병풍 뒤로 몸을 숨겼다. 호위군을 부르는 은밀한 조치를 취하기 전에 잠시 기다렸다.

"스…사…삭……."

소리는 침전 문앞이 아니라 옆에서 났다. 소리는 단숨에 영조가 몸을 숨긴 뒤쪽까지 와 있었다. 영조는 재빨리 문을 향해 몸을 굴렸다. 영조의 손은 이미 밖으로 연결된 줄 하나를 잡아채듯 당기고 있었다.

"딸랑딸랑딸랑……."

종소리가 조용한 대궐에 요란하게 퍼졌다. 종소리는 곧 궐 내 사람들을 깨우고, 천지를 흔들어 깨울 것이다. 영조는 상대를 기다렸다.

"휙!"

들켜버린 침전 밖의 존재는 이제 소리를 죽이며 움직이지 않았다. 곧 침전으로 달려오는 요란한 발소리들이 들려왔다.

비상시를 대비한 신호.

미처 알지 못했다. 영조는 생각보다 주도면밀했다. 어차피 암살이 목적은 아니었다. 위협만 주는 게 이번 거사의 목적이었다. 그런 면에서 '거사'랄 것도 없었다. 이제 영조는 당분간 편히 잠들지 못할 것이다. 암살자를 잡기 위해 온 나라는 다시 광풍에 휩싸일 것이고.

그래도 범인은 잡히지 않을 것이다. 그렇게 되면 범인은 만들어질 것이다. 임금이 가장 없애고 싶어 하는 사람, 임금이 가장 멀리하고 싶은 사람으로.

이제 그 일을 준비하면 된다고 김재로는 생각했다.

물론 영조가 자신들이 예상한 대로 마음을 바꿔 줄지는 알수 없었다. 그러나 어떤 일이든 실행에 옮겨진 의도는 그에 따른 결과를 드러내는 법이다. 그것이 세상의 이치였다.

김재로를 비롯한 노론은 영조가 움직일 경우의 수를 모두 계산했고, 의외의 사태에도 완벽하게 대비했다. 그래서 그들은 임금 영조의 어떤 행동에도 당황하지 않았다.

"어이하여 잡아들이지 못한단 말이냐?"

이렇게 다그쳐도 '망극하다'는 말로 고개를 조아렸고, "경은 짚이는 자가 없는가?"라고 물어도 그저 망극하다, 머리를 짓찧으며 몸을 낮추었다. 그리고 조용히 그가 원하는 미끼들을 점점이 놓아두었다.

첫 번째 미끼를 문 영조가 김재로를 불러들였다.

덕벌은 아무리 생각해도 그날 밤이 이해되지 않았다.

그날 밤, 정자관 사내는 박문수의 청을 순순히 받아들였다. 그들은 춘삼이라 불리는 사내의 헛간 대신 정자관 사내의 사랑채 너른 방으로 안내되었다. 어디 그뿐이랴. 닭고기가 놓인 밥상에는 탁주까지 얹혀 나왔다.

상을 물리고 잠자리에 들 때까지 박문수는 이렇다 할 말을 하지 않았다. 기축과 자신이 말을 하려 해도 아무 말 말라는 눈짓을 했다. 그렇게 그 밤 내내 박문수는 하지 않아도 될 말, 새롭게 설정된 그들의 관계를 드러내는 공허한 말만 했을 뿐이다.

뭐가 어떻게 돌아가는지 알 수 없는 상황에서 꼭 무슨 일이 일어날 것만 같은 불길함으로 잠을 설치다 설핏 잠이 들었던가 보았다. 덕벌은 새벽녘, 바깥의 소란스러운 소리에 잠에서 깼다. 군역을 감당할 수 없어 도망갔다 붙잡힌 두 도망노비가 사라진 모양이었다.

그러나 박문수는 그들 모두에게 모른 체하라고 했다. 또 아침이 되어 차려 내온 아침상까지 한 상 잘 받고는 사내의 집을 나섰다. 정자관 사내 또한 그들을 붙잡지 않았다. 모든 것이 의문스러웠지만 그것으로 끝이었다. 박문수는 사라진 두 사내의 탈출에 대해서도 "내가 하고 싶은 일이 해결됐으니 참으로 잘 되었다" 말할 뿐이었다.

그러나 덕벌은 분명 박문수일 거라는, 두 사내를 도망치게 만든 이는 분명 그일 거라는 생각을 거둘 수 없었다.

도대체 박문수 이 사람에게 어떤 능력이 있는 것인가? 사람들 사이에 회자되는 신기한 능력이 정말 그에게 있는 것인가? 이런 것까지 김재로는 알고 있는가? 노론은 이런 박문수의 모습을 알고 있을까?

덕벌은 누구에게도 말하지 않았던 일, 박문수의 집 기둥에 화살을 날려 보냈던 일을 떠올렸다. 이광좌를 위협할 의도는 없었다. 계산에 넣지도 않았던 그가 그 순간 그곳에 등장했을 뿐이다. 그리고 그 일은 누가 지시해서가 아니라 오직 자기 판단으로 한 일이었다.

왜 그랬을까?

수없이 생각하고 생각해봐도 알 수 없었다. 무엇이 자신을 그렇게 하게 했는지……. 그는 자기 내부 어디에 김재로 외에 또 다른 지시자가 있는 것만 같았다.

"어이 조카. 무슨 생각을 그리 하는고?"

박문수의 장난 섞인 말에 그의 가슴 한편이 쿵 하고 무너졌다. 곧 이해할 수 없는 불안감이 가슴으로 퍼졌다. 덕벌이 박문수를 향해 멋쩍은 웃음을 지어 보였다. 그는 누군가를 속이는 일은 참으로 마음 불편한 일이라는 걸 새삼 깨달았다.

박문수는 산 아래 전경을 둘러보았다. 호서였다. 이 산을 경계로 경기도와 호서가 나뉜다. 이곳은 이제 그가 어사로서 감찰해야 하는 지역이다. 지금 호서는 오랜 가뭄으로 먹을 물조차 말랐다고 한다. 물조차 마실 수 없는 백성들 삶이 어떠할지 박문수는 짐작하고도 남았다. 이럴 때일수록 사리사욕 챙기기에 바쁜 탐관오리들도 즐비할 것이므로. 덕벌도 박문수를 따라 산 아래를 내려다보았다.

박문수가 그들을 불러 모았다.

"저 아랫마을은 오룡이라는 곳이다. 지금부터는 세 조로 나누어 움직일 것이다."

박문수는 조망과 팔복을 덕벌과 한 조로 묶고, 갑돌과 수종을 김재익과 한 조로 묶었다.

"덕벌이 너는 직산 쪽으로 내려가 평담까지 둘러보아라. 서리 김재익 조는 직산을 거쳐 진천까지 둘러보아라. 이후 모두천안 삼거리 주막에서 합류한다. 명심해야 할 것이다. 절대 신분을 노출해서는 안 된다. 어떤 위험한 상황에 처했다고 해도. 그리고!"

박문수가 말을 끊었다가 다시 이었다.

"정말 중요한 것은 진실을 보는 것이다. 가짜에 속지 마라!"

모두의 표정이 결연해졌다. 박문수가 다시 말했다.

"나는 아산 쪽으로 혼자 움직일 것이다."

내내 눈치를 보던 기축이 그제야 냉큼 나섰다.

"지는요?"

박문수가 엄한 표정을 풀며 기축의 머리를 쥐어박았다.

"주인 안 모시는 종놈은 내칠 것이다. 이놈아!"

"나리가 저를요?"

박문수가 다시 기축의 머리를 후려갈기려 하며 농을 했다.

"내가 니놈을 못 쫓아낼 성 싶으냐? 어디서 주인에게 대거리를 하는 것이냐?"

기축이 펄쩍 뛰어 피하며 말했다.

"밥은 언제 먹습니까요? 어디서 먹습니까요?"

"네놈은 늘 밥 생각뿐이로구나, 이놈아. 저 아래 주막에서 먹고 헤어질 텐데. 참을 수 있겠느냐? 이놈아! 하하."

기축이 못 참겠다며 제 배를 움켜쥐더니 이내 산 아래로 내달리기 시작했다. 그렇게 앞장서 달려간 기축이 그들을 기다리고 있던 곳은 주막 앞이었다. 그런데 기축의 표정이 심상치 않았다.

"저기, 저기……."

기축이 차마 말을 다 하지 못하고 주막을 오십 보쯤 앞에 둔 사잇길 쪽을 가리켰다. 한 무리의 사람들이 초봄 갓 태어난 올챙이 떼처럼 빼곡하게 뭉쳐있었다.

"무엇이냐?"

덕벌이 먼저 물었다. 박문수는 묻는 대신 기축의 놀란 눈빛에 그들을 향해 다가갔다. 가까이 다가갈수록 그들이 지금 무엇을 하고 있는지 알 것 같았다. 박문수의 마음이 간절해졌다. 제발 그가 예상하는 그런 광경만은 아니기를.

"비키거라!"

덕벌이 소리 질렀다. 하지만 누구도 그들을 향해 몸을 돌리거나 멈추지 않았다. 박문수가 틈을 만들어 밀고 들어갔다.

"헉!"

박문수가 비명 같고 탄식 같은 소리를 내며 눈을 감았다. 여자였다. 발가벗겨진 여자. 그 여자 온몸에 밥풀이 붙어있었다. 그러니까 사람들은 여자 몸에 붙은 밥알을 뜯어 먹느라 아귀다툼을 하고 있었던 것이다. 박문수가 눈을 감았다가 다시 뜬 그 찰나 같은 순간, 처음엔 보지 못했던 것이 눈에 들어왔다.

"저건 아이가 아닙니까?"

덕벌의 놀란 목소리가 박문수의 귀 가까이서 들렸다. 그랬다. 여자가 품에 안고 있는 것은 아이였다. 아이는 움직임이 없었다. 박문수는 아이의 팔과 다리가 축 처져 있는 것을 보았다. 그 순간에도 사람들 손은 여자의 몸을 향해 달려들었다. 밥풀이 사라진 곳에는 어김없이 할퀸 상처가 남았다. 피가 맺힌 곳도, 흐르는 곳도 있었다. 머리도 예외는 아니었다. 머리카락이 뜯기고 붉은 피부가 그대로 드러나 있었다. 그래도 여자는 박처럼 동그랗게 몸을 말아 필사적으로 아이를 끌어안고 있었다.

지옥의 그림이라고 해도 될 정도로 믿을 수 없는 광경이었다. 이토록 잔혹한 광경은 들어본 적도 없었다.

"멈추어라!"

덕벌이 소리치는데 이보다 먼저 박문수의 두루마기 자락이 여자의 몸 위로 펼쳐졌다. 덕벌은 속바지저고리차림으로 사람들과 여자 사이에 경계를 짓고 서 있는 박문수를 보았다. 덕벌은 재빨리 박문수 뒤쪽에 가 섰다. 박문수의 무겁고 단호하고 처절한 고함이 터졌다.

"물러서라!"

조선 17, 18세기, 숙종과 경종, 그리고 영조가 임금으로 전권을 휘둘렀던 이 시기, 굶주림은 전염병처럼 팔도 이곳저곳을 휩쓸었다. 겨울의 굶주림은 혹독했고 봄의 굶주림은 가혹했으며 여름의 굶주림은 절명과 같았다.

암행길 주막에서 국밥이라도 먹을라치면 어김없이 굶주린 백성들이 모여들었다. 국밥 한 숟갈을 구걸하며 마지막 힘을 다해 쳐다보던 눈동자들. 그들은 늙고 병들고 어리고 여자이고 노인이고 청년이었다. 먹지 않고 통째로 뚝배기를 넘기면 일어나던 아귀다툼.

굶주림에서 살아남으려는 사람들의 분투는 양반 상놈 가리지 않았다. 공자에게 제사를 올리기 위해 차린 제물祭物을 훔쳐 먹어 제사를 지내지 못하게 한 양반에게 염치는 이미 다른 세상 얘기였다.

노모의 굶주림을 보다 못한 유생이 인문印文처럼 벌레 먹은 소나무 껍질로 관첩을 위조해 창리에게 고하고 조곡을 받아 어머니를 먹여 살린 일 또한 그러했다.

굶주림에 유리걸식 대신 스스로 자살을 선택하는 사람들도 있었다. 자살은 대체로 양반들이 선택한 최후의 방법이었다. 호서의 한 양반은 추위와 굶주림을 견디다 못해 소금을 먹고 죽었고, 육진六鎭의 종성鐘城(함경북도 종성군의 한 읍)에 근무하던 한 토졸은 굶주림을 견디다 못해 스스로 목을 찔러 죽었다.

김제에 고 씨 성을 가진 양반 집안의 불행은 더욱 참담했다.

굶주림이 한계에 다다른 부부는 마지막 결정을 내렸다. 남편은 부인에게 함께 움직이며 걸식하는 일은 쉽지 않으니 흩어져 걸식하자고 제안했다. 그러자 그의 아내가 말했다.

"이런 참혹한 흉년을 만나 이제 앞으로 다니면서 빌어먹어야 하니, 인생이 이 지경에 이르렀는데 무엇을 돌보겠습니까? 집에 키우던 개가 있으니, 청컨대 당신과 같이 잡아서 마지막으로 먹을까 합니다."

그러자 남편이 말했다.

"나는 차마 손으로 잡을 수가 없소, 부인."

아내가 다시 말했다.

"제가 부엌 안에서 개 목을 매어 놓을 테니 당신은 밖에서 그것을 당기세요."

　남편은 아내가 말한 대로 줄을 힘껏 당겼다. 그런데 부엌 안에서 아내의 말이 들려오지 않았다. 남편이 부엌 안으로 들어갔다. 그런데 문설주에 아내가 목을 매 죽은 것이 아닌가. 그가 당긴 줄에는 개가 아니라 아내의 목이 매어져 있었던 것이다.

　치욕 대신 스스로 죽음을 선택한 모습은 처절하다. 관료를 지낸 사대부가의 부녀이면서도 죽지 못하고 남자의 옷으로 변복해 도둑질을 한 경우는 어쩌면 다행이라 여겨야 할지 모르겠다. 힘이 남아있는 사내들이 산속으로 들어가 도적 떼가 되고, 급기야 대낮에도 사람 죽이기를 서슴지 않는 흉포한 도적 떼가 되어버린 상황 또한 있을 수 있는 일이라 여겨야 할지 모르겠다.

　대부분 백성은 처음엔 식솔들이 모두 뭉쳐 다니며 구걸을 했다. 그러다 여의치 않아지면 부모들은 제 자식들을 길거리에 버려두고 떠났다. 연약한 아이들은 그렇게 길거리에 버려졌다. 거두는 자 없는 아이들은 구걸하며 거리를 떠돌다 죽어갔다. 그러다…… 죽어가는 아이들이 기어이 다른 사람에게 잡아먹히는 일도 속출하기 시작했다.

　김약로가 영조에게 올린 상소에도 그 내용이 잘 드러난다.

　불행하게도 해마다 흉년이 들어 굶주림을 거듭 당하여 천륜이

끊어져 인류가 서로 잡아먹기에 이르렀으므로 성문 가까운 거리에 산더미같이 시체가 쌓였으니, 인심은 이미 다 흩어졌고 나라의 형세는 믿을 만한 것이 없게 되었습니다.

《조선왕조실록》 영조 9년(1733) 6월 9일

아, 나는 보았다. 인간이 인간을 먹는 그 참혹한 광경을. 천륜은 굶주림이 주는 죽음의 공포 앞에서는 공염불에 불과했다. 임금은 무너진 천륜을 세우려 백방으로 노력하였으나 방법은 많지 않았다.

영조 8년(1732) 11월 20일, 나는 4만 석의 곡식을 모아 굶주린 여러 지방에 나누어 주시라는 청을 올렸다.

이에 임금은 경기, 호서, 호남, 영남에 국가 세금인 상정미 외에 다양한 세금들을 모두 풀어 규휼하라 명하였다. 더불어 신포身布와 신공身貢을 절반으로 탕감할 것을 명하였다. 또 굶주림과 병으로 가족이 다 죽고 아이만 남아 있는 가정에 조곡을 깨끗이 탕척해 주라 명하였다.

그러나 연이은 흉년에 나라의 곳간은 비어갔다. 전곡을 많이 얻으려고 지방의 수령들은 제각기 장계와 첩보를 조정으로 올렸지만 내려줄 수가 없었다. 임금은 급기야 그 지방에서 대대로 살고 있는 세거世居 양반들에게 호소했다. 재산이 있는 자들은 조정의 덕을 깊이 알아 혼자만 잘사는 것을 부끄럽게 여기고 형편이 급하고 궁핍한 사람을 돌봐 주어 많은 사람이 잘 살 수 있게 해 달라고. 고아가 된 아이들에 대해서도 지방의 마음씨 곱고 재산 있는 자들이 자발적으로 나서 살펴달라고. 나라에서 하는 일은 의복과 양식을 대어주는 일뿐이었다.

임금은 한탄했다.

"아, 내가 백성을 기르는 주인이 되었으니, 한 사람이라도 굶주리는 이가 있는 것은 내가 굶주리는 것과 같은 것이요, 한 사람이라도 추위에 떠는 이가 있는 것은 내가 추위에 떠는 것과 같은 것이다. 하물며 지금 만백성이 굶주려 부황이 들어서 마치 구덩이 속에 있는 것과 같음에랴."

임금 영조의 그 말이 거짓이 아니라는 걸 안다. 그러나 내가 조정의 사대부들에게 구휼미를 갹출하자 청했을 때, 임금은 말했다.

"나도 경의 말을 능히 용납할 수가 없는데 하물며 다른 사람의 경우이겠는가?"

내 인생 대부분은 처절한 굶주림과의 싸움이었다. 나는 내가 할 수 있는 방법은 모두 찾으려 애를 썼다. 《경험진제방經驗賑濟方》에 도라지가루 한 숟갈, 잡채雜菜 한 줌, 장과 소금 각각 한 숟갈을 타서 이를 달여 먹으면 한 사람의 굶주림을 구제할 수 있다는 처방에 따라 그리하였고, 굶주린 백성들을 구제하려 노력하지 않은 관리들을 추고케 했다.

지구의 인간 세상은 불평등하다. 하늘정원에서 한 발 움직여 다른 곳으로 가면 세상의 다른 곳이 보인다. 기아의 대륙 아프리카, 분쟁과 살육의 지역 중동, 그리고 풍요의 나라 미국, 유럽. 그리고 굶주림의 나라 북한.

지구는 거대한 불평등 세상이다. 그때도 그랬다. 편중, 불평등. 다만 부의 크기가 달라졌고 굶주림의 정도가 달라졌다.

내가 늘 마음에 품고 다녔던 말이 있다. 우리 시대에는 그랬다. 사서삼경이 성경이었고 불경이었다.

군자식무구포 거구무안君子食無求飽 居無求安

(군자는 먹는 것에 배부름을 구하지 아니하며, 거처하는 것에 편안함을 구하지 아니한다.) _공자

살아가는 조건 중에서도 가장 중요한 것은 먹는 것. 배고픈 마음에는 염치를 놓을 자리가 없다. 도道나 덕德 따위는 들어설 틈이 없다. 당연하다. 육신을 지탱할 수 없는 절박한 마음에는 남을 따뜻하게 돌아볼 여유가 없다.

무항산 무항심無恒産 無恒心

(생활이 안정되지 않으면 바른 마음을 견지할 수 없다.) _맹자

맹자의 이 말을 그대들도 좋아할 것이다. 그러고 보면 시대가 달라져도, 달라진 시대에 생활조건들이 천天과 지地의 거리만큼이나 달라져도, 환경 속에서 작동되는 인간의 마음은 모두 같은 듯하다. 이걸 그대들은 '상대적 박탈감'이라고 표현하던가?

각 상황에서 작동되는 인간 마음이 대동소이하다면 핵심은 분배이고 공평의 문제다. 내가 살았을 때 나도 그렇게 생각했다. 그래서 나는 결정했다. 내 광에 쌓여있는 쌀을 모조리 풀자, 풀어 굶는 백성들을 살리자.

다행히 내게는 100석 남짓한 쌀이 있었다. 모두 무진년 이인좌가 일으킨 난을 진압한 뒤 임금 영조에게 하사받은 땅에서 노비들이 경작한 곡식이었다.

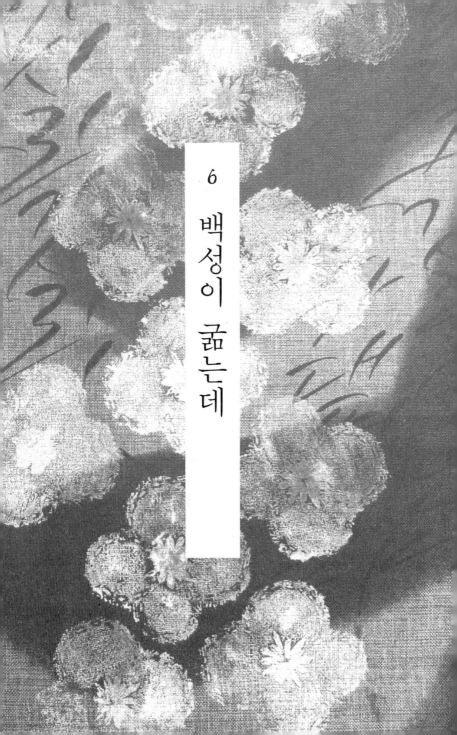

6

백성이 굶는데

박문수는 눈을 감았다. 차마 볼 수 없었다. 덕벌도 눈을 감
았다. 더는 마주할 수가 없었다. 기축은 몸을 돌렸다. 비록 노
비일지라도 그런 광경은 처음이었다.

"멈춰라!"

"멈추지 못하느냐, 이놈들!"

대신 나선 것은 역졸 수종과 지망, 그리고 팔복이었다.

동굴 안은 지옥처럼 어둡고 끝을 알 수 없는데 동굴 입구에
는 시체들이 쌓여있었다. 그 시체들을 둔덕 삼아 둘러앉은 아
이들은 정신없이 뭔가를 하고 있었다. 저마다 손에 큼지막한
무언가를 들고서 누렇다 못해 까맣게 변한 이를 히죽히죽 드
러내며.

박문수는 더 보지 않아도 아이들이 손에 들고 있는 것이 무

엇인지, 개처럼 물어뜯어 먹고 있는 것이 무엇인지 알 수 있었다. 처음 보는 광경이 아니었다. 아이들 옆으로 너부러져 있는 사람의 머리며 등, 살점이 뜯겨 허옇게 뼈째 드러난 팔다리들. 처음 볼 때처럼 구토가 나고, 진저리가 쳐져 한동안 눈을 뜰 수 없었다. 마음을 다잡은 박문수는 눈을 떠 상황을 살폈다. 뜯어 먹힌 시체의 얼굴은 풀어헤쳐 진 머리카락에 가려 나이를 짐작할 수 없었다. 다만 남아있는 육신의 흔적이 남자임을 알려주고 있었다.

"멈춰라!"

아이들은 멈추지 않았다. 살점을 물어뜯는 속도가 맹렬하게 빨라졌다. 기어이 그 아이들을 향해 덕벌이 칼을 빼 들었다. 박문수가 아이들에게 조용히 말했다.

"밥 먹으러 가자."

아이들이 멈추었다.

"쌀밥 먹으러 가자."

아이들 눈빛에 의심이 가득 찼다. 김재익이 나섰다.

"거짓말 아니다. 어사 말씀이시다."

아이들이 서로 무언의 말을 분주하게 주고받는다. 어사? 정말 믿어도 되는 거야? 설마……? 나 쌀밥 먹고 싶어. 나도 밥 먹고 싶어……. 그래도…….

박문수가 한 아이의 손을 잡았다. 아이가 손에 든 것을 떨어트렸다. 어느 부위인지 알 수 없는 살점이 땅바닥으로 나뒹굴었다. 아이는 모두 열다섯 명이었다. 여자아이가 다섯. 박문수는 그중 가장 나이 많아 보이는 아이를 바라봤다. 아이의 나이를 짐작했다. 이제 열 살? 아니 열두 살? 박문수가 물었다.

"네 이름이 무엇이냐?"

손을 잡힌 아이가 대답했다.

"을동이."

"을동이. 귀여운 이름이구나."

아비가 어디 있느냐, 어미는 어찌 됐느냐, 박문수는 묻지 않았다. 박문수가 같은 나이로 보이는 다른 아이에게 손을 내밀었다.

"이리 오너라."

아이는 오지 않았다. 대신 한 발 뒤로 물러섰다. 인육을 먹는 처참함과 자신의 잘못을 알고 있는 듯했다. 박문수는 아이가 느끼는 두려움을 알 수 있었다. 덕벌이 아이 뒤로 다가섰다. 아이가 냅다 동굴 안을 향해 뛰기 시작했다. 덕벌이 본능적으로 아이의 뒤를 쫓아 달렸다.

박문수가 흔들리는 아이들에게 말했다.

"괜찮다. 우리는 쌀밥 먹으러 가자."

박문수가 을동의 손을 잡고, 쌓인 시체를 지나 동굴 밖으로 나왔다. 기축이 그 뒤를 따랐다. 박문수가 시체 앞에 서 있는 김재익에게 아랫마을로 내려가 삽이며 괭이 같은 농기구들을 빌려오라 했다. 수종이 뒤를 따랐다. 기축이 물었다.

"뭐 하시게요, 나리……?"

그의 목소리는 두려움에 주눅이 들어 있었다.

"저들을 저리 놓아둘 수는 없지 않으냐."

박문수가 을동에게 말했다.

"쌀밥을 먹기 전에 해야 할 일이 있구나."

을동이 그를 올려다보았다. 감정이 박제된 표정이었다. 아이들이 하나둘씩 박문수 곁으로 옮겨왔다

"저 사람들을 그대로 두고 갈 수가 없구나. 얘들아, 쌀밥은 저들을 묻어주고 먹자꾸나."

무표정한 아이들 얼굴에는 변화가 없었다. 박문수가 말없이 을동의 손을 잡은 채 동굴 앞에 서서 무덤 자리를 탐색했다. 그저 다시 사람들에게 유린당하지 않도록, 산짐승들에게 물어 뜯기지 않도록 묻어만 주어도 좋을 자리.

"저기가 좋겠구나. 기축아, 땅을 파거라."

박문수가 기축에게 품 안의 단도를 꺼내 건넸다.

"이걸로 저기를요?"

박문수가 고개를 끄덕였다. 멀리 동굴의 어둠 속에서 덕벌이 모습을 드러냈다. 아이가 그의 손에 끌려오고 있었다. 아이는 아무 소리도 내지 않았다. 박문수는 다가오는 아이를 보았

다. 궁금한 것이 많았다.

"너희도 함께 파거라."

박문수가 지망과 팔복에게 말하고는 덕벌이 잡아온 아이의 손을 잡았다. 박문수는 아무런 말도 하지 않고 잡은 손에 힘을 주었다. 아이들이 온정을 느낄 수 있기를 바라며, 아이들 마음에서 사라져버린 인간으로서의 존엄성이 되살아나기를 희망하며.

박문수는 필시 아이들을 돌보는 우두머리가 있을 것이라 예상했다. 시체들은 이곳에서 죽은 것 같지 않았다. 따라서 시체를 이곳으로 옮기기로 결정한 이, 아이들에게 인육을 먹게 한 이가 따로 있을 것이었다. 박문수는 아이들에게 묻지 않았다. 대신 기다리기로 했다.

덕벌은 땅을 파며 박문수의 다음 행보를 예상했다. 막아라, 명한 김재로의 말도 생각했다. 아직 덕벌은 박문수의 행동을 막지 못했다. 벌써 박문수를 따라 암행에 나선 지 달포가 지나고 있었다.

이 아이들을 먹이고 재우고 앞으로 생활까지 해결하기 위해 어사출두를 감행할까?

그는 호서에 들어선 첫날 오룡에서 겪었던 일을 떠올렸다. 아귀처럼 여자의 몸을 할퀴며 달려들던 사람들을 떼어놓기 위해 전광석화처럼 움직이던 박문수의 모습은 예상 밖이었다.

무신년에 오명항의 종사관으로 출정해 2등 공신이 되었다고
는 하지만 박문수는 오래 무예를 갈고닦아 무과로 출사한 무
장이 아니었다. 그가 본 박문수의 칼 솜씨는 뛰어난 편이 아니
었고, 활 솜씨는 평균이었다. 그런데 그날 보인 박문수의 몸놀
림은 어떤 고수보다 재빨랐다.

물러서라, 외치던 박문수의 목소리는 또 얼마나 무겁고 절
박하였던가. 그의 목소리는 사람의 마음을 뒤흔드는 힘을 가
졌다. 단숨에 사람들을 제압한 박문수는 마치 미리 준비한 것
처럼 움직였다. 여자를 주막 뒷방으로 옮기게 한 박문수는 여
자에게 아귀처럼 달려들던 굶주린 걸인들을 챙기는 것 또한
잊지 않았다. 석 달 어행하는 동안 아껴 써도 부족한 엽전을
풀어 그들을 먹였다.

그런 박문수를 덕벌은 이해하지 못했다. 서리 김재익도 그
랬고 역졸 지망이며 팔복도 마찬가지였다. 그때 박문수는 말
했다.

"저들에게는 죄가 없다."

덕벌은 묻고 싶었다. 허면 이 죄를 누구에게 물어야 하느냐
고. 하지만 그는 묻지 못했다. 대신 그는 박문수의 하명을 받
았다.

"여자를 이리 만든 자를 찾아라."

어찌 그리 단정하느냐 묻는 김재익의 질문은 어리석었다.

오래 이어진 굶주림에 인육을 먹는 일들이 곳곳에서 일어나도 여인네를 저리 욕보인 일은 없었다. 더구나 아이마저 죽게 만들었다. 원한이 있지 않고서는 있을 수 없는 일이었다. 그리고 그리한 자는 그 지역의 권세가일 가능성이 높았다. '그런 행동이 가져올 처벌 같은 건 두려워하지 않을 자'일 거라고 박문수는 예상했다.

그날, 직산을 거쳐 평담, 그리고 진천까지 조를 나누어 둘러보고 천안에서 합류하기로 한 명은 뒤로 미뤄졌다.

박문수는 여자를 주막 뒷방에 옮기고 마을 의원을 불러 돌보게 했다. 죽은 아이는 마을 뒷산에 묻어주었다. 진실을 알고 있는 사람은 당사자. 그러나 여자는 이미 제정신이 아니었다. 감당할 수 없는 상황에서 정신을 먼저 놓아버리는 것은 생존 본능. 그렇게 해서라도 육신은 생명을 이어간다.

여자는 제 이름도 말하지 못했다. 여자가 기억하는 건 오직 하나, 아이의 이름이었다. 인이. 아명인지 본명인지 알 수 없었다. 제정신이 아니므로 박문수가 범인을 찾아내 처벌받게 한다고 해도 감사함을 알 리 없었다. 그런 마음을 기축이 서슴없이 드러냈을 때 그들 모두 공감했다. 그때 터졌던 박문수의 고함.

"네 이놈! 상 받자고 하는 일이더냐, 이 일이!"

늘 기축에게만큼은 농으로 부드러웠던 박문수였다. 그러나 그날 박문수는 추상처럼 차갑고 엄했다. 박문수는 그 꾸지람 끝에 이 말까지 덧붙였다.

"어디서 네 말을 뱉는 게야!"

더는 누구도 나설 수 없었다. 그들은 모두 흩어져 일의 배후를 찾기 시작했고, 그 날을 넘기지 않고 범인을 알아냈다. 직산 현감 권혁채, 그 자였다.

여자의 남편은 농사짓는 평범한 양민이었다. 여자 또한 윗마을에 살던 농사꾼의 딸이었다. 여자는 예뻤다. 둘은 비록 가난했지만 사랑했다. 집안이며 재산을 두고 이루어지는 거래 같은 양반네들 혼인과 달리 둘의 결혼은 오직 사랑으로 이루어졌다. 둘 사이에 아이도 태어났다. 그런데 흉년이 닥쳤다. 직산 현감 권혁채는 우연히 여자를 보았다. 아름다웠다. 양반가 여자도 아니었고, 굶주리는 농사꾼의 여자였다. 권혁채는 여자를 품기로 마음먹었다.

굶주림은 좋은 미끼였다. 남자는 굶주린 아내를 위해 무엇이든 할 수 있는 사람이었다. 남자의 그 마음을 이용했다. 처음엔 양식을 꾸어주고 그다음엔 빚을 독촉했다. 굶주림은 다시 이어졌고 권혁채는 남자가 남의 집 담을 넘도록 유인했다. 남자는 남의 집 담을 넘었다. 아내가, 아이가 죽어가고 있었다. 남자는 쌀을 훔치다 권혁채에게 붙잡혔다. 아내는 주린 배에 아이를 끌어안고 형틀에 묶여 있는 남편 곁으로 왔다. 권혁채는 은밀하게 제안했다. 네 남편의 목숨은 네가 하기에 달렸다. 여자는 단번에 그가 무엇을 원하는지 알아차렸다. 여자는 거절했고 남편은 맞아 죽었다.

남편이 죽고 난 뒤에도 여자는 무너지지 않았다. 완력이 통하는 여자가 아니었다. 여자는 벌거벗고 달려드는 그의 얼굴을 깨물고, 하초를 물어뜯었다.

권혁채는 포기해야 했다. 이제 포기를 대신한 분노는 여자를 죽여야 사라질 것이다. 하지만 온전한 죽음은 어림없다 생각했다. 짧은 죽음 또한 가당치 않다 여겼다. 권혁채는 궁리했다. 어떻게 하면 가장 치욕스럽게 가장 고통스럽게 죽일 수 있을까 하고.

하지만 여자에게 치욕은 남편을 배신하는 일이었지 발가벗겨져 온몸에 밥풀을 바르고 뜯기는 게 아니었다. 여자는 무너지는 대신 버리는 쪽을 선택했다. 온정신으로는 살아낼 수 없는 세상이었다.

박문수는 덕벌을 앞세워 여자가 남편과 살던 마을을 둘러보았다.

덕벌은 박문수가 혼잣말처럼 하는 말을 들었다.

"100여 가구가 살았다……."

사람은 떠나고 없는데 집들은 저들끼리 무연했다. 박문수는 한 집 한 집 발을 들여 확인했다. 남아있는 집들, 남아있는 사람들, 남아있는 짐승들을. 그들이 떠날 수밖에 없는 사연 또한 상세히 탐문했다. 마을을 지키고 있는 사람들은 십여 가구에 불과했다. 간신이 버티고 있는 이들에게 이웃에 관심을 가질 여유는 없었다.

"어찌 이 지경이 되었단 말이냐……."

"아아, 참혹하구나. 아아, 어쩌면 좋단 말이냐……."

혼잣말을 중얼거리는 박문수는 여자를 닮아가는 듯했다. 덕벌은 조금 당황했다. 그 또한 살아 뛰는 심장을 가진 사람이었기에 이런 상황이 놀랍고 안타까웠다. 그러나 박문수가 드러내는 감정만큼은 아니었다. 그에게 박문수의 표현은 감정 과잉처럼 느껴졌다. 그랬다. 처음에는 분명히.

박문수도 알았다. 덕벌은 그와 같지 않다. 기축도 그와 같지 않으며 따르는 자들 누구도 그와 같지 않다. 인간 부류는 고통받는 자의 감정을 공감하는 정도로 나뉘는 것인지 모른다.

그들 모두는 박문수가 당연히 직산 관아에 들이닥쳐 어사 출두 할 거라 예상했다. 그러나 아니었다. 박문수는 직산 지역을 탐문하기 시작했다. 이 일에 꼬박 하루를 썼다. 박문수는 2인이 한 조가 되어 움직이게 했다. 서리 김재익과 역졸 지망을 묶어 천방, 둔포, 신봉, 영인을 거쳐 직산으로 오라 하였고, 덕벌과 역졸 팔복에게는 안공, 성환, 군동, 신월을 거쳐 직산으로 오라 명하였으며, 역졸 갑돌과 수종에게는 기축을 붙여 삼거와 넘지리를 정탐한 뒤 직산으로 오게 했다. 박문수는 혼자 움직였다. 공주, 이곳은 그에게 너무나 익숙한 곳이었다.

그날 밤 직산의 한 주막 후미진 방에서 박문수는 그들의 보고를 들었다.

"우리가 가는 곳마다 혹시나 먹을 것이 있나 해서 거지들이 몰려들었습니다."

"지들이 다닌 곳도 남아 있는 이들이 열에 둘밖에 되지 않았습니다. 굶주려 마을이 텅텅 비다시피한 곳이 태반이었는디요, 먹을 것이 없어 그라는 것도 있지마는 하나같이 아전의 등살이 더 견디기 힘들다 아우성이었습니다. 아니 먹을 것이 없어 굶어 죽는 판인디 진제賑濟 대상 명부에 올려주는 명분으로 다 구전을 요구하는 아전들이 사람입니까!"

"구휼에도 문제가 많았습니다. 나눠주는 쌀은 냄새나는 오래된 쌀이 태반이라 합니다. 게다가 사흘에 한 번 끓여 내는 죽은 허옇다 못해 희멀겋다 합니다."

"여자와 같은 일이 한두 번이 아니었습니다. 아예 현감을 짐승이라고 부르는 백성들이 많았습니다."

"굶주림 땜에 집을 떠나는 이들도 많았지만 군역 땜시 그러는 사람들도 많았습니다요. 나이가 열다섯이 안 되었는데도 군적에 넣는가 하면, 예순다섯이 넘었는데도 군적에 올리는 경우도 있다합니다요."

박문수는 그들이 보고 들은 내용을 상세하게 기록하게 했다. 그 모든 작업이 끝났을 때, 서리 김재익이 어사출두는 내일 하는 것이냐, 물었다.

"직산에서 어사출두는 없을 것이다."

　박문수가 호서 초입부터 어사출두의 불가함에 대해 설명했다. 그런 자일수록 주변 변화에 민감할 것이니 이미 우리에 대한 소문을 들었을지도 모른다. 의심을 사는 것도 피해야 한다. 소문이 퍼지면 암행은 힘들어질 것이다.

"허면 어찌하실 생각이십니까?"

　박문수의 대답은 간단했다. 징치는 후에 해도 늦지 않다. 증좌는 수집돼 있다.

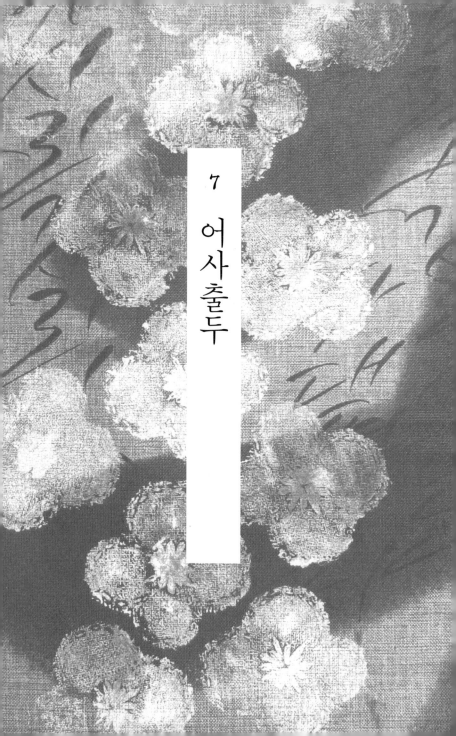

7

어
사
출
두

박문수는 이후 암행 방향을 호서 서북쪽 외곽으로 잡았다.
직산에서 평택을 거쳐 아산, 면천, 당진, 해미, 서산, 태안을 암
행했다. 태안에서는 바닷가 마을을 거쳐 결성, 수영, 보령, 감
포, 서천, 한산, 목천으로 움직였다. 목천에서는 백마강을 건너
강 동쪽 연안을 따라 성동 광적을 지나 논산으로 향했다. 하루
에 적게는 80리, 많게는 120리까지 움직였다. 그리고 이곳은
공주 괴룡이었다.

　시체 매장이 거의 끝나가도록 박문수가 예상했던 인물은
나타나지 않았다. 박문수는 산 아래쪽 산길이 꺾여 도는 지점
에서 누군가 다급하게 몸을 숨기는 것을 보았다. 시체를 묻는
일은 거의 마무리되고 있었다. 박문수가 지망을 불러 잡아오
게 했다.

박문수의 예상은 틀리지 않았다. 잡혀 온 아이는 언제 감았는지 알 수 없는 엉키고 떡진 머리카락에 얼굴이 가려 나이를 짐작하기 어려웠다. 뼈만 남아있는 몸으로만 본다면 열다섯 살이 못 되었을 것 같았다. 잡혀 오면서도 소년은 힘을 다해 저항했다. 아이들이 그 곁으로 우르르 몰려들었다. 소년이 그런 아이들을 보호하듯 두 팔을 벌려 감싸 안았다.

"몇 살이냐?"

소년은 대답하지 않았다. 덕벌이 부드럽게 말했다.

"벌주려는 게 아니다."

그래도 소년은 말하지 않았다. 박문수가 말했다.

"말하지 않아도 좋다. 네가 저 아이들을 돌봐왔느냐?"

소년의 눈빛이 흔들렸다.

"애썼다."

소년의 눈빛이 더욱 흔들렸다. 소년이 입을 열었다.

"누구……십니까?"

박문수가 놀랐다. 덕벌도 놀랐다. 소년의 목소리가 아니었다. 사람의 목소리는 밖으로 드러난 용모보다 진실하다.

"여기저기 세상 유람이나 다니는 백면서생들이니라."

아이들이 그에게 말했다.

쌀밥 먹게 해준대. 밥 먹으러 가재. 형아도 가자, 응? 갈 거지? 그치……?

소년의 눈빛은 흔들렸으나 의심을 풀지 않았다. 살아오면서 겪었을 무수한 배신과 참혹함을 고스란히 간직한 채 갈등했다. 박문수는 더는 소년의 의중을 묻지 않고 아이들을 데리고 산에서 내려왔다. 주춤주춤 망설이던 소년은 산에서 내려올 때쯤 뒤돌아보니 사라지고 없었다.

산 아래쯤 다다랐을 때, 서리 김재익이 박문수를 붙들었다.

"어젯밤도 말씀드렸는데요……."

덕벌은 그가 하려는 말을 알고 있었다. 역졸들이며 기축 또한 알고 있었다. 어젯밤 그들은 행장을 털어 남은 곡식이며 엽전을 셈하였다. 그때 남은 식량이라고는 쌀 대여섯 되와 대미大米(껍질 벗기지 않은 벼) 두서너 되, 콩 여덟 되가 전부였다. 이미 돈으로 바꿀 베는 없앤 지 오래였다. 갖고 있는 이 양식 또한 암행길에 박문수가 기축을 내보내 얻어온 것들이 많았다.

박문수가 그가 하려는 말을 짐작했다.

"오늘만 굶어보세."

"또 말입니까?"

"미안하이. 미안해."

"어찌 형님께서는 다른 이들 배고픈 거는 가슴 아프고 우리덜 굶주림엔 눈 하나 깜작 안 하신대요?"

투정을 부리는 서리 김재익 얼굴에 체념이 가득한데 역졸들의 표정도 마찬가지였다.

쌀밥 먹는 아이들을 바라보는 박문수의 표정은 흐뭇하다가 깊어지다가 이내 어두워졌다. 박문수는 주막에서 아이들에게 쌀밥이 차려지고 그 밥이 아이들 입에 들어가는 것을 확인한 뒤 주막을 벗어났다. 그전, 박문수는 서리 김재익과 역졸 셋을 엮어 이인과 대흥을 둘러보는 서쪽 방향 염탐을, 덕벌과 역졸 둘을 묶어서는 신기와 회덕 지역을 에두르는 동북쪽 염탐을 지시했다. 공주목 사방 경계는 공주 관아를 기준으로 동쪽 회덕에 이르기까지 15리, 서쪽 대흥에 이르기까지 41리, 남쪽 이산에 이르기까지 34리, 북쪽 천안에 이르기까지 48리. 박문수는 이틀 기한을 주었다. 이후 그들이 모일 장소는 관아가 있는 공주 시장 유기전 앞으로 정했다.

박문수는 기축을 데리고 계룡산 부근과 공주 근처를 암행했다. 가는 곳마다 굶주림에 유리걸식하는 무리가 넘쳐났고 억울한 사연도 많았다. 암행을 이어간 지 한 달여, 이곳 공주만큼 극심한 곳은 없었다. 박문수는 탄식했다.

"어찌 이리도 심하단 말이냐? 어찌 이리도 기근이 극심하단 말이냐?"

그리하면 기축이 대꾸하곤 했다.

"만나는 이들마다 멈춰 서고, 야기 다 들어주고, 굶주린 이들마다 먹이려 들다가는 못 당한다니까요. 참, 우리 주인 나리님을 어떡하면 좋대요."

그럼 박문수도 심심한 듯 대답해주곤 했다.

"이눔아, 잔소리 좀 그만하거라. 그래도 억울함은 풀어줘야 하지 않겠느냐, 이눔아."

공주에는 나붙은 익명서 또한 유달리 많았다. 대부분 언문으로 쓰인 익명서에는 공주 목사 유건상의 폭정과 그 서리배의 악정에 대한 것이 적혀 있었다. 그날 저녁 염탐에서 돌아온 덕벌 일행과 김재익이 내놓은 정보에는 펼쳐보지 않으면 알 길 없는 굴곡지고 고통스런 삶의 면모들이 빼곡했다.

"다른 지역보다 굶주림이 더욱 심한 이유가 무엇이던가?"

"몇 년 지속된 흉년이 원인이겠으나, 공주 목사 유건상의 폭정이 주된 원인인 듯싶습니다."

박문수는 그들에게 국밥 한 그릇씩을 먹게 하고는 탐문 내용을 정리하게 했다. 박문수가 정리한 문서들을 들고 찬찬히 살폈다. 가슴에 다 품고는 견디기 힘든 내용이었다. 텅 빈 마을, 유리걸식하는 사람들, 죽어가는 이웃들을 곁에 두고도 모른 채 외면하는 흉흉한 민심. 광에 쌀을 쌓아놓고도 관아 목사나 아전에게 끈을 대어 외려 구휼미를 가져가는 양반들, 그 양반들이 쌀을 빌려 간 사람들을 대상으로 행하는 가혹한 처사와 불법 행위. 탐문 내용에는 시집, 장가가지 못한 사람들에 대한 내용은 보이지 않았다.

사람의 시야란 보고 듣는 정성에 따라서도 달라지겠으나,

관심 정도에 따라서도 달라진다. 박문수 눈에 보이는 수많은 혼기 놓친 미혼자의 외로움과 고통이 서리와 덕벌의 눈에는 보이지 않는 듯했다. 오늘도 박문수는 공주의 한 마을에서 마흔이 넘도록 혼인하지 못해 땋아 내린 머리에 굶주려 버짐 핀 얼굴을 한 처자 사연을 들었다. 매정이라는 곳에서는 혼인 날짜를 잡아놓고도 혼인을 치르지 못해 목을 매었다가 구사일생으로 살아난 스물다섯 처녀 사연도 들었다.

박문수의 가슴을 더욱 아프게 한 일은 오곡에서 일어났다.

오곡의 삽실이라는 마을은 멀리서 바라보면 아름다운 마을이었다. 제법 큰 강이 안아 들 듯 휘감아 도는 마을 어귀에는 커다란 느티나무가 너른 가지를 길 위로 펼치며 서 있고, 그 아래는 소박하나 아담한 평상이 놓여있었다. 박문수는 텅 빈 평상을 바라보다 생기 잃은 마을을 휘둘러보았다.

"아이고, 여기는 어슬렁거리는 개새끼 한 마리도 안 보이네에요."

기축이 제 주인의 무거운 안색을 살피며 말했다. 박문수가 어디선가 들려오는 정체 모를 소리를 들은 것은 그때였다. 기축은 제 주인의 표정으로 소리를 먼저 들었다. 소리는 그들이 들어선 마을 한 골목에서 났다. 기축이 재빨리 앞서나가며 소리 나는 쪽을 살피더니 한 집을 가리켰다.

"저, 저 집이구만요."

작년 가을 새로 얹지 못한 이엉이 검은색으로 내려앉은 흙벽 초가집이었다. 박문수는 사립문 너머 집안을 넘겨다보았다. 웅얼웅얼 지청구 같은 말 속에 섞여나는 소리는 사내 울음소리였다. 희망 없는, 체념의 울음소리. 박문수는 잠시 사립문 앞에서 사내의 울음소리를 들었다. 들으며 그는 소리에서 나이를 가늠했다.

　그러는 사이, 기축이 몸의 움직임을 줄이며 소리 나는 쪽을 향해 집 안으로 들어섰다. 그때 기축의 몸을 휘청이게 할 만큼 큰 소리가 났다.

　"그만하래두!"

　기축이 박문수를 뒤돌아봤다. 고함이 다시 터졌다.

　"그깟 장가 좀 못 간다고 죽지 않는다, 이눔아! 니 애미가 죽었을 때도 이리 서럽게 울지 않던 놈이 그깟 혼사 좀 어그러졌다고 사내놈이 눈물 바람이야? 어이구, 속 터져!"

　소리를 끌며 한 사내가 불쑥 그들 앞에 모습을 드러냈다. 초가집 뒤켠이었다. 기축이 놀라 목석이 되었고, 박문수도 당황하여 사내를 보기만 했다. 뒤켠에서 울음이 섞인 소리가 들렸다.

　"나 땜에 향순이가 목을 맸다잖아요. 나 때문이라고요! 나 땜에 향순이가……."

　으어어, 울음 속에 말이 기진했다. 말을 삼킨 울음은 심장을 도려내는 듯 피를 머금고 있었다. 박문수는 뚝뚝 떨어지는 피를 두 손에 적신 듯하여 질끈 눈을 감았다가 떴다. 그 앞에 사내가 서 있었다. 터질 듯한 분노와 감당할 수 없는 고통이 얼굴에 뒤엉켜 있는 사내는 육십이 다 돼 보였다. 사내가 묻고 있었다. 당신은 누구냐고.

"이거, 미안하게 됐소이다. 하도 울음소리가…….."

박문수가 당황한 마음을 추스르지 못한 채 말을 하는데 사내가 끊었다.

"웬 참견이유?"

민망함과 당혹감이 밀려왔지만 박문수에게 이런 일은 다반사. 박문수는 당황하지 않고 말했다.

"아니, 저런 울음소리를 듣고 모른 척하란 말이오?"

"어이 하늘 같은 양반님네께서 우리 같은 천것들 일에 관심을 둔단 말이유?"

성낸 끝에 슬픔을 휴 하고 뱉는 사내. 집안 사정까지 알 길 없는 객에게 들킨 뒤라 말은 퉁명해도 박문수는 그가 성정이 고약하지 않은 사내라는 걸 알아봤다.

"허어. 어차피 들킨 거 아니오. 어디 사연이나 좀 들어봅시다."

이렇듯 말들이 오가는 와중에도 뒤켠 사내 울음소리는 그치지 않았다.

"향순아……, 향순아……."

불현듯 박문수 머릿속에 그 이름이 되살아났다.

"혹……."

기축이 박문수의 말을 이었다.

"그러니까, 저기 매…매……."

"혼인을 하려 했던 이가 혹 매정에 살지 않소?"

사내의 눈이 커졌다.

"아시오?"

"허어!"

박문수가 먼 곳을 바라봤다. 파혼되고 목을 매었다던 매정 처녀 상대를 만날 줄은 예상하지 못했다. 사내가 다시 물었다.

"아시오?"

"안다고 할 수는 없으나 오던 길에 이야기를 들었소이다."

"괜찮다고 합디까?"

"목숨은 건졌나 봅니다. 다행히 어미가 재빨리 알아차려서."

사내가 안도의 한숨을 깊게 내쉬었다. 잠시 하늘을 보며 말이 없던 사내가 입을 열었다.

"모두가 이 애비 탓이유."

사내가 털어놓은 사정은 이러했다. 매정 처녀 향순이와 이집 총각 필루는 비록 몇 리 떨어져 있으나 서로 마음을 주고받은 사이였다. 다행히 서로 양민이라 신분도 걸맞아 혼인하기로 약속했다. 그러나 연 3년 계속된 흉년에 사내 집은 빚을 얻게 되었고, 빚은 이자에 이자를 낳아 그나마 있던 누옥마저 빼앗기게 되었다. 여기에 지주는 소작하던 땅마저도 빼앗아 가 버렸다.

"보아하니 처자 집도 옹색하기가 이를 데 없어 보이던데."

"허니 어찌 이 혼사가 이루어질 수 있겠는지유……."

박문수는 깊은 탄식을 내뱉었다. 가진 재산이 없으니 혼인 치를 예식비용을 장만할 수 없고, 함께할 집을 마련할 수 없으니 혼인 또한 할 수 없다. 문제는 미래 수입을 보장해 줄 직업 또한 너무나 한정돼 있다는 점이었다. 그나마 이제까지 양반이나 땅을 가진 양민 땅을 빌려 소작을 했다고는 하나, 그마저도 빼앗겼으니 이제 필루와 그의 아비가 호구지책으로 삼을 길이 막막해졌다. 가진 재산이 없으니 장사도 할 수 없으며, 가진 기술이 없으니 천인들이 하는 일조차도 할 수 없었다.

하루를 연명하기 힘든, 희망 없는 삶. 때가 된 남녀의 화합조차 이룰 수 없는 척박한 삶. 박문수는 해결하고 싶었다. 문제는 이런 삶이 조선 전체의 문제라는 점이었다. 혼자서는 해결할 수 없는. 하지만 그는 적어도 자신과 인연이 된 이들만이라도 돕고 싶었다. 박문수는 향순과 필루 둘의 혼인을 위해 사비를 내고, 직접 마을 지주를 찾아 그들의 사정을 호소하기로 마음먹었다. 문제는 이 일들이 어사출두 이후에 가능하다는 점이었다. 박문수는 그저 마음을 다독이는 것을 끝으로 그들을 떠날 수밖에 없었다. 제발, 그들이 자신의 도움이 가닿기 전, 또다시 어리석은 행동을 하지 않기를 바라며.

그런 박문수의 마음을 들여다보는 것처럼 마을을 나오는 그를 향해 기축이 말했다.

"내 알아맞혀 볼까요, 지금 뭔 계획을 짜고 계시는지?"

박문수가 좁은 방에 옹색한 개다리소반을 받침 삼아 그간의 일을 정리해나갔다.

박문수에게는 암행 내용을 정리하여 기록하는 두 개의 서책이 있었다. 하나는 보고를 목적으로 하는 날짜와 시간, 장소, 본 광경과 만난 이, 사연, 그리고 그 지역 관리의 이름과 그에 대한 평가 항목이 세세히 기록된 공책. 그리고 다른 하나는 박문수 개인용도로 쓸 공책. 이것은 그가 관리로서 해나가야 할 일, 출사 길에서 필생의 업으로 삼고 싶은 일에 대해 정리한 적바림, 즉 메모장이었다. 여기에 박문수가 내용 하나를 추가했다.

'미혼자未婚者'

의미는 금방 추측할 수 있으나 적은 글의 의중은 드러나지 않은 세 글자였다.

박문수가 적바림에 이 세 글자를 적은 까닭은 이러했다. 미

196

혼자, 이들을 짝지어 혼인시키는 일은 굶주림이나 억울한 송사만큼 시급하게 해결해야 할 일은 아니지만 중요한 숙제였다. 혼기를 지나서도 결혼하지 못한 이들에 대한 대책 수립은 그가 관리로서 해결해야 할, 그리고 꼭 하고 싶은 정책이었다. 국가라는 테두리 안에서 백성이 자연스레 삶을 살아갈 수 있도록 길을 터주는 것은 무엇보다 중요한 일이며, 결혼은 순리대로 사는 첫 번째 일이라고 생각했다. 박문수는 자신이 아내와 혼인하여 얻은 행복과 따뜻함을 그들도 느끼게 해 주고 싶었다. 혼자서는 할 수 없는 일이었다. 인연 닿는 이들 몇 명은 도울 수 있었으나 조선 팔도 전역의 수많은 미혼자를 그 혼자서 구제할 수는 없었다. 나라 힘이 필요했다. 한 사람의 백성이 슬프면 임금 또한 슬프다, 영조는 말했었다.

붓을 놓은 박문수가 적바림 맨 앞장을 펼쳤다. 그곳에는 그가 가장 먼저 고치리라, 아니 반드시 고쳐야 백성이 살 수 있다 여긴 것이 적혀있었다.

'기아飢餓'

펼쳐보지 않아도 두 번째 장에 적힌 내용을 그는 안다.

'군역軍役'

이는 적바림뿐만 아니라 그의 심장에도 새겨졌다.

박문수는 공주 관아에 어사출두를 감행했다. 공주 관아 삼문을 열고 들어가 포정사에 올라 암행어사 출두를 외치는 역졸 수망의 목소리는 우렁찼다. 목사와 관찰사가 정사를 보는 선화당宣化堂에 들어서기도 전, 50채가 넘는 건물이 자리한 공주 관아 곳곳에 있던 아전들이 사색이 되어 흩어졌다.

공주 목사 유건상은 관사에서 술이 덜 깬 채 늦잠을 자고 있다가 놀라 뛰쳐나오느라 의복도 정제하지 못했다. 박문수는 선화당 현판을 마주한 채 서 있었다. 그가 잘못 맨 옷고름을 다급히 고쳐 매며 뒤가 뜯겨 너덜거리는 갓에 누렇게 변색된 낡은 면 도포를 입은 어사의 등 뒤에 허리를 숙였다.

"공주 목사 유건상입니다."

박문수가 등을 돌리지 않은 채 물었다.

"선화당. 무슨 뜻인가?"

몰라서 묻는 것은 아닐 것이다.

"……임금의 덕을 드러내어 널리 떨치고 백성을 교화하는 건물……."

박문수가 뒤를 돌아 그를 보았다. 공주 목사 유건상이 마치 귀신을 본 듯 뒤로 한 발자국 물러섰다. 그랬다. 유건상은 박문수를 알고 있었다. 오랜 세월이 흘렀으나 빛나는 안광, 곧게 선 콧날, 일자로 단정한 입매, 그래서 빈틈없고 조금은 냉정하게 보이는 얼굴. 당연히 박문수 또한 그를 알고 있었다. 박문수가 그의 오른쪽 눈썹 위에 난 흉터를 찾았다. 세월이 흘렀어도 상처는 선명했다. 오래전 그들은 경상도에서 함께 공부한 적이 있었다. 그러니까 그들은 동문수학이라는 인연을 공유한 사이였다. 비록 8개월이라는 짧은 기간이긴 하였으나.

"잘 지내셨는가?"

박문수가 먼저 인사를 건넸다. 유건상의 얼굴이 사색이 되었다. 그러다 이내 일종의 안도감이 얼굴에 묻어났다. 박문수가 그런 그의 변화를 놓치지 않으며 옛정이 담긴 목소리로 농을 쳤다.

"옷차림이 그게 뭔가? 오랜 동무를 보는 마당에."

유건상에게는 모욕과 같은 대면이었고, 받아들이기 힘든 만남이었다. 유건상이 잠시 당황한 표정으로 말을 잇지 못한 채서 있었다.

"걱정 말게나. 오랜 동무가 아니라 공주 목사로 내 그대를 대할 터이니."

공주 목사 이름을 확인하고, 그가 자신이 아는 유건상인지를 확인한 뒤 박문수는 많은 생각을 했었다. 박문수의 그 말에 공주 목사 유건상이 정신을 차리고 주위를 둘러보았다. 아무도 없었다. 그간 자신의 발밑에서 아부하며 명을 받들던 자들, 입속의 혀처럼 속마음을 알아서 챙기던 아전들이. 박문수가 도망간 그들을 잡아오라 명하고는 목사 유건상에게 직접 관아의 모든 문서를 가져오라 명했다. 친구가 아니라 어사로서.

"하나도 빠트리면 안 되네. 그낸 누구보다 나를 잘 아는 동무니 염려하지 않겠네."

문서들이 선화당 목사 집무 책상 위에 쌓였다.

박문수는 공주 목사가 관할하는 지역, 임천·한산·서천 3개 군과 회덕·진잠·연산·은진·이산·석성·부여·홍산·비인·남포·정산 11개 현에 대한 항목들 또한 따로 분류했다. 박문수가 곁에 시립하듯 서 있는 유건상에게 물었다.

"공주목의 가호가 몇 호나 되오?"

"2천여 호입니다."

"정확하게 말씀해주시겠소?"

"그게 하루에도 달라지는 게 호 수라……."

그를 바라보는 박문수의 눈길이 매서워졌다. 적어도 한 지역을 책임지는 목사라면 관할 지역에 사는 백성의 가호 수며, 인구수는 알고 있어야 한다. 그래야 국세를 걷을 수 있고, 그 세금으로 백성들의 넘치고 부족한 부분을 헤아려 정책을 펼수 있다.

"호구조사를 한 것이 언제가 마지막이었소?"

"지난 정미년……."

유건상은 5년 전, 전 목사가 한 조사를 말하고 있었다.

"허면 지금 공주목에 사는 사람이 몇인지, 양반은 몇이고 양민은 몇인지는 알고 있소?"

그가 대답을 우물거렸다. 박문수는 보지 않아도 이미 공주목에 사는 호구 수는 몇이며 사람은 몇 명인지 알고 있었다. 지난 정미년에 조사된 결과로는 호가 2,167호, 인구가 1만 49명이었다. 그러나 중요한 것은 조정에 올린 기록이 아니라 지금, 이곳에 실제로 살고 있는 호구와 인구 숫자였다. 이토록 많은 사람이 굶주리고 불공평하고 가혹한 군역과 세금에 시달리다 집을 떠나 유리걸식하는 것으로 볼 때, 실제 가호와 인구는 훨씬 적을 것이 분명했다. 박문수는 더는 그에게 질문하지 않은 채 항목별로 분류된 문서들을 꼼꼼하게 검토하기 시작했다.

모든 문서를 검토한 박문수는 깊은 절망에 빠졌다.

하지의 높은 해가 마지못한 듯 술시에야 기우는 늦은 저녁, 박문수는 50여 채의 건물들이 자리한 공주 관아를 답사하듯 걷고 있었다. 유건상이 그런 그의 뒤를 끊어지는 보폭으로 뒤따랐다. 박문수가 공주목 서쪽 산에 걸려 마지막 빛을 뿌리는 석양을 보며 입을 열었다.

"매일 떴다 지는 태양도 생生과 멸滅이 저리 분명한데……."

유건상이 마지못한 듯 말했다. 체념이 배인 목소리였다.

"처분을 마다하지 않겠네……."

박문수가 그를 뒤돌아 쳐다보았다.

"무엇이 자네를 이리 만들었나……?"

유건상의 실정과 탐학은 거의 모든 곳에 걸쳐있었다. 봉고封庫(어사나 감사가 부정한 고을 관리를 파면시키고 관가의 창고를 봉하는 일)하고 공주 목사의 인신印信(도장)과 병부를 거두는 처분은 피할 수 없을 것이며, 겸관兼官(수령의 자리가 비었을 때 이웃 고을 수령이 임시로 맡아보게 하는 것)해야 할 것이다. 그리고 마지막, 임금에게 중죄를 청하는 상소를 올려야 한다.

"자네가 나를 잘 아는가?"

허를 찌르는 말이었다.

"하하하."

박문수가 헛웃음을 웃으며 고개를 끄덕였다.

"내가 어찌 자네를 잘 알겠는가."

어린 시절, 따라 내려간 외삼촌 이광좌의 임지에서 그와 더불어 공부한 것이 인연의 전부였다. 그 시간만으로 그를 잘 안다 할 수 없었고, 변하지 않을 성정의 본질을 알았다고 할 수 없었다.

"그래도 우리는 같은 목적을 위해 함께 방법을 궁리하던 동지가 아니던가?"

그가 말하는 같은 목적, 그것은 개구지기로는 우열을 가릴 수 없던 소년기, 장난칠 대상을 고르고 장난칠 다양한 방법을 놓고 겨루던 경쟁을 이르는 말이었다. 그러니까 그들은 경쟁의 관계였지 우정을 나누는 사이는 아니었다.

"하하. 그래도 그땐 내가 한 수 위였지 아마."

개구진 장난은 어리기에 용서되는 것이었지만 냉정하게 말하자면 그것은 남의 고통을 즐기는 것, 그 마음마저 곱다 할 수는 없었다. 박문수는 어린 시절 추억담 따위로 대화를 이어갈 마음을 접었다.

"봉고는 피할 수 없을 것이네."

잠시 흐트러졌던 유건상의 표정이 이제 막 깔리기 시작하는 어둠에 묻혀들었다. 그러나 그는 박문수의 말에서 협상의 희망을 놓치지 않았다.

"인신을 거둬들이는 일 또한 어쩔 수 없네."

"내가, 내가 어찌하면 되겠는가?"

유건상이 다급히 물었다.

"할 수 있겠는가?"

"말씀만 하시게. 내 무엇이든 하지."

"정말인가? 내용을 확인조차 하지 않고 이리 약속을 해도 되겠는가?"

유건상의 표정이 굳어졌다.

"약속하였으니 말을 하지. 재산을 내어놓게."

유건상이 얼른 그의 말을 받았다.

"내어놓지. 암 내어놓고말고. 얼마면 되겠는가?"

"전부, 자네가 가진 것 전부."

유건상의 표정이 굳어졌다.

"가진 것 전부에는 자네가 친지들을 통해 숨겨놓은 재산 또한 포함되어야 할 걸세."

유건상이 놀라 대답하지 못하고 있는데 박문수가 말했다.

"숨길 생각은 마시게. 내 모두 조사해 두었으니. 그리고 너무 아까워 마시게. 자네 것이 아니었지 않았나. 허고, 나 또한 내 창고에 있는 쌀을 모두 실어낼 것이네. 알아보니 한 100석쯤 된다고 하더군. 자네 것이 500석쯤 될 터이니 이만하면 호서에 굶어 죽어가는 이들 반은 살릴 수 있지 않겠는가? 하하."

박문수가 당황하여 어찌할 줄 모르는 유건상 얼굴에 호쾌한 웃음을 흩뿌렸다.

덕벌은 본능적으로 알았다. 김재로가 자신에게 명한 막으라 했던 그 일이 바로 이 일이라는 것을. 그들에게 천안의 사가로 가 광에 있는 쌀을 모두 실어 이곳으로 옮기라는 박문수의 명을 받았을 때 김재로의 말이 번개처럼 떠올랐다. 그래서였을 것이다. 계산도 없이 준비도 없이 안 됩니다, 소리치듯 말하고 만 것은.

"그건 말도 안 되는 말씀입니다아!"

기축이 그의 뒤를 따라 이렇게 말하지 않았다면 필시 그의 말은 박문수에게 이상하게 들렸을 것이다. 박문수가 버럭, 어딜 네놈이 나서느냐, 기축에게 호통치며 나서지 않았다면 또다시 그가 안 된다, 소리쳤을지도 모르겠다.

어찌하여 덕벌은 막을 방법을 궁리하는 대신 그리 안 된다, 말부터 하고 말았을까?

덕벌은 명을 수행하러 길을 나서면서도 그 의문을 풀지 못했다. 자신이 알지 못하는 그 마음이 궁금했지만 알 수 없었다. 그럴수록 김재로의 말을, 그의 말을 듣지 않으면 안 될 이유를 생각하고 곱씹으려 안간힘을 썼다. 그러나 지금 그는 박문수의 명대로 사가 광에 있는 쌀을 이곳 공주 관아로 옮겨 오기 위해 말을 달리고 있었다.

"너희가 한 시간을 앞당기면 열 사람이 살 것이요, 하루를 앞당기면 백 사람이 살 것이다."

말을 내어주며 박문수가 한 말이 그를 달리게 하는 것인지 막아라, 명했던 김재로의 말이 그렇게 만드는 것인지, 그것도 아니면 그들이 떠나기 전 도착한 한양 소식 때문인지 알 수 없었다. 한양에서 박문수에게 내려온 소식이 무엇인지 그는 알지 못한다. 다만 하얗게 질리던 박문수의 표정이 내내 마음에 남았다.

덕벌은 품 안을 더듬었다. 지금 그의 품 안에는 사가에 보내는 박문수의 서찰이 들어있다. 박문수는 말했다.

"이 서찰을 가지고 가거라. 반드시 광문을 열어줄 것이다."

덕벌은 지금에서야 이곳 공주 근처에 박문수의 옛집이 있고 하사받은 땅이 있으며 그 땅에 농사를 짓는 노비들이 있다는 사실을 알게 됐다.

덕벌은 함께 말을 타고 따르는 수망과 팔복을 뒤돌아보았다. 하지 않아도 될 일을 하는 것에 부아가 일 법도 한데, 그들은 신명 나 있었다. 좋은 일을 한다는 것은 관계없는 이들의 가슴마저 저리 뛰게 하는 것인지. 덕벌은 박문수가 기축에게 했던 말을 생각했다.

"너는 지금 당장 한양 집으로 가 안방마님께 이걸 전하고 내주는 것을 받아오너라."

"허면, 주인 나으리는요?"

박문수가 그 말에 대답할 리 없었다. 덕벌도 물었다. 대체 이리하는 연유가 무엇인가 하고. 박문수는 대답하지 않았다. 그저 한 번 웃었을 뿐. 그러나 이제 말을 타고 달리면서 덕벌은 기억해낸다. 국법을 어기면서까지 함경도에 쌀을 보내며 했던 말, "굶어 죽어가고 있을 저 북쪽 사람들을 죽게 내버려두어야 한단 말인가?" 어사출두를 하자마자 그의 궁금증은 단번에 풀렸다.

아무리 미약한 힘일지라도 여럿이 모이면 큰 힘이 생긴다는 것인가. 덕벌은 공주목 문루 포정사 앞을 가득 메우며 모여들던 사람들에게서 느꼈던 이해할 수 없는 힘을 생각했다. 비

록 비루한 사람들일지나 사람들이 모여 만들어내던 그 장대
함에 대해.

"어사 박문수 나리를 뵈러 왔구만요."

"내는 어사 박문수 나리를 안 뵙고서는 죽어도 이곳을 떠날
수 없어유!"

"박문수 나리가 아니면 누가 내 말을 들어준대유!"

말들, 그들이 수없이 외치던 어사 박문수의 이름.

그들이 어떻게 어사 박문수의 등장을 알고 모여드는 것인
지 그는 알 수 없었다. 이번만이 아니었다. 호서에 암행을 하
며 어사출두를 했던 세 번 모두 그러했다. 박문수는 모여든 수
많은 사람이 하고자 했던 원한의 말, 소망의 말을 모두 들었고
기록하게 했으며, 가능한 한 해결을 약속했고 그렇게 하려 노
력했다.

공주목에서도 그러했다.

박문수는 모여든 이들 이야기에 귀 기울였다. 굶주림에 대
한 하소연과 암행을 하며 들었던 공주 목사나 아전들의 패악
을 제하고도 원한 맺힌 사연은 많았다.

먹을 것이 없어 빌린 쌀 때문에 중에게 아내를 욕보인 사내
의 하소연도 있었고, 혼인을 약속하였으나 가세가 기울어 파
혼당한 억울함도 있었으며, 천 씨 성을 가진 아버지와 아들이
합작하여 힘없는 노인의 아내와 며느리까지 빼앗으려 한다는

청원도 있었다. 또 제 남편이 포목점 유산을 둘러싸고 일어난 살인사건 범인으로 몰렸다는 아내의 억울함도 있었고, 아들을 저주하는 글이 벌써 1년째 계속되고 있어 불안감에 살 수 없다고 하소연하는 사람도 있었으며, 법력으로 병을 고친다며 사람들의 재산을 가로채는 승려가 있다는 고변도 있었다. 어디 이뿐이랴, 치정에 의한 사건 고변도 많았다.

그런데 그들 사이에 그가 있었다. 고아가 된 어린아이들을 다독이며 시체를 먹게 했던 그 소년이.

소년은 엎드려 울며 말했다.

"제 부모님은 역적이 아닙니다."

그러니까 소년의 부모는 무신년 이인좌의 난 때 역모 사건에 엮여 억울하게 죽었다는 말이었다.

덕벌은 그 말을 듣던 박문수의 표정을 잊을 수 없다. 자신이 해 줄 수 없는 일을 앞에 두고 그가 짓던 그 고통스러운 얼굴. 청년은 역적으로 몰린 아버지와 관비 대신 죽음을 선택한 어머니, 관비가 되어서라도 사는 길을 선택한 누이들을 살펴 달라며 통곡했다. 그러나 그 일은 어사 박문수가 해결해 줄 수 있는 일이 아니었다. 역모 사건은 권한 밖의 일이었다. 오직 임금만이 해결할 수 있는.

덕벌은 한 번도 뵌 적이 없는 임금을 생각했다. 이 나라의 지존이라면 그 모든 고통을 이해할 수 있을까 하고. 아닐 것 같았다. 무소불위 권력을 가진 것과 따뜻한 가슴을 가진 것은 다를 것이므로.

그런데 대체 무엇일까? 박문수를 찾아 한양에서 온 그자가 가져온 소식이 무엇이기에 박문수의 표정이 그리 변했던 것일까? 덕벌은 못내 궁금했다.

세상은 단 하나의 씨앗조차 그저 흘려버리는 법이 없다. 행동 하나, 마음 하나, 그 하나하나는 반드시 씨앗이 자라 지금이 된 것이다. 그 몸서리 쳐지는 경험을 나는 많이 했다.

문제는 하나의 현상에 하나의 원인만 존재하지 않는다는 데 있고, 그 많은 원인을 쉽게 인식할 수 없다는 게 우리의 한계다. 엉킨 실타래 같은 원인의 뿌리들을 냉정하게 구별해낼 수 있다면 좀 더 현명하고 명확하게 문제를 해결할 수 있을 것이다. 내가 살아있었던 그때, 내가 할 수 있는 마음과 능력이 있었던 그때.

그런 적이 있었다. 내 가족을 내가 하옥시켜야 했던 일이. 무신년 이인좌의 난을 진압하는 과정에서였다. 당시 나의 숙부 박사한은 함양 현감이었다. 내가 역모를 일으킨 적들을 진압해 나가며 함양으로 들어섰을 때, 함양 관아는 텅 비어있었다. 활짝 열린 군기고며 문짝마저 떨어져 나간 곡식 창고의 모습은 처참했다. 숙부를 찾았지만 숙부는 어디에도 없었다.

처음 나는 숙부가 적의 손에 목숨을 잃었을 수도 있다고 여겼다. 그것은 차라리 간절한 소망이었다. 목숨을 버려서라도 불의에 굴복하지 않고 크지 않으나 맡은 직분에 최선을 다하는 그런 숙부이기를. 그러나 붙잡혀 온 아전들에게서 확인한 숙부의 행동은 참담했다. 삼십육계 줄행랑. 그것이 숙부의 모습이었다. 수령 없는 관아의 아전들이 나라 곡식이며, 무기들을 지킬 리 없었다. 그들은 스스로 문을 열어 역괴 정희량에게 곡식을 바치고 무기를 내주었다.

삼강오륜이라는 윤리에 묶여있는 조선의 잣대로 본다면 내 손으로 숙부를 치죄할 수는 없었다. 진퇴양난이었다. 어떤 것을 선택해도 비난은 피할 수 없었고, 더구나 숙부는 부친을 일찍 여읜 내게 생존해 있는 아버지의 유일한 혈육이었다.

작가 방에는 나에 대한 준호구 자료가 있다. 나와 어머니, 그리고 아내의 호적이 올라있는 일명 '박사한의 준호구'. 작가는 그 자료를 종친회 회장에게서 받았다.

문서 머리에는 '경희오십구년 월 일 한성부庚熙五十九年 月 日 漢城府'라는 글씨가 쓰여 있다. 한성부에서 한양 서부 황화방 취현동계에 사는 박사한에게 발급해준 일종의 호적등본이다.

백수伯嫂, 안동 권 씨 58세

중수中嫂, 경주 이 씨 56세

처, 전주 이 씨 44세

질姪, 민수民秀 36세

민수 처, 연일 정 씨

질, 문수 30세

문수 처, 청풍 김 씨 31세

발행 연도는 숙종 43년, 1717년에 만들어지고 3년 뒤에 발행된 것이다.

준호구의 발행 당사자 '박사한'을 비롯해 준호구에 올라있는 모든 가족의 이름이다. 백수 안동 권 씨는 큰아버지의 아내, 큰어머니를 말하며, 중수 경주 이 씨가 나의 어머니이다. 또한 문수 처 청풍 김 씨가 나의 아내다. 질 민수는 나의 형을 말하며, 민수 처 연일 정 씨는 나의 형수를 이른다.

그러니까 나는 3년 뒤 한양 남부 성명방 연성위계 제28통 2호를 근거지로 독립할 때까지 숙부 박사한 그늘에 신세지고 있었던 셈이다. 경제적으로야 외가 도움을 받았다고는 하여도.

이 공식문서는 작은아버지와 내가 어떤 관계였는지를 드러낸다. 돌아가신 아버지를 대신하여 아버지나 다름없는 위치에서 우리 가족을 책임지던 숙부. 그럼에도 나는 작은아버지를 처벌해야만 했다.

그때 내 결정에 단초가 된 건 집안의 오랜 가풍이었다.

'진수효'

'정일집중'

이것이 오래전, 내가 태어나기도 전 내 안에 뿌려진 씨앗이었다. 나는 그 씨앗에 싹을 틔웠고 물을 주어 키워냈으며 격한 위협으로부터 보호했다.

나는 내 안에 뿌려진 씨앗 모양대로, 그 뜻대로 사사로운 가족의 연보다 공직자 직분에 무게를 더 두었고 그렇게 했다. 하지만 고통은 감당해야 할 업보였다. 숙부를 옥에 가두고 임금에게 보고할 장계를 쓰는 동안 나는 자주 붓을 놓쳤고 맥이 빠져 무릎이 꺾이곤 했다. 원망은 필연적으로 따라왔다. 원망은 감수해야 할 마땅한 결과였다. 이후 관리로서 내 삶은 더욱 치열해졌다. 하물며 옛 친구 잘못 앞에서야.

다시 작가의 작업실을 본다. 그를 지켜보는 것만으로 숨이 턱에 차오른다. 그저 무심히 일해 주기를 바라본다.

나는 작가가 다음 어떤 내용으로 이야기를 이어나갈지 알 것도 같다. 작가의 구성노트에 쓰인 '영조 침전에 든 자객' 그리고 '임인년 노론 4대신 – 영조 5년 이건명, 조태채 복권'이라는 글로 미루어볼 때.

'역모'

'빨갱이'

어떤가? 너무 닮지 않았는가? 말 속에 담긴 증오, 상대를 죽여야만 내가 산다고 여기는 치열한 배척. 가장 큰 권력에 대항하는 이들에게 붙는 죄목은 언제나 이처럼 무시무시하다.

이곳 하늘정원에서 세상을 내려다보면서 나는 몸서리를 친다. 지금과 그때의 모습이 너무나 닮아서.

'반공', '내란음모', '종북', '국가보안법', '반국가단체찬양.'

그대들이 아직 벗어나지 못하고 있는 이 많은 말은 얼마 가지 않아 의미를 잃을 것이다. 훈구와 사림, 동인과 서인, 남인과 북인 그리고 남인과 서인 다시 노론과 소론. 이 말들도 지나간 사실에 불과하듯이.

역사는 수많은 예시를 차곡차곡 쌓아가며 교훈을 담고 있는데, 현재를 사는 사람들은 현실에서 한 발자국도 벗어나지 못한다.

내가 그대들을 떠나지 못하는 이유가 여기에 있다. 나는 앞서 산 자로서, 그대들 삶에 도움이 되어야 한다 여긴다. 그래서 그대들이 한 발자국 앞으로 나아가기를, 반복과 거짓과 가식의 습관을 과감히 떨쳐내고 앞으로 나아가기를, 더불어 행복한 세상을 이루어가기를 소망한다. 그대들은 그럴 수 있다.

5천 년이 넘는 역사의 힘을 잊지 마시라.

내가 산 시대는 당쟁의 시대였다. 임금 영조가 국시로 삼은 '탕평'이 그에 대한 반증이다. 영조 침소에 자객이 들었다는 소식을 전해 들었을 때 나는 역모를 염려했다. 작가는 이를 노론 측이 꾸민 것으로 쓰고 있지만 그 일의 진실을 나는 알지 못한다.

어찌 그럴 수 있는지 묻고 싶은가?

진실을 은폐하려고 하는 자, 그자의 의도가 성공한다면 설사 사건의 한가운데 있었다고 해도, 그리고 혈맹의 언약을 맺은 관계라 해도 진실을 알 수 없다. 게다가 개인이 가지고 있는 한계, 즉 보고자 하는 만큼만 보고 보고 싶은 것만 보며 보이는 것만 보는 '뇌의 기억 왜곡' 현상까지 고려한다면 진실에 가닿는 길은 멀고도 험할 수밖에 없지 않겠는가?

영조 6년(1730)에 있었던 임금 암살 시도 사건에 대해 내가 알았던 사실을 말해 주자면 진범은 경종을 모시던 환관과 궁녀들로 밝혀졌다. 그리고 그들을 사주한 역모 주범으로 경종의 계비 선의왕후가 지목됐다. 모든 사건에는 그에 합당한 이유가 있다. 더구나 조선의 지존 임금을 암살하려 하였을 때는.

'승하한 경종을 흠모하여.'

흠모하여 죽인다? 밝혀진 이유가 황당하지 않은가? 그러나 당시는 그 이유만으로도 역모의 동기가 되었다.

밝혀진 이유는 다시 한 번 임금 영조를 몸서리치게 했다. 그들은 혹독한 고문에도 입을 열지 않았으나 암살의 목적과 과정은 이렇게 알려졌다.

'서른일곱의 나이에 왕위에 오른 지 불과 4년 만에 승하한 경종을 흠모하던 그들은 영조와 세자, 그리고 옹주까지 모두 죽이기로 계획했다. 임금은 직접 침전으로 암살자를 보내 살해하고, 세자와 옹주는 무당이 알려준 방법, 사람 뼛가루와 동물 뼛가루를 이용해 죽게 만든다⋯⋯.'

조금은 허황되다 여겨지시는가? 그때는 그런 방법이 사람을 죽일 수 있는 것으로 여겨졌다.

왕의 나라, 조선에서 역모는 설사 당사자가 아비와 자식 관계라 할지라도 살려줄 수 없는 죄. 영조는 선의왕후가 선왕의 왕비이고 사사롭게는 형수이고 자신이 손수 경순왕대비라는 존호를 올린 왕실 어른이었음에도 용서하지 않았다.

영조가 선의왕후에게 내린 처벌은 유폐였다. 시중들던 궁녀들이 고문으로 죽어가는 걸 지켜봐야 했던 선의왕후는 음식을 거부했다. 물도 마시지 않았다. 그렇게 보름, 그녀는 스물다섯의 곱고 젊은 나이에 경희궁 어조당에 갇혀 생을 마감했다. 눈도 감지 못한 채.

나는 선의왕후가 마지막 죽으면서 했다던 말을 후에 들었다.

"저 임금은 내 남편을 죽인 원수다⋯⋯."

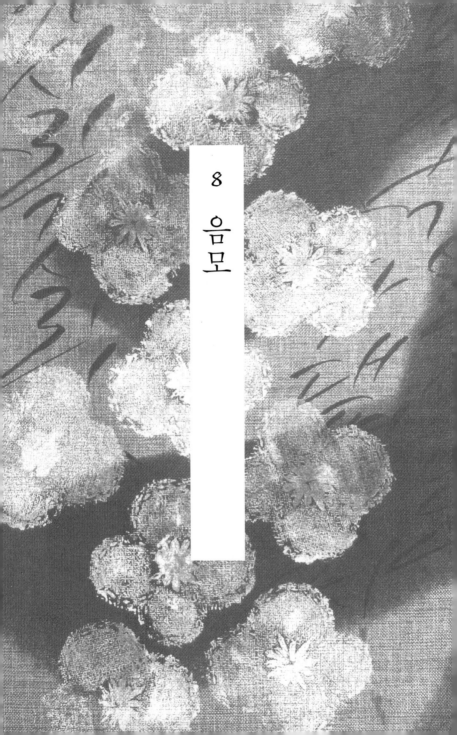

8

음
모

공주 관아 너른 뜰이 오랜만에 즐겁고 행복한 소리로 넘쳐 났다. 그릇 달그락거리는 소리, 두런두런 이야깃소리, 한 그릇 더 외치는 소리……. 그 소리에 박문수의 마음이 뭉글뭉글 파란 하늘 아래 송이구름처럼 가벼웠다.

'이런 것이로구나, 이런 마음이로구나.'

박문수는 온 재산을 털어 굶주린 사람들을 배불리 먹게 하는 기분이 구름처럼 가뿐하고, 여름날 불어오는 바람처럼 시원하며, 애달픈 사랑처럼 설렌다는 걸 알았다.

작은 나눔을 경험해 보지 않은 건 아니었다. 때때로 있는 것 내어 눈앞의 사람들과 나누었다. 기쁘고 즐거웠으나 지금 같지는 않았다. 기쁨의 깊이와 넓이도 받는 이의 수에 따라 달라지는 모양이었다. 자신이 낸 쌀 100석과 부자 양반집을 일일이 돌며 사정하여 추렴한 100여 석을 합하고, 공주목 구휼미 30여 석을 내니 비로소 소식을 듣고 몰려든 수백 명의 사람을 먹일 수 있었다. 더구나 오전엔 오곡의 필루와 매정의 향순이 혼례를 치러주었다. 필루에게는 다시 땅을 소작할 수 있게 해주었고.

그렇다고 걱정이 사라진 건 아니었다. 오늘 한 끼, 그리고 나누어줄 몇 되의 쌀로 사람들이 얼마를 더 버틸지는 계산하지 않아도 짐작할 수 있었다. 그럼에도 지금 박문수는 기쁨에 겨웠다. 사람들이 살아나는 모습을 보는 게 감격스러웠다.

덕벌은 그런 박문수를 보고 있었다. 저리도 흔쾌히 행복해할 수 있는 사람, 자기 재산을 털어 쓰고도 저리 들뜰 수 있는 사람을 그는 본 적이 없다. 비록 아직 나이 어려 삶의 경험이 적다고는 하여도.

덕벌은 또 보았다. 그러다가도 문득문득 그의 얼굴에 드리우는 어둡고 무거운 그늘을. 그는 지금 김재로에게 부여받은 임무를 태만히 하고 있었다. 그는 막지 못했다. 쌀 100여 석을 추렴하지 못하게 막는 대신 쌀을 실어내려고 말을 달렸고, 수레를 몰았으며, 굶주린 사람들을 공주 관아 마당으로 이끌었다.

덕벌은 물었다. 근심이 있으십니까, 하고. 박문수는 대답했다. 근심이 어찌 없을 수 있겠느냐고.

덕벌은 박문수의 대답에 그만 무연해졌었다. 굶주린 저들을 두고 자신이 한 질문이 부끄러웠다.

박문수는 기쁨에 젖어 있다가도 한양에서 온 소식들을 고민했다. 한꺼번에 도착한 세 가지 소식. 임금 침전에 자객이 들었다는 소식, 신임사화 노론 4대신 중 이건명과 조태채가 복권되었다는 소식. 그리고 노론이 스승 이광좌를 탄핵하고 있다는 소식.

'정세가 변했다!'

박문수는 직감했다. 김창집, 이이명, 이건명, 조태채, 이들은 서른네 살에 불과한 경종이 후사가 없고 병약하다는 이유를 들어 후계자 정할 것을 겁박하고 종내는 왕제 연잉군을 왕세제로 책봉하게 만든 인물들이었다. 여기에 정무까지 대행하게 해야 한다 주장했던, 소론으로서는 용서할 수 없는 불충을 저지른 대역죄인.

그런데 이들 중 두 사람이 복권되었다. 어떻게 봐야 하는지, 그동안 한양에서는 어떤 일이 있었던 것인지, 임금 침전에 들었다는 자객과 이는 어떤 관계가 있는지, 궁금증은 견딜 수 없이 부풀어 가는데, 소식을 전해온 조현명에게서는 다른 말이 없었다.

'임금을 죽이려 한 자는 누구인가?'

'나는 어찌해야 하는가?'

생각만으로 박문수는 마음이 어지러웠다. 그저 이렇게 조정과는 거리를 둔 채 오직 백성을 위한 정책에만 마음을 쏟으며 살았으면 하는 생각이 간절했다.

그러나 간절한 마음은 그저 소망일 뿐. 박문수는 스승 이광좌가 겪고 있을 고통이 가슴 아프고 안타까웠다. 이건명과 조태채의 복권과 이광좌에 대한 탄핵은 분명 연결돼 있었다. 하지만 임금의 목숨을 노린 자가 누구인지는 알 수 없었다. 호서의 박문수는 아직 사건이 흘러가는 과정을 알지 못했다. 노론의 목적은 그도 안다. 소론이라면 누구라도 안다. 아니 정치에 몸담고 있지 않은 저잣거리의 백성들도 안다. 다만 목적 달성을 위한 구체적인 실행 과정을 확신할 수 없었을 뿐이다.

노론의 왕, 임금 영조의 등극.

이것은 소론 입장에서는 인정하고 싶지 않으나 언젠가는 반드시 오게 될 결과였고, 일련의 사건이 이를 향한 수순이었던 건지 모른다.

임금 영조의 등극은 많은 피를 뿌리며 이루어졌다. 비정상적인 권력의 승계 과정은 필연적으로 치열한 암투를 유발한다. 부자승계를 원칙으로 하는 조선 왕위계승에서 연잉군은 경종의 이복동생. 조선은 지지 세력을 중심으로 치열하게 분열하던 시대였다. 이 와중에 노론이 그를 선택했다.

노론은 아직 서른네 살에 불과한 젊은 임금의 후사를 기다리지 않았다. 기다리고 싶지 않았다. 그래서였다. 영의정 김창

집, 좌의정 이건명, 판중추부사 조태채, 호조판서 민진원 등 노론의 주축 인물 넷이 경종 1년 8월 20일 해시를 기해 소론이 모두 퇴청하고 대궐 문이 닫히기를 기다렸다가 임금의 후사를 정해야 한다, 연잉군으로 후사를 정해야 한다고 경종을 겁박한 것은. 경종에게 허락을 받아낸 노론은 여기에 그치지 않았다. 그들은 보다 확실한 보장을 위해 숙종의 계비 인원왕후 김 씨의 인가까지 받아냈다. 대비는 두 장의 친필서를 내렸다. 친필서 한 장에는 연잉군이란 이름이, 다른 한 장에는 선왕 혈육으로 주상과 연잉군뿐이니 자신은 달리 아무런 뜻을 가지고 있지 않다고 적혀있었다.

그들의 연잉군 세제 책봉 계획은 성공했다. 연잉군은 세제가 되어 궁으로 들어왔다. 창의궁 잠저로 궁을 나간 지 9년 만이었다. 노론은 여기에 그치지 않고 왕세제 대리청정까지 요구했다.

정도를 벗어난 노론의 시도는 곧 강경 소론의 반격에 직면했다. 대리청정 요구, 이는 대역죄로 처형을 하여도 마땅한 불충이었다. 소론은 노론 4대신을 탄핵했다. 경종은 여러 번 번복을 거듭하다 노론 4대신을 삭탈관직하고 유배 보냈다.

다음 해 노론 4대신의 목숨을 앗아가는 사건이 발생했다. 이른바 '목호룡睦虎龍 고변'. 이는 노론이 임금 경종을 죽이기 위해 이른바 세 가지 방법, '삼수역三守逆(삼급수)'을 계획하고 준비해 왔다는 것이었다. 그들이 시도한 세 가지 방법은 이러했다.

> 대급수 : 자객을 임금의 침전으로 들여보내 왕을 시해하고 연잉군을 옹립한다.
> 소급수 : 중국에서 사 온 독약을 음식에 타 왕을 독살한다.
> 평지수 : 숙종의 유언을 고쳐 경종을 폐위하고 연잉군을 왕으로 세운다.

사건 주모자는 대개 연잉군 주변 사람들과 노론 4대신의 자식들, 그리고 김용택, 정인중, 연잉군 집안일을 하던 백망, 이이명의 아들 이천기, 연잉군의 처조카 서덕수 등이었다.

경종은 철저한 조사를 지시했고, 고변은 사실로 드러났다. 더욱이 놀라운 것은 서덕수의 제의를 연잉군이 거절하지 않았다는 것이었다. 서덕수는 연잉군의 처조카, 그는 연루된 자들이 진술한 내용보다 세세하게 자신이 알고 있는 내용을 토해놓았다.

결국 유배지에 있던 노론 4대신은 사형당했다. 또한 역모에 가담한 자 200여 명이 죽거나 유배가거나 자살했다.

그러나 경종은 연잉군에 대한 처벌만은 허락하지 않았고, 2년 뒤 갑작스런 와병 가운데 연잉군이 올린 게장과 생감, 인삼과 부자를 먹고 붕어했다. 게장과 생감, 그리고 인삼과 부자는 함께 쓰면 상극인 식품들이었다. 그런 상극 식품들을 연잉군은 어의의 반대에도 경종에게 올리게 했다.

경종의 갑작스런 붕어로 연잉군은 왕이 되었다. 임오년 판결을 거스르는 피바람은 예고된 것이나 다름없었다. 연잉군이 임금이 되자, 영조는 선왕 경종의 장례일을 8일 남기고 김일경과 목호룡을 당고개에서 참수했다. 영조는 선왕이 죽은 지 3년이 되기 전에는 과거 일을 재판결하지 않는다는 전통을 깼다. 그만큼 가슴에 품은 분노가 컸음을 의미했다.

'노론의 반격을 예상하지 못했는가?'

박문수는 망연해졌다. 예상했었다. 그러나 사람은 누구나 오지 않은 불길한 미래에 대해서는 생각하고 싶어 하지 않는다. 희망이 없는 미래를 두고서는 열정의 마음을 낼 수 없다. 임금 영조는 어쩌면 노론 4대신 전부를 복권시키고 싶어 할 것이다. 어쩌면 머지않은 미래에 행동에 옮길지 모른다. 그러나 영조 마음이 향하는 방향이 그러하다 할지라도 그는 믿고 싶었다. 영조가 자신과 했던 약속들, 오직 백성들을 위한 길을 함께 가자고 했던, 그런 꿈을 꾸던 열정을 믿고 싶었다.

하지만 노론은 끊임없이 임금을 그 길로 몰아갈 것이다. 그리고 그것은 그들 반대편에 있는 소론을 탄핵하고서야 가능한 일이다.

노론에게 소론 영수 이광좌는 반드시 제거하고 가야 할 상대일 것이다. 갑진년 8월, 경종 마지막 시기, 이광좌는 우의정과 약방도제조를 겸직하고 있었다. 조현명이 보낸 소식에는 '갑진년지사甲辰年之事'라고만 쓰여 있었다. 노론은 임금이 벗어나고 싶은 갑진년 8월의 의심을 이광좌를 희생시켜 벗어나게 하려는 것일지도 모른다. 아니다. 갑진년 이광좌의 행동을 지렛대 삼아 사사로운 원한을 갚고 그들의 의도를 실현하려는 것일 수 있었다. 아니다. 어쩌면 이 두 가지 모두 이루려고 행동에 나선 것일 수도 있었다.

후자일 가능성이 크다고 박문수는 결론지었다. 마음이 자꾸 다급해졌다. 스승 이광좌가 겪어야 할 참담한 고통과 노회한 노론 인사에 맞서기에는 너무나도 부족한 조현명이며 이종성 같은 소론 인사들이 자꾸 마음을 붙잡았다.

박문수는 공주목 구휼을 마무리하고 자신을 수행하던 덕벌을 비롯한 김재익, 그리고 역졸들을 불러 모아 명하였다.

"너희는 내일 아침 날이 밝는 대로 한양으로 귀환한다."

박문수의 명은 '우리'가 아니라 '너희'였다.

"먹히겠습니까?"

벌써 보름여가 되어가고 있었다. 노론 4대신 중 이건명, 조태채를 복권시키고, 이광좌에 대한 탄핵을 계속한 지.

"아드님이 직접 나서지 않는 게 좋을 뻔했습니다."

김재로가 지난번 이광좌의 상소를 두고 말했다.

"당연히 아들놈이 나서야지요."

임금 처소에 자객을 들여보내고서도 노론 4대신의 복권을 원했던 목적은 이루어지지 않았다. 비록 제거해야 할 대상이었던 경종 계비 선의왕후를 제거했다고는 해도. 원하는 것을 얻기 위해서는 한 가지 방법으로 부족하다는 것을 다시 확인하게 해주는 이즈음이었다. 그래서였다. 그들이 소론 영수 이광좌를 탄핵하기 시작한 것은.

처음 김재로는 이광좌의 탄핵에 민진원의 아들을 앞세울 계획은 아니었다. 그러나 민형수와 통수 형제는 제 아비를 외딴섬으로 유배 보낸 원수 이광좌의 탄핵에 앞장서겠다고 나섰다. 그 마음을 이해하지 못하는 바가 아니었기에 김재로는 말리지 않았다.

탄핵은 민형수가 시작했다.

"지난 무신년의 변고는 차마 입에 올릴 수 없는 일입니다. 허나 변란이 발생하는 것은 반드시 그 이유가 있는 것이니 그 뿌리를 발본색원해야 할 것입니다. 만일 그러하지 못하면 조정과 성상의 미래를 장담할 수 없을 것으로 사료되옵니다."

그러면서 그는 이인좌가 일으킨 무신년 난의 원인으로 이광좌를 지목했다.

"거슬러 올라가 논한다면 갑진년 대상大喪을 당했을 적에 편찮으시다는 말을 듣지 못하였는데, 갑자기 휘음諱音을 받들게 되었습니다. 약원에서도 시약청을 설치한 일이 없었고, 교문敎文에도, '한밤에 옥궤玉几에 기댔다'는 말만 있었습니다. 그래서 온 나라에 '임금께서 병이 없었는데 갑자기 홍서하셨다'는 허무맹랑한 말들이 유언비어처럼 퍼져 결국 무신년 난이 발생하게 되었습니다."

그러니까 탄핵의 핵심은 경종이 붕어하기 전 우의정이면서 약방도제조를 겸했던 이광좌의 책임을 문제 삼는 것이었다. 이미 오래전 아팠는데 어찌하여 시약청도 설치하지 않았으며 이를 사람들에게 알리지 않아 임금 영조를 의심하게 하는 말을 만들었느냐는 것이었다.

하지만 영조는 상소를 받아들이지 않았다.

"민형수 상소에 '편찮으시다는 말을 듣지 못하였다가《승정원일기》에 의해 비로소 알게 되었다'고 한 말은 거짓에 불과하다 할 것이다. 《승정원일기》와 조지朝紙에 이미 난 것을 보지 못했겠는가? 우의정 이광좌에게 보복하기 위하여 날조한 것임을 알고 있다."

덧붙여 영조는 민형수가 아비를 위해 원통함을 호소하려 이 일을 다시 제기한 것이라 치부했다.

영조가 한두 번 거절하리란 것은 예상했던 일이었다. 민형

수 뒤는 수찬 윤섭이었다. 그리고 윤섭의 상소에 삭출削黜
(벼슬을 빼앗고 내쫓음)이라는 벌로 응대한 영조에게 다음엔 이
흡이, 그리고 뒤는 부수찬 심성희가 상소를 올려 이광좌의 죄
를 논했다.

그러나 영조는 요지부동이었다. 노론에게 그나마 다행이라
여긴다면 이들과 연이어 상소를 올린 민진원의 아들들, 민형
수와 광주 부윤으로 있는 민통수에게는 벌을 내리지 않았다
는 점이었다.

"이제 무슨 수를 쓰면 좋겠습니까?"

김재로는 목이 말랐다. 목마름에 가슴이 타들어 가는 듯했
다. 민진원이 말했다.

"어좌에 오르자마자 소론을 등용하신 성상이 아닌가. 게다
가 그 소론 인사들로 무신난을 진압하였으니 쉬이 내칠 수가
있겠소……?"

시간이 필요할 것이라는 말이었다.

"어차피 성상은 자신에게 덧씌워진 불충한 말들에서 벗어
나고 싶어 할 것이니, 시간이 흘러가면 해결되지 않겠는가?"

김재로는 그의 말에 동의하면서도 언제가 될지 알 수 없는
그 막연함에 부아가 치밀었다. 즐기자 마음먹는다면 못할 것
도 없을 터인데 그에게는 그런 여유가 없었다. 그때였다. 민진
원 하인의 목소리가 덕벌의 등장을 알린 것은.

"누구? 뉘라 했는가?"

민진원은 어두운 귀를 의심하며 되물었다. 김재로의 표정이 미세하게 움직였다. 여기는 자신의 집이 아닌 민진원의 집. 급한 일이 아니라면 이곳에 올 리도 없을 것이고, 그가 돌아오기에는 아직 한 달여 시간이 남아있다고 여겼었다.

김재로가 들어오라는 말 대신 일어나 밖으로 나갔다. 덕벌이 그 앞에 서 있었다. 마루 위에 높게 선 그에게 덕벌이 예를 갖추어 허리를 굽혔다.

"무슨 일이더냐?"

안부를 묻는 말 따위는 없었다. 보지 못한 오랜 시간 덕벌이 겪었을 위험이나 신체의 안위를 묻는 말은 더더욱 없었다.

"어사가 돌아가라 명하였기에."

"허면 암행을 마무리했단 말이냐?"

"그것은 아니옵고."

"허면?"

김재로의 목소리가 날카로워졌다. 덕벌이 대답을 망설였다.

"어이 대답이 없어?"

덕벌이 품 안에서 서찰 하나를 꺼내 들었다.

"이 서찰을 본가 안주인께 전하라고."

김재로가 가까이 다가오라 손짓했다. 덕벌이 걸음을 망설였다. 이곳까지 오기 전 그를 괴롭혔던 많은 갈등이 또다시 그의 마음을 붙잡았다.

그날, 그러니까 박문수가 한양으로 돌아가라는 명을 내린 그날 밤, 그믐의 어두웠던 밤, 어사인 박문수 곁에 있을 수 있는 마지막 밤, 덕벌은 확신할 수 없는 마음의 소리와 돌아갔을 때 겪어야 할 현실 사이에서 갈등했다. 잠 못 드는 그의 눈 앞에는 적바림과 암행 결과를 기록한 서책이 놓여있었다.

'미혼자'

'기아'

'군역'

'탁지度支'

적바림에 적힌 내용이었다. 처음 그는 적바림 각 장에 한 단어씩으로 쓰인 한 뼘 크기 단어의 의미를 알지 못했다. 그러나 세 번째 장을 넘겨보던 그는 불현듯 깨달았다. 그건 박문수의 소망을 적은 비망록이라는 것을. 박문수와 더불어 본 일들, 그가 바라본 박문수를 생각해 볼 때 의심의 여지 없이. 이해할 수 없이 그의 마음이 흔들렸다.

그는 돌아가라는 명을 받았을 때 돌아가지 않으면 아니 되느냐는 청을 거절하는 박문수의 명을 받아들이면서 김재로와의 피할 수 없는 만남을 대비해야 했다.

암행내용을 기록한 서책과 박문수의 생각이 적힌 적바림이 있었다. 이 두 가지를 김재로 앞에 내놓으면 김재로의 명에 대한 면피가 될 듯싶었다. 그런데 그는 갈등했다. 무엇 때문에 마음이 흔들리는지 알지 못한 채.

의문은 지금 김재로 앞에서도 여전했다. 김재로가 손을 내밀어 집사가 넘겨주는 서찰을 받아들었다. 덕벌은 서찰을 꺼내 읽는 김재로의 표정을 읽었다.

"아무것도 없질 않으냐?"

서찰을 들고 김재로가 물었다. 너는 읽어보지 않았느냐고.

"읽어보지 않았습니다."

거짓이었다. 덕벌은 읽어보았다. 서찰에는 별 내용이 없었다. 별일 없다는 안부, 100석을 내어 구휼했다는 소식, 모친과 아내를 걱정하는 것이 전부였다. 덕벌이 서둘러 말했다.

"박문수가 100석을 내어 공주의 굶주린 사람들을 먹였습니다. 곳간에 쌀이 있는 부잣집들을 돌아 추렴도 하였습니다. 이것이 또 100여 석이 됩니다."

김재로의 표정이 움직였다. 그러나 덕벌은 그 표정의 의미를 알지 못했다.

"100석을 추렴하였다?"

"그러합니다."

"헌데 너는 어찌 막지 않은 것이냐? 막으라 하는 내 명을 어찌 흘려버린 것이냐?"

덕벌은 박문수의 사석 100석을 말함인지, 추렴한 100석을 말함인지, 것도 아니면 둘 모두를 말함인지 알지 못했다.

"추렴은 제가 사석을 가지러 간 사이에……."

김재로가 말을 끊으며 말했다.

"사석을 어찌 막지 못하였느냐는 말이다!"

추렴한 100석은 공격의 빌미가 될 것이라는 걸 모른다는 것인가, 하는 부아가 치밀어 김재로의 표정이 절로 험악해졌다. 덕벌이 두려움 가득한 목소리로 입을 열었다.

"노력은 하였으나……."

그러나 그는 노력하지 않았다. 김재로가 물었다.

"추렴은 어떻게 하였느냐?"

"박문수가 직접 서찰을 써 나누어 돌렸습니다."

"그 서찰은 가져왔느냐?"

덕벌이 당황했다.

"그것은……."

김재로가 잠시 침묵으로 덕벌을 질타했다. 잠시 뒤, 김재로가 기다리라, 말하고는 등을 돌려 민진원이 있던 방으로 들어갔다. 덕벌은 자기도 모르게 다리에 힘이 풀리는 것을 느꼈다. 긴장이 일시에 풀리는 듯했다. 그제야 그는 격한 허기를 느꼈다. 덕벌이 가만 손을 들어 자신의 품 안을 더듬었다.

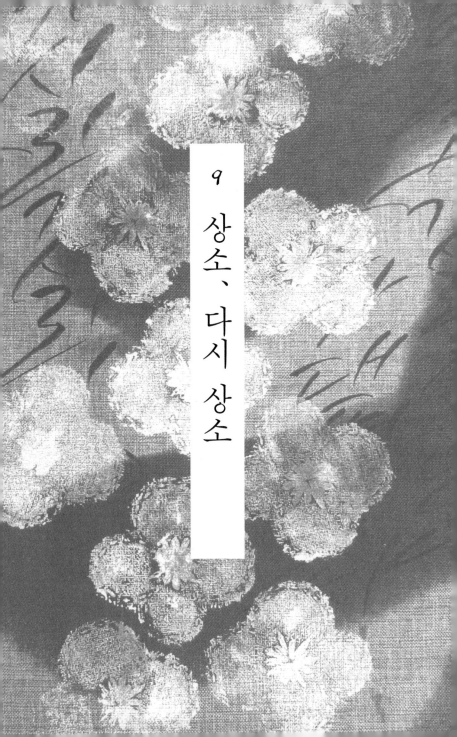

9

상
소,
다
시
상
소

그들이 다시 모였다. 늘 박문수 곁에서 속마음까지 읽어가며 명을 수행하던 구복, 두석, 홍복. 그들을 앞에 두고 박문수의 표정이 반가움에 밝았다가 다시 흐려졌다가 다시 어두워졌다.

박문수는 우선 그들을 먹였다. 쌀밥과 적으나마 돼지고기까지 밥상에 올랐다. 앉은 자리에서 세 그릇을 먹어도 모자랄 만한 덩치와 힘을 가진 장정들이었다. 박문수가 아니었다면 모두 죽임을 당했거나 산적이 되어 깊은 산중을 떠돌았을 사내들. 그들 모두 박문수가 처음 경상도 어사로 암행 나갔을 때 만난 인연들이었다. 박문수는 비록 고기 몇 점이 올랐다고는 하나 부실하기 짝이 없는 밥상이 좀 미안했다.

"이번에도 내가 너희 볼 낮이 없다."

셋 모두 머리를 조아렸다. 무슨 그런 말씀을 다 하시느냐고.

"우리 모두 좋아서 하는 일 아닙니꺼. 그 뭣이냐 머리카락을 죄다 뽑아 나리 신을 삼아드려도 못 갚을 은혜를 입은 저희들입이더."

홍덕이 말했다. 그의 말을 구복이 받았다.

"하모요, 하모요. 지들은 산적이 되어 나쁜 일 안 하고 사는 것만으로도 얼매나 좋은지 모르겠다 아닙니꺼."

"거기다 좋은 일을 하잖아요. 나리가 시키는 일이 나라를 위하는 일이라는 것쯤은 지들도 잘 안다 아닙니꺼."

두석이 말 뒤에 기쁨에 겨운 웃음까지 헤헤, 흘렸다. 박문수가 그를 따르겠다고 고집하는 세 사람에게 맡긴 일은 주로 전국 백성들의 삶을 살펴보는 일이었다. 중요한 것은 백성들 삶을 가장 정확하게 아는 일, 그래야 그들을 위한 바른 정책을 세울 수 있기에.

그러나 처음 그들은 박문수의 명을 제대로 수행하지 못했다. 세상은 아는 만큼만 보이는 법, 그들은 사람 사는 모습을 두 눈으로 볼 수는 있었으나 그 모습이 감추고 있는 진실까지는 보지 못했다. 그러나 서당개 3년이면 풍월을 읊는다 했다. 그들은 서서히 세상 보는 눈을 키웠고 다름에 대한 인식을 갖기 시작했다. 그렇게 그들은 박문수의 눈이 되고 발이 되고 마음이 되었다.

그들은 자기 안위는 아랑곳하지 않고 그들의 억울함을 풀어 주려 노력하는 박문수를 위해 진심으로 죽어도 좋다 여기고 있었다. 그래서였다. 봇짐 하나로 전국을 돌 수 있었던 것은. 그들이 박문수를 따라다니겠다고, 제발 곁에 머물 수 있게 해달라고 간청한 것은.

사람 마음을 움직이는 가장 큰 힘, 그것은 감동이다. 그리고 감동은 진심만이 만들어낼 수 있는 기적이다. 그들은 박문수가 그들을 구해준 진심에 감동했고, 그의 행보에 감동했고, 삶의 지향점에 감동했다.

"고맙구나."

진심으로 박문수는 그들이 고마웠다. 박문수의 도움 덕에 살았다고는 하지만 이들 또한 한 곳에 정착해 사람이 가질 수 있는 행복을 누리며 살고 싶은 마음이 왜 없겠는가? 그럼에도 그들은 박문수의 부름에 한달음에 달려와 전국을 누비고 있었다. 그래서였다. 그가 늘 마음이 아픈 것은. 그들 스스로 자신 곁에 머물고 있다고는 하여도, 그리고 머무는 그들의 마음이 흔쾌하고 즐겁다고 하여도 그는 늘 미안했다.

흥복이 말했다.

"어사님은 어찌 안 드십니꺼?"

그러자 구복과 두석도 얼른 드시라 채근했다. 박문수가 그제야 숟가락을 들며 물었다.

"힘들지 않으냐?"

"하나도, 하나도 안 힘듭니더!"

입 안 가득 밥을 넣고서 두석이 웃는 얼굴로 대답했다. 합창하듯 홍복과 구복도 답했다. 한 개도 안 힘들다고. 박문수가 그런 그들에게서 힘을 얻어 어려운 말을 꺼냈다.

어두운 밤이었다.

목멱산 아래 남촌의 한 집을 향해 한 사내가 다가가고 있었다. 검은 삿갓에 검은 도포를 입은 형색으로 보아 사내는 검객이거나 밤도둑일 가능성이 높았다. 날래고 빠른 걸음걸이는 빈틈이 없었다. 이제 조금 있으면 해시였다. 남촌은 가난한 선비들이 모여 사는 마을. 기와집이 군데군데 있다고는 하나 서너 칸이 넘지 않은 소박한 집들이 대부분이었다. 사내가 향한 곳은 세 칸짜리 기와집과 작은 사랑채를 둔 집 다섯 채가 어깨를 나란히 하며 서 있는 곳이었다. 사내가 그중 한 집 대문으로 다가섰다. 사내가 멈춰 서 뒤를 돌아다보며 주위를 살폈다. 몸을 돌린 사내가 가만히 대문을 밀었다. 문은 소리 없이 열렸다. 사내가 열린 문 안으로 사라졌고, 곧 문은 조용히 닫혔다.

사내가 들어선 집 마당에 한 남자가 서 있었다. 삿갓을 쓴 남자가 사내를 향해 다가섰다.

"기은! 자네인가? 무사히 오셨는가?"

사내가 삿갓을 벗었다. 기운, 박문수 얼굴이 어둠 속에 드러
났다.

"귀록!"

박문수가 귀록 조현명의 손을 맞잡았다.

"귀록께서도 잘 지내셨는가?"

아직 한 사람이 오지 않았다. 박문수가 마당 안쪽에 시선을
주고 다시 대문 쪽을 바라봤다. 소리 없이 자신에게 문을 열어
주던 문지기가 문 앞에 있는 것으로 보아 이종성은 아직 오지
않은 것이라고 짐작했다. 기다림은 오래가지 않았다.

"영성군!"

중키에 마르고 강단 있는 몸집을 한 이종성은 어둠 속에서
도 알아볼 수 있을 정도였다. 박문수가 한걸음에 그에게로 다
가갔다.

"어서 오시게. 잘 지내셨는가?"

"한양에 있는 우리가 별일 있을 게 무에 있겠는가. 헌데 영
성군께서는 어인 일로 이리 암행지를 떠나 우릴 불러 모은 겐
가?"

박문수는 한양에 오면서 기축을 통해 두 사람에게 스승 이
광좌의 집으로 오라 알리고, 이광좌의 집사에게는 술시에 갈
터이니 대문을 지키고 있다가 두 번 잔기침을 하면 문을 열라
말해 두었다. 혹여 스승이 번거로울까 미리 알리지 말라는 언

질도 함께.

"너는 들어가 우리가 왔음을 대감께 알리거라."

이종성이 문을 닫아걸고 선 문지기에게 말했다. 곧 박문수가 안으로 걸음을 재촉했다. 이어 뒤를 따르던 조현명이 입을 열었다.

"궁금하이. 무슨 일인가?"

"그걸 아직도 모른단 말인가? 스승님이 억울한 탄핵에 몸져 누우셨다는 소식을 누가 알렸는가?"

"허면 그 때문에 암행지를 떠나 이리 올라왔단 말인가?"

"왜 그리하면 안 되는가?"

"허어! 아니 한 행동도 만들어 모함을 하는 저들일세."

그때 이광좌의 낮은 기침소리가 들렸다. 문지기가 곧 집 마루를 나섰다. 이광좌가 있는 방으로 들어서며 박문수가 먼저 그를 불렀다.

"스승님!"

"어찌 네가 여기……."

놀란 이광좌가 그리 말하고는 쿨럭쿨럭 기침을 내뱉었다.

"호서에서 암행을 하고 있어야 할 어사가 어찌 여기에 나타나?"

질타가 섞인 목소리였다.

"앓아누우셨다는 전갈을 받고 마음이 편치 않아서……."

공연히 밖에서 친구들에게 했던 말을 반복하며 박문수가 자리를 잡고 앉았다. 물론 그가 이토록 위험천만한 행보를 하는 목적은 다른 데 있었다.

"아무리 그렇다고 해도 어찌!"

"너무 심려치 마시지요. 어디 이 친구가 대책 없이 행보를 할 사람인지요?"

박문수가 싱긋 그리 말하는 조현명을 보았다. 당연히 대책을 세워놓고 왔다. 이제 한 달 뒤면 호서지역 암행은 마무리될 것이다. 그를 수행하던 서리며 역졸, 그리고 덕벌과 기축까지 서울로 올려보낸 것은 모두 행동을 자유롭게 하기 위함이었다. 더구나 세 번의 출두로 소문은 퍼졌고, 박문수의 존재와 수행 인원들 용모파기 또한 알려졌을 터였다. 그래서였다. 홍복 등 그림자 셋을 부른 것은.

박문수는 그들에게 돌아보지 못한 호서지역을 돌아볼 것과 아울러 비밀스런 일을 하명해 놓았다. 박문수는 사라진 적바림과 암행의 결과를 기록한 서책을 생각했다. 적바림 내용은 가슴에 담았으니 잃어버린다 해도 아쉬울 것이 없었다. 그러나 암행기록은 달랐다. 박문수 머릿속에 담겨있는 것들은 다시 기록하면 된다지만 그가 보지 못한 곳, 수행자들이 돌아본 곳은 다시 돌아볼 필요가 있었다. 박문수는 서책의 향방을 찾는 대신 일을 다시 하는 길을 택했다. 보고받은 대강의 내용은 세 수하의 행보와 겹쳐지면 되살아날 내용이 많을 것이고, 새롭게 덧붙여질 내용 또한 많을 것이다.

"마음이 얼마나 상하셨으면 이리 누워계시는지요?"

참혹한 무고의 고통은 박문수도 잘 안다.

"위로나 하자고 온 것은 아닐 터이고."

이광좌가 얼른 이야기 핵심을 꺼내 놓으라 말했다. 박문수가 조현명과 이종성을 보았다. 그들 또한 박문수를 마주 보았다. 이종성이 이광좌의 의중을 앞질러 짐작하고는 말했다.

"종형, 좋은 방안을 찾으셨는가?"

"나는 그대들이 혹 좋은 방법을 찾았나 하여 올라온 것이네만."

"진심인가?"

조현명이 물었다.

"당연하지 않고서! 나는 오천보다 귀록 자네를 더 기대하네. 자넨 누구보다 노론을 잘 알지 않는가?"

이런 상황에서도 박문수는 농을 하였고 그 농으로 조현명과 이종성, 그리고 이광좌까지 마음이 조금은 놓이는 듯싶었다.

"나는 말일세."

그 느슨해진 분위기에 걸맞은 목소리로 조현명이 입을 열었다.

"아무리 생각해도 성상의 본심을 알 수 없네. 어이하여 민진원의 두 아들은 저리 가만히 놓아두는지. 혹여 나머지 두 명까지 역적 명부에서 빼내려 하시는 건 아닌지."

"아니 되지, 그렇게 하시도록 해서는 아니 되지."

이종성이 강경한 의지를 담아 말했다.

"자네 생각은 어떠한가?"

조현명이 박문수에게 물었다. 박문수는 망설였다. 자신이 가지고 온 방법을 과연 꺼내놓을 수 있을까, 그 방법을 여기 이들이 수용할 수 있을까 하고.

"스승님 생각은 어떠신지요?"

박문수의 질문에 이광좌가 눈을 감았다.

"저들은 결코 멈추지 않을 것이다."

그럴 거라는 것을 그들 모두 의심하지 않는다. 저들은 목적이 달성될 때까지 결코 뒤돌아서는 일 따위는 않을 것이다.

"그러기에 저들을 막을 방도를 생각해야 하지 않겠는지요?"

조현명과 이종성이 그렇지, 그렇지, 혼잣말을 하며 작게 주억거렸다.

"아무리 저들이 저잣거리 왈패 같은 부끄러운 방법을 동원한다고 해도 성상만 흔들리지 않으신다면……."

이종성이었다. 그들은 영조의 세제 시절 시강원에서 함께 일한 인연으로 정치적 동지가 되었다. 영조가 왕이 된 뒤에는 누구보다 임금의 제일 정책, 탕평에 마음을 다해 보좌하고 있었다.

"허나…… 성상은……."

이광좌가 차마 하지 못하는 그 말을 박문수가 했다.

"많은 부분에서 성상은 노론과 목적이 같을 수밖에 없습니다."

이광좌가 무겁게 눈을 감았다. 영조에게는 임금이 되는 과정에서 짊어진 천형과도 같은 의혹들이 있었다. 설사 그것이 사실이라고 할지라도 자신에게 불리한 상황에서 벗어나려 하는 게 사람의 본능. 하물며 영조는 조선의 지존, 권력의 정점, 임금이었다. 없는 사실을 만들어서라도 자신에게 씌워진 의혹들을 없애려 할 것이다.

소론, 그들은 그것을 알지 못했는가? 이광좌는, 박문수는, 이종성은? 아니다. 그들은 잘 알고 있었다. 누구나 오지 않은 미래의 불길함과 마주하고 싶지 않았을 뿐. 더구나 그들에게는 대안이 없었다. 경종의 죽음을 막지 못했고, 의심받는 연잉군의 등극을 막지 못했으며, 이후 출사를 접지 않고 임금의 탕평을 적극적으로 보좌했다.

"우리는 그저 임금이 우리에게 드리운 우산만 치우지 않기를 바라는 신세 아닙니까?"

이종성이었다. 만약 임금이 그 우산을 접어버린다면 소론은 역적으로 몰려 죽임을 당할 것이다. 어디 그뿐이랴, 멸문지화를 면치 못할 것이다.

이광좌가 그윽한 눈빛으로 박문수를 바라보았다.

"호서 상황은 어떠하더냐?"

"굶주린 백성들이 시체까지 먹고 있습니다……."

모두가 눈앞에 참혹한 광경이 보이는 듯하여 눈을 감았다. 박문수는 아직 임금에게 올리지 못한 암행으로 본 호서 상황들을 이야기했다.

"참으로 걱정이로다. 이런 상황에 조정은 정쟁만 일삼으니……."

조현명이었다.

"자, 이제 내 걱정 말고 그만 내려가거라. 저들 모함이 어디 한두 번이더냐. 걱정하지 말거라."

"맞는 말씀이십니다. 무엇보다 우리 모두 저들 모함에 의연해야 하지 않겠는지요. 모함에 흔들린다면 우리가 지는 것 아니겠습니까?"

이광좌의 말을 받은 건 이종성이었다. 이광좌가 다시 말했다.

"우리는 우리가 할 일을 하면 된다. 오직 백성들만 생각하며, 오직 백성들을 위한 일에만 온 마음을 쏟으면 된다. 영성은 호서 암행 일을 잘 마무리하거라."

박문수는 대답하지 않았다. 아직 그에게는 하지 못한 말이 있었다. 그들 모두 그를 바라보았다. 깊은 생각에 잠긴 박문수의 표정에서 그들은 심상치 않은 기운을 느꼈다. 박문수가 드디어 입을 열었다.

"저는 그것을 바라보고만 있지 않을 작정입니다만."

"방법이 있는가?"

조현명이 물었다.

"내 주위에 저들이 심은 첩자가 있는 게 분명합니다. 몇 년 전 화살 건도 그렇고."

목적을 가진 자들에게 정보는 일의 성패를 가르는 중요한 요소다.

"누구인가?"

이종성이 물었다.

"확실치 않네."

박문수가 대답했다. 그는 덕벌의 존재를 아직은 발설하고 싶지 않았다. 덕벌은 아내와 관련 있는 자였다. 그리고 이광좌는 아내의 오라버니가 아닌가? 박문수는 사라진 암행기록에 대해 말했다. 덧붙여 그는 민진원과 김재로 등 노론 핵심 인사들에 대한 공격 계획을 털어놓았다.

"그들을 제거하는 가장 확실한 방법은 그들이 하는 것과 같은 것이겠으나……."

모두의 표정이 긴장으로 굳어졌다. 박문수의 말은 저들처럼 모역을 만드는 것, 그런 사술을 이용하는 걸 의미했다. 이광좌의 단호한 음성이 터졌다.

"아무리 급하다 하여 어찌 사술을 따르려 한단 말이냐!"

호된 꾸지람이었다.

"우리는 묵묵히 성심을 받들어 백성들을 위해 일하면 된다."

"하오나……."

스승의 답은 이미 예상했던 거였다. 자신도 그러고 싶었다. 오직 백성들만을 위한 일에 몰두하고 싶었다. 허락된 시간과 온 마음을 다해도 부족했다. 박문수는 적바림에 적은 백성들을 위해 자신이 해야 할 일, 하고 싶은 일을 떠올렸다. 그 소망은 자신뿐만 아니라 스승 이광좌도 그러하였고, 이종성도 그러하며 조현명도 다르지 않음을 그는 잘 알고 있었다. 그렇지만 노론의 모함으로 마음을 다쳐 건강을 잃고, 백성들을 위해 일할 수 있는 기회까지 잃을 수 있음을 그는 염려하고 있었다. 박문수가 부드럽게 말했다.

"허나 노론 인물들이 자행하고 있는 불법을 공격 대상으로 삼아 저들의 공격을 저지하는 것도 나쁘지 않을 듯합니다만."

"마음처럼 무서운 놈은 없는 법이니라. 한 번 사술에 마음을 빼앗기면 다시 빠져나오기 쉽지 않은 것이 세상의 이치!"

박문수는 더는 말하지 않았다. 조현명이 나섰다.

"저 또한 기은 말에 일리가 있다 여겨집니다만……."

조현명이 이종성을 보았다. 이종성은 그저 고개만 주억거릴 뿐 말이 없었다. 박문수는 더는 고집하지 않고 스승의 의견을 받아들이겠노라, 이 길로 다시 호서로 내려가겠노라, 말했다.

작가는 고민 중이다. 작가라는 직업은 저리도 생각을 많이 해야 하는 것인지, 이곳 하늘정원에서 나는 답답하다. 수많은 생각이 썰물과 밀물처럼 작가의 마음속을 드나든다. 그렇게 드나든 생각의 중심에 내가 있다.

'내 삶을 있는 그대로 사실로 그려주기를 기대한다'고 처음 내가 했던 말을 기억하시는가? 이어서 말했던 이제 내 삶에 100% '사실'은 없다고 인정한 부분에 대해서도? 책장을 다시 넘겨보아도 좋다.

작가 내면에 자리 잡은 나의 사실에 나는 가끔 감탄한다. 나도 몰랐던 내 내면을 작가 글에서 알 때도 있으니까.

작가의 이야기를 읽다 보니 자연스레 내가 노론에 대항했던 일들이 떠오른다. 내가 그들의 저급하고 용렬한 모함에 대처한 한 가지 방법은 임금 영조에게 끊임없이 상소를 올리는 일이었다. 노론의 상소가 소론을 죽이기 위한 모함의 상소라면 내가 올린 상소는 임금이 바른길로 가기를 염원하는 충심의 상소였다.

나는 임금을 믿었다. 적어도 그때, 내가 공주에서 사재를 털어 낸 100석에 대해 성심을 말하였을 때는. 그리고 내가 공주 양반들에게 허리 굽혀 추렴했던 일을 겁박하여 추렴했다고 뒤바꾸어 탄핵한 노론의 상소를 가납하지 않던 그때에는.

나는 호서 암행 보고서와는 별도로 임금 앞에서 당시 상황에 대해 진언했었다.

"올해 큰 흉년이 들어서 열 집에 아홉 집은 양식이 떨어졌습니다. 다행히 신에게 장곡이 있어서 곡식 100곡斛(열 말)을 풀어 공주의 굶주린 백성을 살피게 했습니다. 신의 작은 행동이나마 이로써 호서 사대부들의 창도倡導가 되었다고 여겨집니다."

내 마음 깊은 곳, 차마 인정하고 싶지 않은 은밀한 내면에는 있었는지도 모르겠으나 절대로 자랑하려 한 것은 아니었다. 그때 내가 원한 것은 나의 행동을 끈 삼아 빈 나라 곳간을 채울 방도를 찾는 것이었고, 재산 있는 양반들의 자발적 기부를 이끌어내는 것이었다. 나는 지금도 기억한다. 그때 임금 영조가 했던 말을.

"경은 주사籌司(비변사)에 가서 대신들과 진구賑救할 방책을 상의하라."

나는 말했다.

"신의 말은 묘당에서 용납되지 않습니다."

영조는 웃으며 말했다.

"짐도 경의 말을 용납할 수가 없다. 하물며 다른 사람은 어떠하겠는가?"

나의 의도는 빗나갔다. 노론은 나를 탄핵하고 나섰다. 앞장선 이는 정언 송징계였다.

그는 내가 곡식을 내어 굶주린 백성들을 구휼하고 대신들이 비축해 놓은 곡식을 나누어 징수하라는 청을 조선의 신분 질서를 무너뜨리는 행위로 몰아부쳤다.

"들건대, 박문수가 소장한 곡식을 내어놓은 뒤 다른 대신들이 비축해 놓은 곡식을 나누어 징수하라는 청을 올렸다고 합니다. 상황이 아무리 급하고 극심하다고 하여도 재상은 다른 사람과는 본래 구별이 있습니다. 어찌 조정에서 억지로 곡식을 바치게 할 수가 있겠습니까? 당당한 천승의 나라로서 굶주린 백성을 진휼하지 못하여 재상의 집에서 곡식을 징수한다는 것은 나라의 체모에 손상됨이 많을 것입니다. 그 명을 중지해야 합니다."

조선을 스스로 중국의 일개 제후의 나라로 지칭하며 '당당한 천승의 나라'로서 굶주린 백성을 진휼하지 못하여 식량을 재상의 집에서 갹출한다는 것은 '나라의 체모를 떨어트리는 일'이라니……

사실 이 상소는 노론 영수가 사주한 노론의 의견이었다.

나는 임금에게 징수하라 청하지 않았다. 영조 또한 징수하라 명하지 않았다. 나는 자발적인 기부를 청하였고, 영조는 나의 의견에 동조하지 않았다. 그저 비변사에 가서 의논해 보라 말했을 뿐이다.

그들은 가당을 수 없는 재상과 백성의 신분 차이를 들어 내의견을 반박했으며, 굶어 죽어가는 백성의 목숨을 구하는 일을 '나라의 체모에 손상되는 일'이라 주장했다. 그들에게 백성의 목숨 따위는 죽어도 상관없는 하찮은 것이었다. 자신들의 체모를 잃는 일에 비한다면 아주 사소한.

나는 홍덕을 비롯한 구복, 두석 등이 직접 보고 들은 백성들의 참상과 내가 직접 암행하면서 본 백성들의 현실을 임금에게 보고하였다.

"전국에 흉년이 거듭 들어 많은 백성이 거의 죽게 되었는데, 저축은 이미 바닥나 구제하여 살릴 대책이 없습니다. 올해는 사람이 서로 잡아먹는 지경인데, 다시 한 해 거듭 흉년이든다면 백성이 하난들 남아날까 의심스럽습니다. 온 나라 안에 많은 사람이 다 굶주리고 있으니 부황이 들어 다 죽게 되면하수가 터진 다음에 물고기가 썩는 것과 같을 것이니, 어떻게수습할 수가 있겠습니까? 그것은 통곡을 해도 시원치가 않을 것입니다."

노론은 내가 보고한 백성들의 현실을 전혀 귀담아들으려 하지 않았다. 그들의 그러한 반응은 새삼스러울 일은 아니었다. 그러나 나는 그들 의견에 한 마디 반대도 하지 않는 영조에게 절망했다.

그때부터였을까?

나는 수없이 생각했다. 아무리 되짚어도 이렇다 할 만큼 분명한 사건이나 시점은 떠오르지 않는다.

반복해서 올린 상소 때문이었을까? 조선의 지존, 임금 앞에서도 거침없이 쏟아내는 나의 거친 성정 때문이었을까? 이런 내 성정에 임금은 그만 진절머리가 나 버린 것일까……?

내가 올린 상소들에 대해 말해야겠다.

소론으로서 노론의 참혹한 참소에 맞서 임금의 혜안을 지켜드리는 길은 상소를 올리는 것이라 여겼다. 정도를 걸으면서도 노론으로부터 나 자신을 지키고 소론을 지켜내는 길, 그것이 조선 정사를 바로 세우는 길이었고, 방법은 임금이 노론의 거짓 참소에 흔들리거나 넘어가지 않게 진실한 상소를 올리는 것뿐이었다.

지금 세상의 인심은 가혹하기 이를 데 없습니다. 만일 역적이 나왔다면 피차를 막론하고 다 같이 통분하여 그 살이라도 씹어 먹으려 해야 합니다. 그러나 지금은 도리어 그렇지 못합니다. 피차의 당黨 중에서 역적이 나오면 각자 미워하는 당에서 나옴을 다행스럽게 여기고 그 역적을 빙자하여 무고한 사람을 같은 반역 죄과로 뒤섞어 몰아넣고 있습니다. 이로써 악명을 부당하게 뒤집어쓰고 원통함이 뼈에 사무친 자도 시원스레 밝힐 길도 없이 암흑 속에 묻혀 있습니다.

혹시 그 원통함을 아는 사람이 있어 풀어주려 해도 역적을 두호한다는 말을 들을 것을 염려하여 집에서 긴 한숨만 쉬고 짧은 탄식만 하고 있으니, 전하께서 비록 일월과 같은 총명을 가지셨다 해도 어찌 죄다 통촉하시겠습니까?

전하께서는 바로 백성의 부모입니다. 역적을 치죄할 때에 참으로 반역한 자는 다 죽여 군신의 의리를 엄중히 하시고 모함을 당한 자는 모두 변석卞釋하여 자애로 감싸 주는 인덕을 보이시면 인기人紀가 바로 되고 국세가 높아질 것입니다.

《조선왕조실록》 영조 6년(1730) 12월 20일

아아, 한 번의 반역사건으로 얼마나 많은 이가 죄 없는 죽임을 당해야 했던가? 그것은 소론도 노론도 마찬가지였다. 진실로 나는 그것이 가슴 아팠다. 그래서였다. 내가 끊임없이 임금에게 고하기를 멈추지 않은 것은.

신의 눈앞의 큰 걱정은 300년 세실 대가가 태반이 역적이 된 것이니, 이는 모두 당파 싸움에서 연유한 것입니다. 역적이 이쪽 당에서 나오면 비록 오염되지 않은 사람도 기어코 동역의 죄과로 뒤섞어 몰아넣으려고 하니, 안면을 바꾸고 동정받기를 생각하여 저쪽 당에 투입하지 아니한 자는 역적을 면한 사람이 거의 없습니다. 만약 끝내 뒤섞어 몰아넣지 못하게 되면 아무 까닭 없이 그자의 출셋길은 막히게 되어버립니다.

…… 허물이 있는 자라도 당파에 들면 살아남으니 서로 당파에 들어가기를 주저하지 않습니다. 그러면서도 겉으로는 제 본 모습을 감추기도 합니다. 그러고도 수치스러움을 알지 못하니, 풍절은 무너져 없어지고 있습니다.

저쪽은 반드시 역당을 다 몰아냈다 하여 다행으로 여기고 이쪽은 또 역명을 뒤섞어 당할까 두려워하고 있습니다.

전하께서는 어찌 죄범이 있고 없는 것을 환하게 조사하여 죄범이 있으면 죽이고 없으면 쓰지 않으십니까? 전하께서 만일 민우民憂와 국계에 대하여 말하려고 하는 자가 있으면, 조정이나 초야를 막론하고 조목마다 비답을 내려 그 말을 채택하여 쓰시고 저들 시태의 말은 묶어서 높은 시렁 위에 얹어두고 사용하지 않더라도 불가할 것이 없을 것입니다.

《조선왕조실록》영조 6년(1730) 12월 24일

지금에 교화가 행해지고 있는지요? 법도가 세워져 있는지요? 인
재가 다 수용되고 있는지요? 사대부들이 염치가 있는지요?

생민이 곤궁하고 재용이 고갈되었습니다. 아랫사람이 윗사람을
범하는 경우가 있는가 하면 아내가 남편을 죽이는 경우가 있으며
아들이 부모를 죽이는 경우가 있으니, 이는 교화가 행하여지지 못
한 것입니다. 죄를 범한 자도 권세가 있으면 모면하고 권세가 없
으면 모면하지 못하니, 이는 법도가 세워지지 못한 것입니다.

등용된 모든 신하가 경망스럽고 약삭빠르며 집단 무리가 아니면
곧 미련하거나 어리석은 사람으로 구차하게 미봉하여 향기나는
풀과 냄새나는 풀이 한 그릇에 있게 되었습니다. …… 성상께서
깊고 후한 덕이 있어 견감蠲減의 영이 목전에 미치더라도 먼 곳의
백성은 위에 알릴 길이 없어 민생의 곤궁함이 극도에 이르렀습니
다. 지출은 있고 수입은 없는 데다 잡된 비용이 너무나 번다하므
로 부고府庫가 바닥이 나 당당한 천승의 나라가 추위에 떠는 걸아
의 꼴이 되었으니, 재정의 핍절이 극도에 이르렀습니다.

300년 종사가 오늘에 이르러 여지없이 무너지게 되었으니 후세에
오늘날을 보고 신 등을 어떻게 생각하겠으며, 전하께서는 또한 장
차 어떻게 되겠습니까?

식견이 있는 뭇 신하들이 모두 집에서는 근심하면서도 감히 조정
에서는 말하지 못하고 있으니, 이와 같은데도 집이 어찌 망하지 않
으며 나라가 어찌 망하지 않을 수 있겠습니까? 전하께서 크게 경

동하고 크게 진작하시는 뜻이 없다면 비록 오늘 올리는 말에 유의

하시겠다고 분부하시더라도 내일이면 행해지지 않을 것입니다.

《조선왕조실록》 영조 9년(1733) 9월 12일

내가 했던 이 긴말들, 그대들은 이해하시겠는가?

내가 진정으로 고민했던 것은 나라의 재정이었고, 이로 인
한 구휼이 제대로 이루어지지 않는 나라의 실정을 반복해서
말한 것이나 다름없었다. 힘없는 백성은 사람으로서 마땅히
지켜야 할 천륜을 저버리게 되고, 권력을 가진 자는 권력을 이
용해 죄를 면하는 부당한 조선의 실상. 조정에 등용되는 인사
들의 불편부당함에 대한 진언, 한탄, 그리고 진언을 받아들이
라는 간청이었다. 그리고 당쟁에 대한 내 수많은 상소와 진언
은 노론에 대한 냉정함을 잃지 말라는 충언이었다.

임금은 그럴 때마다 "경이 아니면 누가 이 말을 하겠는가?"
혹은 "말한 것이 모두 절실하다. 유념하겠다" 또는 "진달한 폐
단은 모두 과인에게서 연유된 것이다" 등등의 윤음을 내렸다.

더 이상의 행동은 없었다. 내가 원하고 기대했던 혁신적인
정책은 없었다.

영조는 지금 생각하니 조금씩 내게 화를 내고 있었던 게 분
명하다. "어찌 나라가 망하지 않을 수 있겠느냐"는 나의 말에
는 참을 수 없는 부아가 용심을 흩트렸을 수도 있었겠다. 내가

아는 영조는 마땅히 나의 진언을 받아들일 줄 아는 임금이었다. 그것이 백성을 위하고 나라를 위한 충심에서 하는 말이라면 더더구나.

그러나 임금은 그렇게 행동하지 않았다. 영조는 마치 오랫동안 준비해왔던 것처럼 서두르지 않고 자신에게 드리워진 어두운 과거를 고치고 삭제하고 연루된 자들을 복원했다. 그리고 임금에게는 천운처럼 그날의 진실이 담긴《승정원일기》까지 불타 사라졌다.

그날이 생각난다. 굶주림에 허덕이던 호남 지역 어사가 된 나를 막기 위해 노론의 거짓 상소들이 연이어 올라왔던 그 날이. 그들은 어사로서의 내 앞길을 가로막고자 했다. 그때 앞장섰던 건 권적이었다.

아, 그 자의 참혹한 말, 내가 영남 지방을 다스릴 때 치적治績은 별로 없이 오직 여색女色을 탐하여 음란한 짓을 일삼았다는, 차마 입에 담기조차 민망한 말들을 나는 아직도 기억하고 있다.

어찌 나라고 그런 실수를 하지 않았겠는가? 조선은 성性에 있어 남성에게 유리한 사회였다. 출사를 하기 전, 방황하던 젊은 시절에 다른 여인을 안은 적이 있었다. 그러나 맹세코 나는 '음란한 짓'을 일삼지 않았다. 나는 아내를 사랑했고 내가 가진 마음과 몸의 힘을 내 욕망을 위해 낭비할 수 없었다. 그러고 싶지 않았다.

그즈음 소론에 대한 용심이 변해가고 있었음에도 영조는 나에 대한 믿음을 버리지 않았다. 영조의 하명은 준엄했다.

군부 앞에서 숨기는 것은 부당하거늘 어찌 이와 같이 거짓을 꾸미느냐? 박문수를 헐뜯는 자들이 그가 성질이 거칠고 도리에 어그러졌다고 말하나 결코 여색을 탐하여 음란한 짓을 할 사람은 아니다. 《조선왕조실록》영조 9년(1733) 4월 22일

아, 임금의 저 믿음에 나는 감읍했다. 임금은 또 말했다.

내가 비록 어둡다 하더라도 어찌 역적을 알아보지 못하겠느냐? 박문수는 그 사람됨이 끝내 소인은 아닌데 어찌 감히 역적으로 지목하느냐? 더구나 군부가 믿고 쓰는 사람을 또한 어찌 막을 수 있겠느냐? …… 네가 과연 영남의 일로 의심을 했다면 마땅히 바로 고하여야 하는데도 여색을 탐하여 음란한 짓을 했다고 핑계하여 급작스럽게 미봉하려 하니 교묘하게 속임이 심하다. 《조선왕조실록》영조 9년(1733) 4월 22일

그러나 작가도 아직 밝히지 않았지만 나를 역적으로 몰기 위한 노론의 참소는 끊이지 않았고 임금의 마음은 결국 변해

갔다.

이 일을 두고 임금 영조의 처분은 그자를 기장 현감으로 내정하는 것뿐이었다. 대신 임금은 나의 상소 내용이 '가려서 하지 않은 내용이 있다'고 하여 나를 추고했다.

지금 돌이켜 보면 결국 영조는 그들의 청을 가납한 것이나 다름없었다. 그 뒤로 임금은 나에게 어사직을 주지 않았다. 영조와 나의 갈등 또한 깊어졌다.

물러서지 않는 성정을 가진 나와 멍에 같은 '과거 지우기'를 멈추지 않는 영조, 어쩌면 갈등은 예견된 것이었고 소론의 운명도 정해진 것이나 다름없었다.

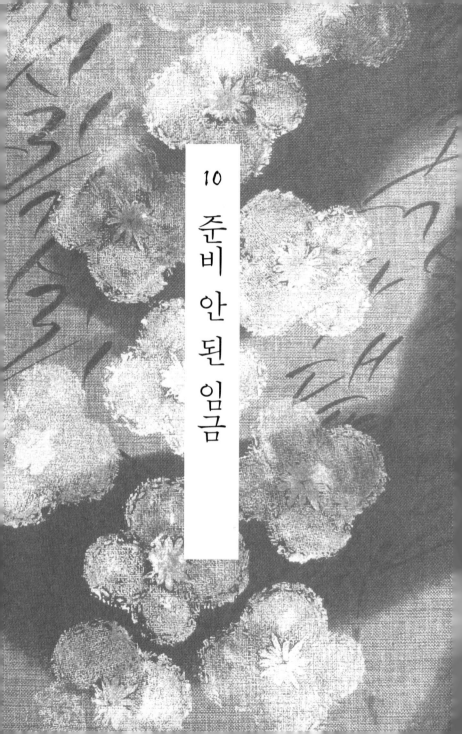

10

준비 안 된 임금

박문수는 그 소식을 한양 남부 대평방 구리개계 제12통 5
호, 자신의 집에서 들었다. 어머니 경주 이 씨와 아내 청풍 김
씨가 머무는 안채와 박문수가 주로 기거하며 손님을 맞는 사
랑채, 그리고 노복들이 머무는 행랑채가 있는 집이었다.

그의 집에서 이광좌 집은 멀지 않았다. 당연히 이광좌 집에
서 올려다보이는 목멱산은 그의 집에서도 보였다. 입춘이 지
나고도 추운 날이 계속되고 있었다. 하긴 입춘은 봄의 시작을
알리는 의미일 뿐, 사람들이 느끼는 진정한 봄은 청명 즈음부
터다. 엊그제 경칩이 지났을 뿐이니 매서운 추위는 당연했다.

박문수는 진주사陳奏使로 중국에 다녀온 이후 오래도록 고
뿔을 앓고 있었다. 원래부터 건강치 못한 체질이었다. 어머니
는 늘 아들의 건강을 걱정했다. 혹여 단명한 아버지를 닮은 것

은 아닌가, 혹여 1년 간격을 두고 세상을 뜬 시아주버니처럼 이 집안의 불길한 운명을 따르는 것은 아닌가 하고.

그날, 박문수는 꼭꼭 닫아놓은 문을 열라 기축을 불러 지시했다. 건강을 걱정하는 기축의 투덜거림을 들으며 열린 문밖으로 하늘을 올려다보았다. 하늘은 푸르고 드높았다.

"이놈아, 하늘 한 번 올려다본다고 죽지 않는다!"

말은 이리하였으나 모친이 본다면 한바탕 난리 날 일이었다. 박문수는 아득한 하늘을 올려다보면서도 궁금했다. 오래 앓느라 들어가 보지 않은 조정 일이, 풀어야 할 팔도의 문제가 산적해 있을 정청이, 그 일들을 마주하고 있을 임금 영조가.

"아무도 오지 않았더냐?"

"심심하셔요?"

제법 제 주인 속내를 아는 기축이 조금 들뜬 목소리로 물었다. 박문수가 무연히 사랑채 너머 문 쪽을 바라보았다. 박문수는 홍복, 구복, 두석을 생각했다. 오늘따라 그들이 보고 싶었다. 조정은 적진과 다름없었다. 노론의 끈질긴 경계와 참소에도 탕평이란 이름으로 울타리가 되고 버팀목이 되어주던 영조의 그늘은 작아지고 버팀목은 흔들리고 있었다.

박문수가 가족 외에 마음의 안식을 얻을 수 있는 이들은 그러고 보니 그들이었다. 옛 은혜를 감사히 여기며 그의 명을 따르는 이들. 계산 없는 순수한 희생만큼 상대 마음을 움직이는 건 없다. 이제 그들 존재는 박문수에게 감동이었다. 박문수는 그들에게 살림을 차려주어 정착하게 하고 싶었다. 벌써 오래전부터 마음먹은 일이었다. 마음 착한 아내도 얻어 주고, 자신은 느껴보지 못한 토끼 같은 자식들을 낳아 키우는 기쁨도 알게 하고 싶었다. 그러려면 먹고 살 작은 땅은 있어야 할 것이다. 이미 준비는 끝났다. 그들에게 나눠줄 땅이며 돈은 마련해 두었다. 박문수는 약속된 날짜에 돌아오면 이번에는 기어이 그들이 원하는 곳에 원하는 만큼의 재산을 나누어줄 것이라 마음먹었다.

"기축이 이놈아."

깊은 상심에 빠진 듯한 제 주인을 따라 무연히 하늘에 시선을 주고 있던 기축이 대답했다.

"예, 나으리."

"가서 오천 대감을 모시고 와야겠다."

"헤헤. 아무래도 답답해서 안 되겠지요, 나으리? 헤헤······ 어?"

놀리는 듯한 기축의 목소리가 새처럼 재잘거리다가 멈췄다. 곧이어 사랑채 마당으로 한 사내가 들어섰다.

"그간 소원했습니다. 송구합니다. 고뿔을 앓고 계시다는 말을 들었는데 어떠하신지요?"

덕벌이었다.

"오랜만에 얼굴 보니 좋구만. 잘 있었는가?"

벌써 오래되었다. 덕벌이 박문수 집에 발걸음을 하지 않은 것은. 호서에서 그렇게 박문수를 떠나고 난 뒤, 아내 집안일 때 스치듯 얼굴 두 번 본 게 전부였다.

"바람이 매섭습니다."

"그래, 들어오너라."

박문수가 방문을 닫았다. 기축이 재빨리 안채에 소식을 넣으러 달려갔다. 방안에 들어온 덕벌이 큰절을 올렸다. 박문수가 가만히 그의 말을 기다렸다. 덕벌이 머리를 손등에 찧으며 생각했다. 어찌하여 이 어른은 내게 묻지 않는가, 어찌하여 아무것도 채근하지 않는가 하고.

"내 응교가 되었다는 소식은 들었네만."

"그러합니다, 대감."

"잘 지내셨는가? 건강은 괜찮고?"

개인 안부를 물어주는 박문수에게 덕벌은 괜히 울컥해졌다. 덕벌이 참으며 말했다.

"그저 대감을 뵙고 싶어 들렀습니다."

"그런가? 내 안사람이 보고 싶어서는 아니고?"

덕벌이 쑥스러운 웃음을 보이고는 잠시 틈을 두었다가 입을 열었다.

"혹 들으셨는지요?"

"무얼 말인가?"

"신해일 사초에 대한……."

"금시초문이네만."

덕벌이 그날 있었던 일을 보고하듯 털어놓기 시작했다. 일의 전말은 이러했다.

신해일에 임금은 대신과 비국당상備局堂上을 인견引見(임금이 의식을 갖추고 영의정, 좌의정, 우의정 따위의 관리를 만나 보던 일)했다. 이 자리에서 노론인 우의정 김흥경은 신임사화 때 역적으로 죽임을 당한 노론 4대신을 순국 운운하며 신원하기를 청했다. 영조는 당시 자신과 관련된 서덕수를 '나의 처조카'라 칭했고, '연잉군이 정궁을 박대하고 주색에 빠져 있다'는 당시 세간에 널리 퍼져있던 소문을 언급하며 울분을 토했다. 어찌하여 차마 귀로 들을 수 없는 말씀을 하시냐며 그만하시기를 청하는 노론 대신들의 주청에도 아랑곳하지 않고 영조는 울분을 쏟아냈다. 그렇게 이성을 잃은 듯한 소회는 4고四鼓(새벽 2시~4시)까지 이어졌다.

이때 승지는 노론 이중협. 그는 사초의 기록을 삭제하는 게 좋겠다고 청했고, 임금은 윤허했다. 신하들이 물러가고 나서 이중협은 합문 밖에 서서 사관 허후, 김상적, 임술, 김태화에게 사초를 가져와서 추려 내게 했다. 곧 영조는 사초를 불사르라 명했고 사초는 그렇게 불태워졌다.

덕벌의 말을 모두 들은 박문수는 복잡하게 끓어오르는 마음을 억누르며 상황을 분석하느라 말을 하지 못했다. 사초는 실록을 편찬할 초고, 가장 기초적인 자료였다. 그런데 그 사초가 불태워졌다!

한 나라의 정치를 기록하는 일은 한 나라의 품격을 증명하는 잣대며, 실록은 무소불위 권력자 임금을 견제하기 위한 왕조 국가의 중요한 제도였다.

물론 이 같은 전통이 자리 잡기까지 우여곡절이 없었던 것은 아니다. 실제로 조선을 연 태조와 태종은 실록과 사초를 보고 고친 적이 있었다. 그러나 세종 때부터는 비록 왕이라도 실록을 볼 수 없게 하였고, 봐야 할 피치 못할 사정이 생긴 경우에도 해당되는 부분만 사관이 베껴오게 했다.

사관은 나름의 역사의식과 철학이 필요한 자리였다. 있는 그대로 사실을 기록하고 이미 기록된 사초에 대한 수정은 목숨을 걸고서라도 막아야 할 일로 여겼다. 그러다 보니 사관은 삼장지재, 즉 재才와 학學, 식識을 고루 갖춘 사람만이 맡을 수 있는 직책이었다. 당연히 문과 급제는 기본이고 가문 또한 훌륭한 경우가 많았다. 이러하니 직책에 대한 자부심도 높았다.

그런데 이중협은 앞장서서 이미 적은 사초를 거두라 청하고 사초를 불태우라는 임금의 명을 거역하지 않았다. 오히려 적극적으로 동참한 정황이 짙었다. 정청에서 직접 얼굴까지 붉히며 부딪친 적이 있는 박문수는 누구보다 그자의 성정을 잘 알았다.

아아, 역사를 사실로 기록하지 않고서 어찌 역사에서 배울 것을 찾을 것이며, 한낱 밀알 같은 인간의 한계를 극복할 수 있을까? 사실의 기록, 이것이야말로 인간의 지혜가 만들어낸 가장 현명하고도 혁신적인 방법인 것을.

덕벌은 하얗게 질린 박문수의 얼굴을 보며 자신이 미처 깨닫지 못한 이 일의 엄중함을 느끼고 있었다.

"대감……."

박문수가 그를 바라봤다. 눈이 붉었다.

왜 불태우게 하였는가, 박문수는 생각했다. 답은 쉬웠다. 태워버린 사초에는 신축년, 그해의 진실이, 임금 영조가 부지불식간에 털어놓은 진실이 들어있을 것이다. 해서는 안 될 이야기, 이미 기록들이 밝히고 있는 일들, 이전 기록에 없었던 내용까지 덧붙여서. 박문수가 물었다.

"그 자리에 어떤 이들이 있었다던가?"

덕벌은 다 알지는 못하나 우의정 김흥경, 예조판서 김취로와 더불어 이조판서 송인명, 풍원군 조현명, 그리고 이조참의 이종성이 함께 있었노라고 말했다.

"풍원군과 오천도?"

박문수가 되물었다. 답을 듣고자 한 질문은 아니었다.

"헌데,"

덕벌이 그를 봤다.

"부러 알리러 왔는가?"

덕벌이 당황했다. 아직도 방황하고 있는 자신의 속마음을 들켜버린 것처럼. 덕벌이 "그것은 아니지만……"이라고 말을 흐렸다. 박문수는 그러나 그의 뒷말을 채근해 묻지 않았다.

영조는 진노했다.

"본래 사초가 없는데 어찌 다시 기록하라는 것이야?"

"들은 대신 수가 얼마이옵니까? 그들의 말을 종합한다면 불가능한 일이 아니옵니다. 다시 기록하게 하시옵소서, 전하!"

"할 수 없다!"

"무엇이 두렵사옵니까? 무엇이 두려우시기에 350년 종사에 오점을 남기시려 하시옵니까?"

지금 박문수는 영조 앞에 엎드려 자신이 덕벌에게서 전해 들었고 조현명과 이종성에게서 확인한 사초를 불태운 일에 대해 목숨 건 간언을 올리고 있었다. 사관 역할의 중요성과 기록의 엄중함과 긴 역사 속에 자리할 기록의 의미에 대해서도 이미 진언했다. 그러나 영조는 요지부동이었다. 영조의 진노한 목소리가 다시 터졌다.

"무어라?"

"전하는 이미 이 나라의 지존이시옵니다. 무엇이 두려우시옵니까? 무엇이 두려워 사초를 불태우기까지 하시는 것이옵니까?"

"내가 명하지 않았다 하지 않느냐?"

아니다. 임금은 지금 거짓말을 하고 있었다. 역사가 두려워서. 최소한의 비난만은 피하고자. 이것은 임금이 해서는 안 될 일이었다. 저잣거리 백성들도 꺼리는 거짓말. 박문수는 물러서지 않았다. 삭탈관직되는 일이 있다고 해도, 설사 목숨을 잃는 한이 있다고 해도 물러서지 않으리라 결심하고 엎드린 임금 앞이었다.

"전하! 하오면 사초를 불태우자 한 승지 이중협을 비롯한 그 날의 사관들을 벌하시고 그날 일을 사초에 기록하게 하시옵소서."

"이미 없어진 사초를 어찌 되살리라 이리 생떼를 쓰는 것이야?"

"전하! 전하가 가시는 길은 천하의 백성들이 본받아 따르는 길이옵니다. 더불어 자자손손 이 나라의 후손들 또한 우러르고 따르는 길옵니다.

"영성."

영조가 갑자기 목소리를 부드럽게 고쳐 불렀다.

"예, 전하! 신 여기 전하의 현명하신 답을 기다리고 있사옵니다."

"그대는 소론인가, 나의 신하인가?"

양자택일 질문에는 함정이 도사리고 있다. 박문수가 잠시 대답을 미뤘다. 임금이 다시 물었다.

"영성은 대답하라."

답은 정해져 있었다.

"신은 오직 전하의 신하일 따름이옵니다."

"헌데 어찌 이리도 생떼야. 짐은 왕자 시절 그대와 맺은 관계를 잊지 않고 있어."

그것은 영조가 박문수에게 보내는 마지막 관용의 의미이자 경고였다. 박문수가 성은이 망극하다는 정해진 답을 올렸다. 그때 문밖에서 김재로가 와 있다는 상선의 말이 들렸다. 들어오게 하라는 임금의 명이 지체 없이 떨어졌다. 곧 김재로가 정청 안으로 들어서 박문수의 곁에 앉았다.

"아이고 영성군도 계셨습니다."

말하며 웃는 김재로의 표정이 사뭇 능글거렸다. 모두 안다는, 박문수의 마음이 지금 어떤 것이며 지금 무얼 위해 이곳에 있는지 그리고 앞으로 어떤 일이 일어날지 알고 있다는 표정이었다.

박문수는 싫은 내색을 숨기지 않은 채 흐흠, 헛기침했다. 영조가 말했다.

"잘 오셨습니다. 안 그래도 내 영성군 채근에 어디로 도망이라도 가야 하나 하던 차였는데, 하하."

"그러하옵니까, 전하. 영성군이야 올리는 말씀마다 충언이 아니옵니까? 너무 뭐라 하지 마시오소서."

"건 그렇지. 암 그렇다마다. 안 그래도 지금 신해일 사초 건을 다시 원래대로 돌려놓으라 떼를 쓰고 있던 중입니다. 내 신하들을 말리지 못한 실수가 있기로서니! 하하."

"그러하옵니까? 하하!"

임금과 김재로의 죽이 잘 맞았다. 박문수는 몹시 불쾌했다. 박문수가 다시 엎드려 부복하며 말했다.

"전하."

"이보시오, 영성군."

박문수가 임금을 부르는데 김재로가 막고 나섰다.

"그만하시구려. 어찌 없어진 사초를 다시 살려낸단 말이오."

박문수가 김재로를 거칠게 쏘아보았다. 김재로가 혀를 찼다.

"저 얼굴하고는. 어전이오. 그리 혼쭐이 나고도 아직 고치지 못한 것이오?"

"말을 조심하시지요."

"말이야 영성군이 조심해야 하지요."

영조가 나섰다.

"허어, 자 이제 그만 영성은 물러가 보시오. 그게 좋겠어."

박문수가 다시 부복하며 말했다.

"신은 전하의 사초를 되돌리신다는 하명을 받기 전까지는 물러가지 않을 것이옵니다."

영조가 김재로에게 어떻게 해보라는 눈짓을 했다. 김재로가 그런 임금의 뜻을 알아차리고는 말했다.

"영성, 아무래도 내 얘기를 먼저 듣는 게 좋을 듯하오만. 잠깐 나 좀 보시지요."

김재로가 영조에게 예를 갖추어 인사하고는 뒷걸음으로 정청 문을 향했다. 박문수는 깊이 절망했다.

그날, 대궐에서 물러난 뒤 박문수는 오래 앓았다. 고뿔은 더욱 심해졌고 상심은 깊을 대로 깊어져 다시 기운을 차리기까지 많은 시간이 흘러야 했다. 그의 상심은 그날 임금에게서 본 절망감과 김재로와 노론을 향한 분노 때문이었다.

며칠 뒤 박문수는 소론 인사들, 송인명, 조현명, 이종성 등과 연명하여 상소를 올려 《승정원일기》에라도 기록하기를 청했다. 이 상소에서 그들은 "성상의 하교로 기록하지 않아 헛소문이 저잣거리에 가득하다"는 것을 이유로 들었다. 실제로 사람들 사이에서는 "머지않아 반드시 감당키 어려운 사건이 일어날 것"이라는 풍문이 퍼지고 있었다.

하지만 임금은 요지부동이었다.

박문수는 앓으면서도 김재로가 그날 했던 말을 잊지 못했다.

"성은이 그만하시면 그만 성상의 의중을 헤아릴 때도 되지 않았소이까? 세상에 변하지 않는 게 있는 줄 아시오? 하물며 언제 변할지 알 수 없는 게 성심이십니다."

경고였다. 그리고 임금의 마음이 떠날 수 있다는, 아니 떠나고 있음에도 알지 못하느냐는 조롱이었다.

김재로의 말과 행동은 정신을 잃은 듯 혼곤한 잠 속에서도 악몽으로 되살아났다. 박문수는 그때까지도 그가 자신을 향해 날을 세우며 공격 기회를 엿보고 있다는 것을 알지 못했다. 덕벌을 의심하고 있었지만 그가 덕벌의 배후일 수 있다는 생각은 하지 못했다.

11

익
명
서

김재로는 할 수만 있다면 그를 보고 싶지 않았다. 임금 앞에서도 희로애락을 서슴없이 꺼내 펼치는 자, 그 방자함을 견딜 수 없었다. 임금이 그런 자를 처벌하지 않는 것도 마음에 들지 않았다. 하다못해 삭탈관직이라도 해야 했다. 그러나 영조는 추고하고 다시 등용하는 일을 반복했다.

　물론 지난 세월을 돌이켜 보면 나름 진전은 있었다. 영조는 박문수를 다시 어사로 내보내지 않았으며 그를 추고하는 일이 잦아졌고, 성난 목소리로 꾸짖는 일도 많아졌다. 하지만 그것으로는 부족했다. 그는 박문수를 제거하고 싶었다. 보다 확실하게, 보다 분명하게.

　그런데 때마침 박문수가 모친상을 당했고 그렇게 3년이 흘러갔다. 영조는 모친상이 끝나자마자 박문수를 형조참의로 다시 도승지로 임명하며 가까이 두었다.

박문수는 변한 것이 없었다.

"경은 자품이 매우 좋은데 모자란 것은 학문일 뿐이다. 나역시 그런 병통이 있으니 군신이 서로 힘써야 한다"라는 영조의 말에도 "신도 학문이 좋은 것임을 모르는 바 아니나, 만약잘 배우지 못하면 도리어 부모가 주신 진성眞性을 잃게 됩니다. 지금 학문은 한갓 문식으로 돌아가고 있으니 하지 않은 것만 못합니다. 오직 충성되고 간사함을 감별하고자 합니다"라고 말했다.

김재로가 생각하기에 박문수는 방자하기 그지없는 자였다. 부족한 학문에 정진하겠다는 겸허한 태도 대신 학문은 없으나 옛사람에게 부끄러울 것이 없다며 오히려 당당했다.

"신은 일찍부터 경종 임금과 세제 연잉군에게 한결같은 충심으로 진언했으며, 조정에 출사한 뒤부터 출세를 위해 어떤고관대작에게도 아부한 적이 없으며, 그렇기에 벼슬 또한 삼정승에 오르지 못했습니다."

이런 박문수의 발언은 가증스러운 거짓처럼 들렸다.

그에게 박문수의 진심 따위는 중요하지 않았다. 왕위를 계승한 현 임금을 의심하는 불경스러운 말들이 아직도 저잣거리에 떠돌고 있었다. 이런 상황에서 두 임금을 섬긴 소론의 존재는 이율배반이었다. 그는 이를 이용해 소론을 제거하고 싶었다. 소론의 그늘 아래 출사하고 있음에도 그렇지 않은 척 위선을 떠는 박문수를 보고 싶지 않았다. 더욱 이해할 수 없는 건 이런 박문수 말에 임금 영조가 내린 처분이었다.

"내가 이미 경을 알고 있는데 경이 아니면 누구도 이런 말을 하지 못할 것이다."

김재로는 기가 막혔다. 그는 박문수에 대한 대응방법을 바꾸기로 결심했다. 더구나 영조는 아직 노론 4대신 중 김창집과 이이명을 복권하지 않았다. 뭔가 전기가 필요했다. 임금 마음에 변화를 일으킬 수 있는.

그로부터 며칠 뒤, 경복궁 돈화문 앞에 한 장의 익명서가 붙었다. 교대를 하느라 잠시 문 앞을 소홀히 했던 문졸이 익명서를 발견했고, 익명서 안에는 병조판서 박문수의 이름이 적혀 있었다.

익명서, 그것은 언필로 할 수 있는 가장 졸렬한 방법이었다. 글을 모독하는 행위, 글을 배우며 익혔던 선현들의 가르침마저도 기만하는 행위.

박문수는 병조판서인 자신이 권력을 이용해 여색을 탐하고, 남의 재산을 가로챘다는 내용이 적힌 익명서를 되짚고 있었다. 호조판서 박사수의 일도 함께 거론되고 있었으나 익명서의 목적은 박문수였다.

익명서는 펼쳐 읽지 않고 불에 태우는 전례를 따랐다. 임금 또한 문제 삼지 않았다. 배후를 찾지도 않았다. 그러나 익명서는 수많은 의심을 불러일으키며 박문수를 괴롭혔다.

정청에서의 참혹한 말들은 익명서 뒤에 감춰진 말들에 비한다면 견딜 수 있는 것이었음을 박문수는 알 것 같았다. 더는 참을 수 없었다. 참고 싶지 않았다.

밤하늘 달은 저 홀로 밝고 명랑한데, 마음은 무겁고 처참했다.

나아가느냐, 멈춰 서느냐, 물러서느냐의 기로에서 박문수는 갈등하고 있었다. 지난날, 스승 이광좌에 대한 참소가 극심하였을 때 마음에 담았던 저들을 향한 복수 계획을 그는 지금 고민하고 있었다. 살아오면서 단 한 번도 해보지 않은 일이 될 것이고, 실행을 한다면 오래도록 어쩌면 목숨이 다하는 그 날까지 마음의 짐이 될 수 있는 일이었다.

달을 그저 달로만 바라볼 수 있는 여일한 마음을 그는 갖고 싶었다. 박문수가 달을 바라보며 말했다.

"흥복이냐?"

대답하는 목소리를 들으면서도 박문수는 달에서 시선을 떼지 않았다.

"구복입니다. 나리."

그 목소리에 이어 두석도 자신의 존재를 알렸다. 박문수가 그제야 몸을 돌려 그들을 향했다. 아직 인사하지 않은 구복이

마저 인사를 올렸다.

"왔느냐?"

박문수가 그들에게 다가가 한 명씩 안았다. 마음까지 전해지는 몸짓이었다. 진심으로 그들을 사랑하고 걱정하고 감사하고 있다는.

"들어가자. 이야기는 들어가서 하자."

그들이 오는 날이면 언제나 그렇듯이 이번에도 방안에는 그들을 위한 상이 차려져 있었다. 박문수가 그들과 겸상하며 늦은 저녁을 먹었다. 숟가락을 내려놓은 홍복이 품 안에서 종이 한 장을 꺼내 박문수 앞에 놓았다. 그들 중 글을 아는 유일한 사람이었다.

"이것이 저희가 그동안 알아낸 것을 적은 것입니다."

많다, 적다, 극심하다 따위 평가의 말은 하지 않았다. 박문수가 홍복이 건넨 종이를 펼쳐보았다. 거기에는 자신이 알아보라 시킨 김재로를 비롯한 노론 인사들의 비리가 촘촘히 적혀있었다.

"명을 내리시지요. 나리."

한동안 박문수의 깊은 고민을 바라만 보던 홍복이었다. 박문수가 고뇌에 찬 얼굴을 들어 그들을 바라보았다. 그러고는 심연 속에 가라앉은 듯 무겁고 깊은 목소리로 말했다.

"미안하구나."

잠시 무거운 침묵이 흘렀다. 그 침묵을 베고 구복이 흥복에게 수신호를 보냈다. 어서 말하라고. 두석도 채근했다. 말해야 한다고. 그래야만 한다고.

"무엇이냐?"

박문수가 물었다. 흥복이 말했다.

"함께 가 보셔야 할 곳이 있습니다."

박문수가 셋 모두에게 일일이 시선을 주었다. 무언가 말만으로는 부족한 그것이 무언인가 짚어보며.

"지금 말이냐?"

"그러합니다, 나리."

박문수는 더는 묻지 않고 몸을 일으켰다.

달이 구름 속을 저 혼자 노닐고 있었다. 달을 걸친 구름이 높은 하늘에 흰빛으로 맑았다. 흥복을 따라 달빛 비추는 자시의 밤 산길을 박문수는 걸어가고 있었다. 그는 묻지 않았고, 그들도 말하지 않았다. 수많은 짐작이 떠올랐으나 달빛 아래 생각들을 점점이 떨쳐놓을 뿐이었다.

"달이 보이느냐?"

박문수가 말했다. 셋이 일제히 하늘의 달을 올려다보았다.

"예, 나리."

구복이 대답했다.

"저기입니다."

홍복이 가리킨 곳은 길을 한참이나 벗어난 산속, 바위와 참나무와 단풍나무와 진달래가 어우러진 곳이었다. 서너 걸음 더 다가섰을 때 바위 뒤쪽에서 동굴이 모습을 드러냈다. 홍복이 성큼 동굴 안으로 허리를 숙여 앞장서 들어갔다.

동굴 안에 사람이 있었다. 묶이고 재갈이 물린 자는 도포 차림의 양반이었다. 박문수는 그를 알아보았다. 너무나 익숙한 얼굴. 오랫동안 곁을 지켰던 사람. 박문수는 온몸의 세포들이 진격하듯 일어섬을 느꼈다. 박문수가 어느새 뒤로 비켜선 홍복을 뒤돌아봤다.

"이자는 세작입니다, 나리."

박문수가 그들에게 명령했다.

"풀어라!"

주인의 명을 받는 대신 홍복이 품 안에서 무언가를 꺼내 박문수 앞에 내밀었다. 책자였다. 그가 잃어버린 적바림과 호서 암행을 기록한 책자. 박문수가 그것을 보았지만 다시 명했다.

"어서!"

두석이 사내의 묶인 줄을 풀고 머리 뒤로 매듭한 재갈을 풀었다. 박문수가 사내의 두 팔을 붙잡아 일으켰다.

"덕벌아!"

박문수가 그의 이름을 불렀다. 덕벌의 표정은 복잡했다. 분노도 아니고, 고통도 아닌, 차라리 무표정에 가까웠다. 체념과 아득한 슬픔이 느껴지는 그런 표정.

"이뿐이 아닙니다, 나리. 이자는 김재로라는 자의 집을 무시로 드나들며 그의 명을 받은⋯⋯."

박문수가 흥복의 말을 끊었다.

"안다."

덕벌이 놀란 눈으로 그를 바라봤다. 그림자 셋도 놀라 제 주인을 보았다. 구복이 물었다.

"하온데 어찌."

박문수가 말했다.

"불쌍한 놈다. 나는 저 아이 마음을 보았다. 저라고 그 짓을 하고 싶진 않았을 것이다. 덕벌이 아니었더라도 저들은 누군가를 내게 붙였을 것이다."

덕벌이 눈을 감았다. 알 수 없는 감정들이 심연에서 올라와 분연히 섞여들었다.

모든 일은 동시에 일어났다.

처음 김재로는 그 일이 계획된 일이라는 것조차 알지 못했다. 평교자를 타고 길을 가는데 돌생기가 날아들었고, 말을 타고 가는데 말이 놀라 낙상을 했다. 그는 자신만이 아니라 민진원의 큰아들 민형수가 그러하였으며, 김약로도 그러하였고, 홍계희 또한 같은 일을 겪었다는 것을 알지 못했다.

그러나 김재로는 그날 그 일을 겪고 난 뒤 노론을 불러 모았을 때, 서로에게 일어난 사소하다면 사소한 일이 결코 사소하지 않았다는 것을 알았다.

김재로가 도포 소매 속에서 종이 한 장을 꺼내놓았다. 그러고는 그날 일에 대해 이야기하기 시작했다. 가슴이 다시 떨려왔다. 처음이었다. 그토록 소름 끼치는 공포는.

"나흘 전, 그러니까 정사일 밤이었소……."

김재로가 그날의 전말을 이야기하기 시작했다.

자시인지 축시인지도 알 수 없는 깊은 밤이었다. 꿈속에서 그는 흥겨웠다. 임금이 베푸는 잔치 한 가운데 있었다. 잔치 목적은 노론 민진원의 생신 축하연이었다가, 소론을 없애버리고 만든 노론 세상을 즐기는 자리였다가, 다시 박문수를 멀리 귀양 보낸 것을 즐기기 위한 자리였다가 오락가락했다. 술이 돌고 악동들의 흥겨운 음악이 흘렀고 무희들의 휘감아 도는 소맷자락은 아련했다. 김재로는 흥에 겨웠다. 임금 앞에서 무희들의 허리를 휘감아 희롱하기를 서슴지 않았고, 서로의 술잔에 술을 넘치도록 따랐다.

그렇게 흥에 겹던 어느 순간 영조가 갑자기 돌변했다.

"네 이놈 김재로!"

어느새 임금의 보검이 자신의 목을 겨누고 있었다.

"전하, 어이 이러십니까?"

놀라서 김재로는 말했다. 그러나 말은 목에서 나오지 않았다. 김재로는 다시 말하고 싶었다. 갑자기 어이 이러시냐고. 그러나 말은 나오지 않았다. 김재로가 칼에 대인 머리를 움직이지 못한 채 주위를 둘러보았다. 제발 이 임금을 막아달라고, 내 목숨을 살려달라고.

"전하 역적이옵니다! 어서 목을 치시옵소서!"

아, 그렇게 말하는 자는 이광좌였다. 눈썹 뼈가 두드러져 용맹한 인상을 주는 그는 하회탈처럼 웃고 있었다. 휘둘러보니 온통 소론 인사들이었다. 그들 중에 박문수가 있었다. 이번에는 박문수가 임금을 채근하고 나섰다.

"전하 노론은 400여 년 종사를 망친 역적이옵니다. 용서할 수 없는 죄를 지은 자이옵니다. 목을 치시옵소서."

김재로는 아니라고, 저들이야말로 역적이라고 소리쳤다. 그러나 소리는 나오지 않았다. 그는 몸부림쳤다. 몸부림치며 영조에게 목숨을 구걸했다.

"영감."

목소리가 들렸다. 꿈속에는 없는 목소리, 아내였다. 김재로는 아내를 불렀다. 그러나 목소리가 여전히 나오지 않았다. 다시 그를 부르는 아내의 목소리가 들렸다. 그때 영조가 칼을 휘둘렀다. 김재로가 고개를 돌리며 비명을 내질렀다.

"아악!"

소리가 터졌다. 그러나 소리는 다시 목구멍으로 밀려들어갔다. 김재로가 눈앞의 광경에 현실 감각을 찾지 못한 채 눈을 홉떴다. 아내가 복면한 사내에게 붙잡혀있었다. 사내의 날카로운 단도가 아내의 목을 겨누고 있었다. 자신의 꿈속 모습 그대로였다.

"웬 놈이냐!"

다시 목소리가 터지지 못하고 몸속으로 들어갔다. 비로소 김재로는 자신도 다른 사내에게 붙잡혀 있다는 것을 알았다.

죽음의 공포가 덮쳐왔다. 아내의 공포가 어둠 속에서도 또렷이 느껴졌다. 임금도 두렵지 않을 권세를 쥐고 있다고 해도, 세상 부러울 것 없는 재산을 쌓아놓고 있다고 해도, 지금 이 순간 죽음의 위기에서 벗어나지 못한다면 모든 것이 쓸모없다. 원하는 것이 무엇이냐, 그는 묻고 싶었다. 하지만 그의 입은 여전히 사내의 손에 막혀있었다. 그는 간절한 마음을 몸으로 표현했다. 살려달라고. 원하는 것은 무엇이든 주겠노라는 마음을 담아.

그를 붙잡고 있던 사내가 김재로 앞에 종이 한 장을 던졌다. 잠시 세상 모든 것이 정지된 듯한 짧은 침묵이 흘렀다. 김재로는 두 사내가 서로 눈빛 교환하는 것을 알았다. 다시 공포가 밀려왔다. 아내의 목에 칼을 대고 있던 사내가 칼을 떼는가

싶더니 이내 아내의 속옷 저고리 고름을 잘랐다. 아, 김재로는
다시 눈을 흡떴다. 그 순간 사내들은 사라졌다. 아내가 그 자
리에 쓰러졌다. 아내의 곁으로 다가가는 대신 김재로는 사내
들이 사라진 방문을 향해 몸을 달려나갔다.

김재로에게 그날의 사건은 공포가 아니라 분노였고 치욕의
사건이었다. 잘려나간 아내의 옷고름은 치욕의 상징이었다.
아내는 몸져누워 아직 일어나지 못하고 있었다.

말을 끝낸 김재로가 종이를 펼쳤다. 그와 그의 친척들이 저
지른 온갖 비리가 빼곡히 적혀 있는, 그날 사내들이 경고로 놓
고 간 그 종이를.

곧 그 자리에 모인 사람들이 너도나도 종이를 꺼내놓기 시
작했다. 그리고 자신들이 겪은 일을 이야기하기 시작했다.

상황은 달랐으나 일의 경중은 대동소이했다. 하지만 김재로
처럼 공포심과 치욕을 동시에 안겨 준 지독한 겁박은 없었다.
심지어 민진원 아들 민형수 경우에도. 겁박의 글을 써서 화살
과 함께 집안으로 쏘거나, 담 안으로 돌생기에 겁박성 글이 적
힌 서찰을 묶어 던져 넣거나 하는 게 다였다.

그들은 각자 받은 협박 편지를 펼쳐놓고 비교했다. 글씨체
는 모두 같았다. 이는 곧 한 사람이 썼다는 의미다. 그들 모두
아는 글씨체인지 신중하게 의견을 교환했다. 그러나 의미 없

는 일이었다. 이 일을 주동한 자가 자신의 글씨체를 노출시켰을 리 없었다.

"잡아야 합니다. 반드시 잡아서 요절을 내야 합니다."

홍계희였다. 그의 말에 곧 민통수가 동조하고 나섰다.

"당연하지요. 내 누구인지 아주 도륙을 낼 것입니다."

한동안 그들은 감히 권력과 재를 두루 갖춘 노론에 이 같은 일을 벌인 어이없는 자를 두고 참을 수 없는 분노를 쏟아냈다. 김재로는 듣고만 있었다. 분노로 치자면 여기 모인 사람들의 감정을 합한 것보다 클 것이며, 치욕으로 치면 그들 누구와 비교할 수 없을 것이었다. 그는 차마 아내의 옷고름이 잘린 이야기는 꺼내지 못했다.

"우리의 치부를 이토록 철저히 조사할 수 있는 자가 누구이겠습니까?"

홍계희였다.

"거야 사람을 부릴 수 있는 재력과 권세를 가진 자 아니겠소이까?"

민통수였다. 오늘 민진원은 건강 탓에 이 자리에 오지 못했다. 홍계희가 동조했다. 김약로가 말했다.

"이게 어찌 한 사람 소행이겠습니까?"

그러자 이번에도 그의 말에 홍계희가 동의하고 나섰다.

"맞습니다. 소론 이것들이 작당을 한 게지요."

이번에는 그들 모두 고개를 끄덕이며 동조했다. 김재로가
말했다.

"문제는 이자가 우리의 치부를 모두 알고 있다는 것입니다."

"허나 증좌까지 가지고 있다고 어찌 장담하겠습니까?"

"이리 자세히 알고 있다면 당연히 증좌도 가지고 있다고 봐
야 하겠지."

민형수가 말했고, 김약로가 받았다.

"헌데 어찌 상소를 올려 처벌을 공론화하지 않고 이리 사사
로운 방법을 썼을까요?"

홍계희가 말했다.

"하여 나는 은밀한 거래를 해오지 않을까 하는 생각까지 했
습니다."

김재로가 깊게 신음했다. 그 또한 이자의 목적을 분명히 알
수 없었기에. 그러나 분명한 것은 협박은 얻고자 하는 목적이
있을 때만 하는 것이고 이번 일도 그럴 것이 분명했다.

"까불지 마라?"

김약로였다. 홍계희가 받았다.

"무엇을요?"

"더는 소론을 모함하지 마라!"

그들은 최근에 소론 인사들에게 행했던 그들의 행위를 되
짚으며 추리를 계속했다.

"익명서!"

"박문수!"

그때였다. 조심하라는 고함이 문밖에서 터진 것은. 그리고 순서를 분간할 틈도 없이 홍계희가 비명을 질렀다. 문을 뚫고 날아온 화살이 방의 뒤쪽 벽에 꽂혔다. 화살은 절묘하게 방문을 뚫고 대각선으로 날아들어 꽂혔다.

그들은 놀란 표정으로 서로를 돌아보았다. 그들이 오늘 모인 곳은 노론들이 줄곧 만남을 가져오던 민진원의 집이 아니었다. 그렇다고 다음으로 자주 모이곤 했던 김재로의 집도 아닌 김약로의 외거노비 집이었다. 제법 괜찮은 초가집인 이곳이 그들이 모일 장소라고는 아무나 상상하지 못할 곳이었다. 그만큼 김재로는 오늘 이 모임의 보안에 신경을 썼다.

그런데 그자는 이곳을 알고 있었다. 그리고 다시 겁박의 글을 보냈다!

김재로가 화살 가까이 앉은 민통수에게 일어나 가져오라 고갯짓을 했다. 그가 화살에 꽂혀 있는 종이를 펼쳤다.

필단필사必斷必死

그치지 않으면 반드시 죽인다

익명서가 다시 나붙었다.

익명서를 받아 펼쳐 읽는 박문수의 손이 분노로 떨리고 있었다. 그에게 익명서를 가져다 바친 위장도 제 몸이 떨리는듯하여 디딘 발에 힘을 주었다. 위장은 알고 있었다. 지금 읽는 익명서에 어떤 내용이 들어있는지. 지금 그는 처벌을 감수하고 박문수에게 익명서를 들고 왔다.

익명서는 부자간에도 서로 전하지 못하게 되어 있다. 그럼에도 그가 박문수 이름이 적힌 익명서를 가지고 와 바친 것은 박문수는 자신의 불이익을 따지고 싶지 않을 정도로 큰 은인이었기 때문이다.

"어찌합니까……?"

그는 떨리는 박문수의 손을 잡아주고 싶었다. 분노로 고통스럽게 찢기고 있을 마음을 따뜻이 위로하고 싶었다. 박문수가 눈을 들어 그를 보았다.

"이 사안은……."

박문수가 잠시 눈을 감고 베일 듯 위태로운 마음을 진정시키려 노력했다. 그가 말을 이었다.

"넘길 수 있는 일이 아니다. 너는 처벌을 받을 것이다."

위장이 웃었다. 괜찮다고. 그것쯤은 이미 각오하였다고. 박문수가 그의 등을 토닥였다. 그리고 익명서에 적힌 사람들, 즉 이광좌, 조현명, 이종성, 이광덕 등에게 대강의 내용을 알리라고 당부했다.

　돈화문은 봄볕에 몸을 말리고 있었다. 박문수는 그 앞에서 익명서에 오른 친구들을 기다렸다. 조현명과 이종성 등 익명서에 오른 인사들을.

　"이 사람, 귀록!"

　제일 먼저 모습을 드러낸 이는 조현명이었다. 박문수가 그의 손을 잡고 익명서 내용을 보다 자세히 설명했다. 익명서에는 차마 입으로 담을 수 없는 모역을 주모했다는 내용이 담겨 있으며, 우리는 그에 따른 행동을 취할 수밖에 없다는 것을.

　"허면 익명서는 이미 성상께 올려졌겠구만."

　박문수가 고개를 끄덕였다. 그도 몰라 묻는 건 아니었다. 그렇기에 자신에게 임금의 명소命召(임금이 신하를 은밀히 불러들이던 일)가 내려졌을 터이니.

　"오천에게도 기별을 넣었는가?"

　박문수가 고개를 끄덕였다. 오천 이종성은 경기 감사이니 그가 대궐까지 도착하려면 한나절은 더 걸릴 터였다.

　"오천에게도 명소를 내리셨겠지?"

　영조는 경기 감사 이종성에게도 비밀리에 올라오라는 명소를 내렸을 것이다. 박문수는 그를 향해 숨이 턱에 닿도록 말을 달릴 기축을 떠올렸다.

"영상께서는 아마도 금오문 밖에서 대명하고 계실 것이네."

익명서에는 만인지상일인지하의 자리 영의정에 올라있는 이광좌 이름도 적시하고 있었다.

"그리 전하였던가?"

박문수가 묻는 조현명에게 고개를 끄덕였다.

박문수는 나이 많은 스승의 건강이 무엇보다 염려되었다. 참소에 쉬이 다치는 스승의 마음도 걱정이었다. 부디 이번 참소도 잘 견뎌 주시기를, 영조의 현명한 처결이 늦지 않게 내리기를 바랐다. 곧 익명서에 오른 이들, 박찬신, 이광덕, 김광 등이 도착했다. 그들은 일제히 자신들이 받은 명소부命召符(임금이 명소할 때 사용하던 패)를 대궐 안 임금에게 올리고 돈화문 밖에 무릎 꿇은 채 임금의 명을 기다리기로 했다.

따사로운 봄볕이 대명하는 그들 어깨 위로 쏟아져 내렸다. 노론의 한없는 야욕이 그들을 희롱하는 듯했다.

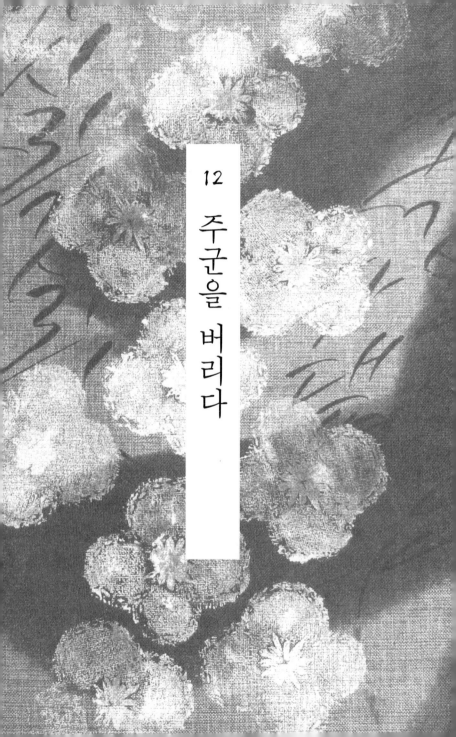

12

주군을 버리다

덕벌의 심장이 거칠게 뛰었다.

살인 계획을 그는 어제 들었다. 김재로의 사랑채 뒷마당, 작은 화단이 아담하게 가꿔진 곳, 사랑채와 사당을 경계 짓는 담 아래에서. 죽여라, 김재로는 말했다. 그 말에 사당과 사랑채의 경계를 넘나들며 피어있던 목련꽃이 후두두, 그의 발등 위로 떨어져 내렸다. 처음 덕벌은 대상을 쉬이 알아듣지 못했다. 모르겠느냐, 되묻는 김재로 표정에서 비로소 덕벌은 대상을 짐작했다. 덕벌은 자신도 모르게 되물었다. 왜……냐고.

김재로가 그런 그에게 말했다.

"어이 그러하느냐?"

너무나 당연한 말투였다. 당연히 내가 명하면 너는 무엇이든 해야 된다는. 덕벌은 어찌 나에게 그런 일까지 시킬 수 있느냐 되묻지 못했다. 김재로가 두려워서가 아니었다. 생각지 못한 감정 하나가 그를 침몰시키고 다급한 탈출 방법을 본능으로 찾아 헤맨 까닭이었다.

'살려야 한다.'

'막아내야 한다.'

아우성치는 가슴을 진정시키느라 덕벌은 자신을 바라보는 김재로 얼굴에 잔혹한 웃음이 드리운 것을 알아차리지 못했다.

하늘의 달은 그의 눈썹을 닮았다. 아니 닮은 것처럼 느껴졌다. 지금 덕벌은 퇴청하는 그를 기다리고 있다. 그가 오는 길목, 인가 없이 산길로 이어진 길지 않은 길 한 곳에서.

마음이 다급했다. 지난날처럼 화살을 집으로 쏘아 알릴 수 있겠으나 그럴 시간이 없었다. 두 식경 후면 김재로의 명을 받은 살수들은 그의 목숨을 거둘 것이다. 고도로 훈련된 자들이. 그런데 아직 그는 나타나지 않고 있었다. 그가 알고 있는 시간보다 귀가는 늦어지고 있었다. 덕벌은 스멀거리며 퍼지는 불안이 힘에 겨웠다.

그렇게 스무 숨쯤이 흘렀을까? 멀리 사람이 보였다. 혼자인 사내. 거느리는 종자도 없이 홀로 길을 걷는 사내. 덕벌은 형체만으로도 그를 알아보았다.

한결같은 사람이었다. 그가 아는 노론 중에 저리 홀로 등청과 퇴청을 하는 이는 없었다. 네 명이 메는 평교자를 타고 기세 좋은 벽제소리로 사람들을 굴복시키는 요란한 행차라야 그들다웠다.

덕벌이 확인하려고 한 발 앞으로 나가 섰다. 그였다. 덕벌이 그 앞으로 성큼 나섰다.

"대감!"

박문수가 앞쪽에서 불쑥 나타난 그를 쳐다보았다. 그때였다. 덕벌이 자신의 등 뒤에서 알 수 없는 섬뜩한 기운을 느낀 것은. 덕벌이 뒤를 돌아다보았다. 그 순간 그는 보았다. 등 뒤에 나타난 검은 옷을 입은 사내들을. 그 손에 들린 표창과 칼을. 사내는 둘이었다. 덕벌이 박문수를 향해 소리쳤다.

"살숩니다. 피하세요!"

덕벌이 몸을 날려 한 사내의 칼 든 손을 휘어 감았다.

"덕벌아!"

박문수의 비명 같은 고함과 동시에 살수의 칼이 덕벌을 뺐다. 박문수 앞에서 덕벌이 쓰러졌다. 덕벌이 쓰러지며 소리쳤다.

"청사!"

박문수는 덕벌이 알리려는 말, 김재로의 호인 청사淸沙를 분명하게 알아듣지 못했다. 다만 그는 쓰러진 덕벌의 목덜미를 휘어 감는 사내들을 보았다. 덕벌이 다시 소리쳤다.

"처……!"

하려던 말이 사내의 칼에 찢겼다. 박문수가 포효했다. 순간,

덕벌의 목을 휘감은 사내가 뒷걸음질 치기 시작했다. 신속을 향해서였다. 아, 덕벌은 끌려가며 이들이 깊은 산 속으로 박문수를 유인하고 있음을 알아챘다. 덕벌은 소리쳤다. 오지 말라고, 제발 뒤돌아서 가라고, 나 같은 건 상관 말고 가라고. 그러나 목소리는 이제 나오지 않았다. 덕벌은 한 걸음 한 걸음 자신을 향해 다가오는 박문수를 보았다.

무력하게 그런 박문수를 보며 덕벌은 알 것 같았다. 그동안 그토록 알 수 없었던 마음속 일렁임의 이유를.

덕벌은 박문수에게 감동했고 감동은 그를 바꾸어 놓았다.

'아, 그것이었다……!'

박문수는 그와 상관없는 힘없는 사람들을 향해 한결같은 태도를 보였고, 그것이 덕벌을 사욕의 사슬에서 벗어나게 했다. 박문수는 그를 이해해준 사람이었다. 말하지 않은 내면의 고통과 갈등까지도 이해하고 감싸 주었다. 지난날 박문수의 수하들이 덕벌의 정체를 알고 감금했을 때 했던 그의 말, 불쌍한 놈이라는, 저라고 그 짓을 하고 싶진 않았을 것이라는 말 때문은 아니었다. 박문수의 그런 마음이 이미 오래전 덕벌을 바꾸고 있었다고 하는 게 맞았다.

그는 알 것 같았다. 그렇기에 지금 이렇게 그를 위해 죽을 수 있다는 것을. 김재로의 명이 아니라 마음 깊숙한 곳, 미처 자신도 알지 못했던 마음의 소리를 따라. 이제 그는 행복하게 죽을 수 있을 것 같았다. 그렇기에 그는 자신을 살리려고 죽음으로 뚜벅뚜벅 걸어 들어오는 박문수가 안타까웠다.

어느새 깊은 산 속이었다. 덕벌은 한계를 벗어난 죽음의 난장을 볼 자신이 없었다. 그의 죽음을 볼 용기가 없었다. 사내한 명이 박문수를 향해 달려나갔다. 사내의 손에 무자비한 칼이 들려 있었다. 박문수가 사내의 칼을 피해 몸을 굴리며 소리쳤다.

"덕벌은 살려줘라."

사내들은 대답하지 않았다. 대신 박문수를 겨누는 칼에 힘이 실렸다. 덕벌이 그 순간 포기한 듯 내려놓은 육신의 기운을 모아 자신을 붙들고 있는 사내의 명치끝을 쳤다. 예상치 않은 일격은 나름 효과가 있었다. 덕벌이 사내의 손아귀에서 벗어났다.

박문수는 사내의 칼을 피해 몸을 구르며 덕벌을 보았다. 이때 달려드는 덕벌을 가차 없이 베는 사내의 모습이 보였다.

"안 돼!"

박문수가 소리치며 자신을 향하는 사내의 칼을 피했다. 덕벌의 죽음이 눈앞에서 펼쳐지고 있었다. 박문수는 절망했다. 아아, 여기가 정녕 죽음의 자리란 말인가!

김재로에게 이즈음은 즐거운 나날이었다. 시시때때로 자신도 모르게 무릎 박수를 칠만큼 모든 일은 계획대로 되어가고 있었다. 물론 시간은 더디 걸렸다. 마음먹고 준비하고 계획했을 때의 예상에 비한다면 터무니없이.

무엇보다 그를 흡족하게 한 것은 박문수에 대한 개인적인 징치였다. 덕벌은 죽었다. 죽음의 원인은 드러나지 않았다. 그의 죽음은 잡히지 않은 잔인한 무뢰배 소행으로 일단락되었다. 물론 그날도 계획대로 일이 흘러간 것은 아니었다. 덕벌을 죽일 생각은 없었다. 덕벌의 배신을 예상했다 하나 확신한 건 아니었다. 흔들리는 표정과 의심스러운 행동이 이상하다고 여긴 것이 전부였다.

고용한 살수들은 그의 의중을 정확히 헤아렸다. 그들은 무엇보다 자신의 목숨을 위협하는 자들은 가차 없이 벴다. 물론 그들은 가장 중요한 실수를 범했다. 박문수를 죽이지 못한 것. 현장에 생각지 않은 인물들이 나타났고, 그들은 또 생각지 못한 결과를 초래했던 것이다.

박문수를 구하기 위해 살육 현장에 뛰어든 사람은 셋이었다. 그들 중 두 명은 박문수를 구하고 죽었고, 한 명은 붙잡혀 협상의 제물이 되었다. 박문수는 그를 살려 데려가는 대신 일어난 일에 대해 함구하고 그가 가지고 있는 노론 인사들의 자료를 소각하기로 했다. 김재로는 그것으로 자신과 아내가 받은 치욕을 셈한 것이라 여기기로 했다.

그에게 박문수는 참으로 이해할 수 없는 사람이었다.

영조가 두 번째 시도한 익명서마저 무위로 돌렸을 때 김재로는 더는 참을 수 없었다. 하여 내린 결정이었다. 치욕은 참욕으로 되갚아준다!

박문수는 조금씩 무너져갔다. 임금 또한 익명으로 계속되는 참소와 노론 인사들의 끈질긴 상소에 마음이 흔들리는 듯 보였다. 김재로와 노론은 그런 임금의 마음에 쐐기를 박을 일을 준비했다.

'안동지역에 김상헌 서원 건립'

예상했던 대로였다. 소식을 들은 박문수는 곧 영조에게 안연석의 아들 안택준이 사사로이 김상헌의 서원을 영건하려 하니 금지령을 내려달라 청했다. 김재로는 예상했다. 누구보다 백성을 위하는 그가 서원의 폐해를 그냥 두고 보지 않으리라는 것을.

그의 예상대로 박문수는 눈감을 수 없었다. 안동은 그나마 남인 세력이 남아있는 지역이었다. 이 지역에 노론이 서원을 세운다면 그 폐해는 불을 보듯 뻔했다. 지금 수많은 서원처럼 이 서원 또한 인재 양성이라는 교육의 의미는 허울에 지나지 않고, 노론세력 규합과 확장의 근거지가 될 것이다. 그렇게 되면 서원은 군역을 피하는 소굴이 될 것이다. 또 한 가지 그냥 넘길 수 없는 이유는 서원이 또 하나의 수탈 근원지가 되어 간다는 것이었다.

박문수의 김상헌 서원 건립 반대는 당파싸움으로 변질됐다. 김재로는 이 과정에서 필시 박문수가 제 성질을 이기지 못할 것이라 예상했다. 김상헌은 누구에게나 추앙받는 인물, 그런 인물의 서원 건립을 반대하는 것은 위태로운 측면이 있었다. 결국 박문수는 이 와중에 제 성질을 참지 못하고 임금 앞에서 성난 기색을 드러냈고 과격한 언사로 임금의 진노를 샀다.

결국 조현명과 송인명까지 그를 추고하라 청을 넣었고, 서원 건립에 그와 견해를 달리했다.

이에 박문수는 스스로 사직했다. 임금의 명을 어기고 낙향한 그를 나처拿處(중죄인을 의금부로 잡아들여 조처하던 일)하라는 노론의 상소가 빗발쳤고, 영조는 그를 중죄인으로 취급해 의금부로 잡아들이라 명하였다.

그때 일을 생각하면 김재로는 절로 흥이 났다. 물론 조현명의 간곡한 청에 영조가 나처하라는 명은 거두었으나 그 뒤 박문수는 스스로 벼슬길을 멀리했다. 삭직과 나처와 처벌을 거두는 명이 반복됐다.

그렇다고 영조가 박문수를 버린 것은 아니었다. 임금은 그를 풍덕 부사, 함경도 병마 수군절도사 같은 외직으로 돌렸다.

김재로는 계획한 일들을 추진했다. 노론 4대신 중 복권되지 않은 이이명과 김창집의 복권과 영의정 이광좌의 제거, 그리고 신임사화 관련 기록의 삭제.

작가는 김재로의 초상화를 보고 있다.

초상화 속의 김재로는 늙었다. 앞을 응시하는 눈빛에서 노
회한 정객의 느낌이 묻어난다. 산을 닮은 눈썹 위로 깊게 파인
주름과 눈 아래로 탄력 잃은 살이 늘어져 있다. 저 얼굴을 나
는 죽기 전에 보았었다.

살아서 그는 성공했다. 죽어서는?

그대들이 답해주기 바란다.

작가는 그를 지독한 악인으로 그렸다. 살인마저 망설이지
않는. 지나치다 여기는가? 역모로 죽어간 수많은 사람을 생각
한다면 작가의 묘사는 차라리 약하다.

그들은 역사의 죄인이다. 공공의 자리에서 사적인 이익을
탐한다면 그 자체로 역사의 죄인이라 불리기에 충분하다. 나
는 그리 생각한다.

나는 그대들이 '경신처분'이라 부르는 그 일을 한양에서 멀
리 떨어진 함경도 안변도호부에서 들었다. 영조는 신원 되지
않은 노론 4대신 이이명, 김창집을 유척기의 상소 하나로 복

권시켰다. 이때 영조가 내세운 복권 이유는 이러하였다.

"임금의 형제로서 왕의 후계자가 되는 경우가 역사에 더러 있었다. 그럼에도 나와 같은 처지에 있었던 경우는 없었다. 이 것이 그들이 당시 치죄를 받을 수밖에 없었던 역사적 배경이 다. 네 사람이 연명하여 차자箚子한 것이 어찌 죄가 되겠는가? 그런데도 교문敎文에 넣어 죄를 물었다. 그들이 연명하여 올린 이가 바로 지금의 나이다. 헌데 어찌 오늘날 그 임금을 섬기는 자가 감히 신축년·임인년의 일의 옳고그름을 말할 수 있는 가?"

그러면서 임금은 이에 덧붙여 명하였다.

"근년 나는 두 신하 가운데에서 한 사람을 먼저 하교하려 했다. 그러나 그대들 반대가 있어 하지 못했다. 이로 인한 나 의 탄식은 길고도 깊었다. 두 사람이 아직도 죄적罪籍에 있다. 이는 공평하지 못하다. 대리代理를 연차한 것을 용인한 자, 그 리고 나를 섬기는 마음이 있는 자라면 감히 그 시비를 다툴 수 없을 것이다. 서둘러 특별히 복관復官하게 하라!"

그날, 다른 노론 대신들과 한 자리에 있던 조현명과 송인명 이 하교의 부당함을 진언하지 않은 것은 아니었다. 조현명이 간언했다.

"신들은 기유년 가부를 의논하는 자리에 함께 하였습니다. 이제 다른 의견은 없습니다. 성상께서 반드시 고쳐 처분하시려 한다면 국안鞫案을 다시 상고하여야 한다고 여겨지옵니다. 하여 아들과 손자의 죄가 용서할 만하다고 여겨진 후에야 이 일을 의논할 수 있을 것입니다."

아, 나의 친구 조현명은 '이제 다른 의견이 없다'는 말로 슬며시 반대 의견을 에둘러 말했다. 그러나 영조는 이미 옛날의 임금이 아니었다. 영조는 진노를 용음에 담아 말했다. 그대들이 그 일들을 너희 눈으로 직접 보았느냐며.

> 경들이 어찌 친히 보았겠는가? 기유년 처분할 때에 모두 복관하였다면 경들이 반드시 다투지 않을 것이다. 그때 하문하였으므로 오늘날의 폐단이 있게 되었거니와, 당초에 아들과 손자에 관한 하교를 한 것이 실로 구차하다. 내 하교를 들은 뒤에는 나를 섬기는 자가 결코 다시 운운하지 말아야 하는데도 풍원이 아뢴 것은 참으로 그르다. 국안을 다시 상고한다면 서덕수의 일도 장차 다시 상고할 것인가? 중전을 섬기는 자는 이렇게 하여서는 안 된다. 서덕수는 이미 영구히 풀어 주었거니와, 이것은 한 가지이면서 두 가지인 것이다.
>
> 《조선왕조실록》 영조 16년(1740) 1월 10일

입막음이었다. 지금 내가 임금으로 있는 한 나의 명을 거역하면 이제 그대들이 역적이 될 것이라는.

아아, 나는 영조를 믿지 말았어야 했다.

임금 영조는 준비되지 않은 왕이었다.

돌이켜 보면 영조는 즉위과정에서 배태된 모역 의심을 천형처럼 가질 수밖에 없었다. 이를테면 태생적 한계였다. 임금은 결국 그 한계를 벗어나지 못했다. 노론 4대신을 복권시켰고, 스승 이광좌를 죽게 만들었으며, 조정에서 소론을 제거하는 노론의 음모에 일조했다. 그렇게 만들어진 노론 세상에서 영조는 제 아들을 뒤주에 가둬 죽였다.

아아, 다시 고통스런 탄식이 터져 나온다.

돌이켜보면 영조는 그럴 수 있는 임금이었다. 네 살의 어린 아들을 방패 삼아 자기 정치적 사욕을 채우기 위해 양위소동을 벌인 임금이었으니까. 네 살의 어린 세자는 영문도 알지 못한 채 대한大寒의 혹독한 추위에 얼음같이 차가운 섬돌 위에 엎드려 울어야 했다. 1년 뒤 영조는 다시 다섯 살 어린 세자에게 양위선언을 했다. 그렇게 임금 영조가 벌인 양위소동이 모두 여섯 번이었다. 후세의 학자들이 '파동'이라 일컫기에 충분한 횟수였다.

임금에게 아들 세자는 무엇이었을까?

그저 정적일 뿐이었을까?

가슴이 다시 무너진다. 나의 임금, 내가 알고 있는 영조는 그런 임금이 아니었다.

나는 꿈꿨었다. 형인 경종을 죽이고 임금이 되었다는 의혹에도 당당하게 오직 백성만을 바라보며 탕평의 길을 걷겠다고 약속한 성군을. 그러나 꿈은 악몽으로 끝이 났다. 영조가 이룬 업적들, 그의 검소하고 소박한 일상과 백성의 고통에 귀 기울여 이루어낸 많은 정책은 정의를 죽이고 사욕을 부풀리는 노론 세상을 만들어버린 실책에 비하면 소소하다. 감히 그렇게 생각한다.

임금 영조가 자신에게 드리운 어두운 의혹을 하나씩 지울 때마다 소론을 향한 노론의 공격은 집요해졌다.

영조가 남은 이이명과 김창집의 복권을 명했을 때 이미 노론은 소론 영수, 영의정 이광좌에 대한 공격 방법까지 준비해 놓고 있었다. 그들이 마지막으로 준비한 것은 두 가지였다. 그 중 하나는 삼사의 노론이 유봉희, 조태구와 더불어 이광좌의 관직을 추탈하도록 함께 요구하는 것이었다. 그들은 한결같은 내용으로 이광좌에게 벌을 주어야 한다고 청하였다.

그들은 '죄가 차고 악이 쌓인 것으로는 이광좌와 같은 자가 없다'며 숙종이 소론을 배척하고 노론의 손을 들어준 병신처분丙申處分(숙종 42년, 1716년) 때부터 이광좌가 원망의 마음을 품어 오다가 경종이 왕위에 오른 뒤인 신축년·임인년에 정권을 잡게 되자 흉당의 우두머리가 되었고, 이로써 '나라를 해치고 다른 사람들에게 화를 끼쳤다'고 모함하였다.

노론은 여기에 그치지 않고 스승 이광좌가 조정에서 일한 50여 년 모든 세월을 폄훼했다. 그들은 스승을 '나라를 원망한 죄인'이며, 이미 역적으로 죽은 '김일경·박필몽의 심복'이고, 소론이 주축이 되어 진압한 무신난의 역적 이인좌·정희량·심유현의 우두머리였다고 주장했다.

또한 이광좌를 죽여 그 시체를 백성이 다 볼 수 있는 곳에 내걸어야한다고 연일 상소하였다. 그렇지 않다면 왕법王法이 펴지지 못할 것이며, 뒷날 나라의 근심이 끊이지 않을 것이라고 참소했다.

그러고 보면 소론 또한 영조와 함께 갈 수 없는 태생적 한계를 안고 있었다. 경종을 임금으로 모시면서 경종의 명을 받아 세제 연잉군을 보필할 수밖에 없었던 현실이 만든 한계. 이광좌는 특히 경종의 명으로 연잉군을 가르치고 보필하는 세제 우빈객이었다.

역사는 단절되지 않는다. 우리 소론은 시간의 흐름 속에 마음을 다해 선택했고 행동했다.

우리는 경종이 지킨 영조의 목숨을 함께 지켜냈으며 영조가 왕이 되어서는 그의 신하가 되어 조정에 남았다.

영조가 노론 101명의 관직을 빼앗고 대신 스승 이광좌를 영의정으로 한, 그대들이 '정미환국'이라 이름 붙인 인사를 단행하지 않았다면 그대들의 평가처럼 1년 뒤 일어난 이인좌의 난은 진압할 수 없었을 것이다.

기억하는가? 글의 앞부분에서 내가 했던 말을. 나 또한 이 인좌의 난을 진압하기 위해 종사관으로 출정했다. 그런데 노론은 이것마저도 '와주', 역모의 우두머리라 칭하며 모함했다.

김재로를 비롯한 노론은 이런 모함에 덧붙여 이광좌를 '확인사살'할 방안을 모색했고, 그것은 역모에 가까운 이른바 못자리 모함이었다. 그들은 박동준이라는 자를 사주하여 이광좌가 소위 '왕자맥王字脈'의 못자리를 구했으니 이는 곧 역심이라 고하게 했다.

그러나 박동준은 인정문에서 친국한 임금 앞에서 자신이 앞서 고변한 내용은 사실이 아니라고 실토했다. 그는 자신은 비록 이광좌의 집에 드나들긴 하였으나 그를 원망하거나 미워할 이유가 없는 사이였으며, 왕자맥에 대한 말은 못자리를 구하는 행차를 따라갔다가 그저 얻어들은 말에 불과하다고 자백했다. 그런데 따라갔던 산주山主 박계순이 육촌 매부로서 자신에게 억지 고변을 하게 했다는 것이었다.

모함을 밝혀낸 영조는 이광좌를 지키려 노력했다. 이광좌마저 잃는다면 자신이 추구해온 탕평의 대의명분을 잃게 되므로. 물론 영조는 내게 보여준 인간적 유대감과 신뢰를 이광좌에게도 가지고 있었을 것이다.

영조는 이광좌와 함께 조선을 이끈 많은 세월을 언급하며 이광좌를 모함하는 것은 곧 자신의 처분에 불만을 가진 것이라며 삼사를 모두 파직하고, 우의정 유척기의 직첩을 거두었다. 또한 박동준에게 무고라는 자백을 받아내 형장에서 때려 죽였다.

그러나 이광좌는 노론의 참욕으로 얼룩진 예순일곱 삶의 끈을 놓아버렸다. 스승은 곡기를 끊고 스스로 죽음을 맞이했다. 영조가 즉위한 지 16년이 되던 해 1740년 5월 26일의 일이었다.

아, 나는 스승의 죽음도 함경도 안변도호부에서 들었다.

그때의 참혹함이 다시 떠오른다.

나는 임금을 버렸다. 임금은 마음껏 자신에게 씌워진 의혹들을 제거해 나갔다. 스승이 돌아가시고 두 달도 되지 않아 조현명에게 임인옥사 기록을 없애지 않았다며 화를 내고는 삭제하게 했다. 또 자신과 관련된 두 궁녀의 행실을 높이 표창하고 그 가족들에게까지 상을 내리게 했다. 이 모든 일의 화룡점정은 신축년·임인년의 관련 내용이 기록된 《승정원일기》가 불탄 것이었다.

《승정원일기》가 소장돼 있던 창덕궁 마흔네 칸의 전각이 불타고 있을 때, 영조가 느꼈을 소회는 무엇이었을까 나는 지금도 생각해 본다. 그대들이 지금 느끼는 화재의 고의성을 나 또한 생각해 본다.

아아, 나는 이곳에서도 진실을 알지 못한다. 알지 못하기에 안타까움이 전부였을 거라고 믿고 싶다. 어쩌면 임금이 아니라 노론에 의해 계획된 방화일 수도 있다. 노론이라면, 그들이라면 그럴 수 있다. 그럴 수 있는 자들이다. 그들의 욕망은 끝이 없었다.

김재로는, 노론은, 그들은, 거기서 멈추지 않았다. 나에 대한 참소는 계속됐다. 홍계희는 내가 북도의 진휼을 명목으로 재물과 곡식을 넉넉히 타내 착복했다고 탄핵했다. 여기서 그치지 않았다. 홍계희는 내가 포를 무명으로, 무명을 어물로, 어물을 다시 쌀로 바꾸어가며 돈을 남겨 그 돈으로 땅을 사고 말 19필을 사 재상과 친구들에게 나누어 주었다고 모함했다.

김재로를 비롯한 노론의 그치지 않는 모함과 탄핵 내용을 더 말해 무엇하랴. 어찌 보면 내가 겪은 마지막 치욕을 생각한다면 지금까지 것들은 새 발의 피에 불과하다. 그들의 참욕 속에 나의 마지막과 소론의 마지막, 그리고 역사의 물길을 뒤바꿀 사건이 준비되고 있었다.

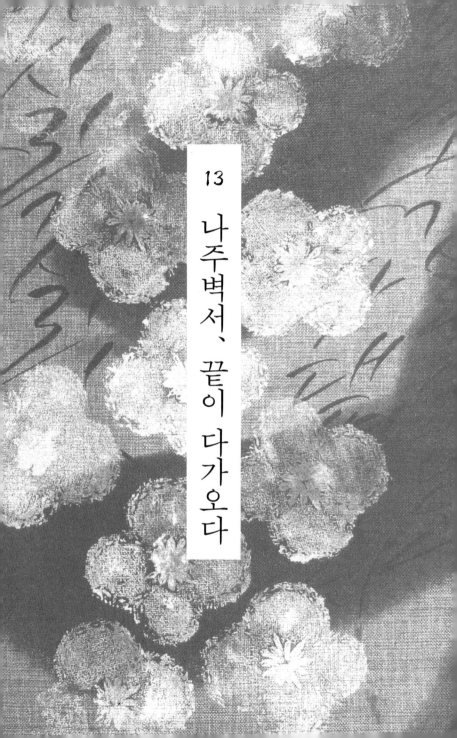

13

나주벽서, 끝이 다가오다

영조 31년(1755) 음력 1월 20일. 그해의 입춘이 15일 지난날 인시寅時(새벽 3시~5시), 나주 객사는 북풍한설에 갇혀있었다. 입춘이 겨우 보름 지난 때인지라 엄동의 추위는 당연했지만 북풍에 한설은 이곳이 나주라는 것을 생각하면 흔치 않은 일 이었다.

눈은 사선으로 흩날렸다. 객사 정청인 금성관을 중심으로 벽오헌이란 현판을 달고 선 왼쪽 날개채와 현판 없이 날개를 활짝 펼치고 서 있는 오른쪽 날개채의 모습이 어둠 속에서도 아름다운 자태를 드러내고 있었다. 눈발이 날개채 툇마루에 날리며 쌓였다. 움직이는 자연과 인간이 꽂아놓은 건물이 어 우러져 만들어내는 아름다움이었다. 객사 안에서 이 광경을 지켜보는 이는 없었다. 군번들이 있긴 했지만 이 시간이면 으레 밀려드는 졸음에 게으름을 피우기 십상이었다. 병자년 호란이 있은 지도 120여 년이 흘렀고 사람들은 참혹했던 전쟁마저 옛이야기로 삼고 있었다.

망화루에도 깨어 지키는 자는 없었다. 망화루는 금성관의 외삼문이었다. 내삼문이 있었지만 망화루는 나주 객사 외부와 내부를 경계짓는 실질적인 정문이었다. 아름다운 꽃을 바라보는 누각이라는 이름에 걸맞게 그곳에서 바라보는 춘설은 아름다웠다.

그 눈 속으로 한 사내가 몸을 낮춰 걸어 들어왔다. 어둠에 몸을 숨기려 검은색 옷을 입었으나 흰 눈빛에 형체가 드러났다. 사내가 조심스레 주위를 살핀 뒤 마음을 놓은 듯 낮게 말했다.

"웬 날씨가……."

소리는 낮았고 북풍은 거셌다. 벽서를 붙이기에 적당치 않은 날씨라고 사내는 생각했다. 눈발이 흩날려 벽서를 적시면 목적은 이루어지지 않을 수도 있었다. 사내가 망화루를 향해 움직이다 멈춰 서서 다시 한 번 주위를 살폈다. 움직이는 건 오직 바람에 흩날리는 눈뿐이라는 걸 확인한 사내가 망화루를 향해 잰걸음으로 움직였다.

묘시가 되면서 눈이 그쳤다. 사선으로 줄기차게 불어대던

바람도 잠잠해졌다. 나주 객사 망화루에도 더는 눈이 내리지
않았다.

"에이 왜 이렇게 추워. 입춘이 지난 지가 얼마구만."

한 사내가 투덜거리며 망화루를 향해 걸어오고 있었다. 두
꺼운 토끼털로 된 벙거지에 누빈 두루마기를 입고 있었다. 어
제도 그제도 그리고 오늘도 그다지 달라질 것 없는 일상 속에
서 오늘의 특별함은 며칠째 계속되는 추위에 내린 눈일 터였
다. 사내는 슥, 망화루를 훑어보고는 잠시 움츠렸던 몸을 폈
다. 그러다 사내의 몸이 망화루 동쪽 벽을 향해 기울어졌다.

"뭐야, 저건?"

몸을 기울이자 동쪽으로 두 번째 기둥에 붙어 있는 벽서가
눈에 들어왔다. 사내가 천천히 걸음을 옮겼다. 종종 있는 일이
었다. 이곳은 나주 지역 행정을 보는 객사였고 크고 작은 민원
을 담은 벽서들이 종종 나붙었다.

"에이, 날도 추운데."

사내가 투덜거렸다. 그도 그럴 것이 그는 이곳 나주의 하리
下吏였고, 벽서는 곧 그의 일이 될 터였다. 사내가 벽서 앞으로
다가섰다. 너비는 제법 넓었다. 글은 세 줄이었다. 이방은 후
에 벽서를 붙인 독동이 모진 고문에 토해낸 내용처럼 '엽전보
다는 작고 바둑알보다는 큰 글씨'를 읽어내려 가다가 그만 얼
어붙었다. 그때, 누군가 사내를 불렀다.

"어이, 박신이!"

사내는 자신을 부르는 남자의 소리를 듣지 못했다. 충격에 머리마저 얼어붙은 듯했다. 남자가 다가와 사내의 등을 툭 치며 그가 바라보고 있던 벽서를 쳐다보았다.

"뭐야. 이번엔 또 웬 개떡 같은 것이야?"

자못 친숙한 욕을 섞어 말을 내뱉으며 다가오던 나주관아 아전 임천대는 이방 박신의 얼어붙은 얼굴을 보고는 심상치 않다고 생각했다. 그는 재빨리 벽서 내용을 읽어 내려갔다. 곧 그의 얼굴도 박신의 얼굴과 닮은꼴로 변했다. 그도 그럴 것이 벽서는 조선의 임금, 영조에 대한 비방 내용을 담고 있었다. 둘은 놀란 시선을 맞부딪쳤다. 그들이 비록 궁벽한 지방 아전에 불과하다 할지라도 이 벽서가 어떤 의미를 지니는지는 알고 있었다. 게다가 이곳은 1728년 무신년 반란이 전염병처럼 사람들 목숨을 휩쓸어 간 곳이었다.

하루에도 수없이 일어나는 어떤 일이 누군가에게는 기회가 되고 누군가에게는 생을 뒤바꾸는 악몽이 될 수 있다. 벽서는 곧 좌수 유이태에게 전해졌고 다시 전라도 관찰사 조운규에게 보고됐다. 1740년 정시 문과 병과로 급제해 홍문관 부수찬·수찬 등을 역임하고 승지로 임금 영조를 측근에서 모셨던 조운규는 이 벽서가 촌각을 다투는 일이라는 걸 직감했다. 또한 이것이 자신에게 어떤 기회가 될지 모른다고 예감했다. 그는 역참에서 말을 바꿔 타며 쉬지 않고 한양으로 달렸다.

영조는 휘경전 정전에서 전라 감사 조운규가 올린 벽서를
읽었다. 나이 서른에 왕위에 올라 올해로 재위 30년을 지나
고 있었다. 육십갑자의 절반, 영조의 통치는 그만큼 노련해졌
다. 반역마저도 너그러운 용심으로 품어 안을 수 있는 시간을
지나왔다. 용수 올해 예순, 하늘의 뜻을 안다는 지천명知天命을
지나 순하게 남의 말을 받아들일 수 있는 나이 이순耳順이었다.

조운규는 영조의 용안에 참을 수 없는 분노가 끓어오르는
것을 보았다. 벽서에는 차마 관리된 자로서 입에 담을 수 없는
내용도 적혀 있었다.

조운규가 쉬지도 않고 말을 달려 영조에게 벽서를 바치던
날, 그러니까 영조 31년(1755), 벽서가 붙은 지 13일이 지난 그
날 그 시간 박문수는 임금 곁에 없었다.

이 일이 있기 한 달여 전 입춘, 박문수는 관직에서 물러나
경기도 광주로 내려와 있었다. 을해년 입춘은 그러니까 그가
여생을 보내려고 내려온 그곳에서 맞이하는 첫 번째 입춘이
었다.

입춘은 봄이 머지않아 온다는 기준일 뿐, 실제 날씨는 아직
한겨울이었다. 꽃이 피는 화려한 봄을 맞기까지는 두 달이 더
지나야 했다. 그럼에도 입춘은 길고 긴 겨울을 보내고 봄을 맞

이하는 상징적인 절기이며 실질적 새해의 시작이기도 했다. 박문수는 그날 '입춘대길立春大吉', '건양다경建陽多慶'이라 큼직하게 쓴 글귀를 대문에 붙이며 새롭게 시작하는 광주에서의 삶이 백성들과 더불어 평안하기를 기원했다.

전날, 박문수는 자신이 붙인 입춘맞이 글귀들을 50여 장이나 더 썼다. 작년 이곳에 집을 얻어 정착하였을 때 사람들은 그를 어사로서 친근하게 맞아주었을 뿐 아니라 대궐에서 임금님의 용안을 마주하며 조정 일을 처리하던 지체 높은 존재로 존중해 주었다. 그런 그들에게 박문수는 어사로 백성들에게 다가갔던 그때처럼 스스럼없이 마음을 열고 다가갔고 그들 역시 박문수 집 대문을 열고 들어서기를 주저하지 않았다. 그들은 박문수에게 크고 작은 일에 조언을 구했으며 입춘을 앞두고 입춘맞이 글귀를 부탁하는 일쯤은 대수롭지 않게 여겼다.

"헌데, 양반네들처럼 번듯한 솟을대문이 있는 기와집에 살리는 없고, 사립문이나마 있으면 다행일 터. 대체 이건 어디에 붙이려는고?"

박문수가 입춘맞이 글귀를 써달라고 찾아온 동네 사람들에게 농담조로 말했다.

"별걱정을 다하십니다. 사립문에 붙이면 안 된다는 나랏법이라도 있습니까요? 뭐 붙일 데 없을까 봐요?"

"나는 문지방에 붙일랍니다요."

"나는 집 기둥에 붙일라누만요. 올해는 영성군 마님 글씨를 얻었으니 아매도 좋은 일이 있겠지요?"

박문수 집 마당에 선 사람들은 나름의 소망을 얹어 대답했다.

"마누라가 지발 병석에서 일어나는 게 소원인데요."

광주 백정 점백이 말했다.

"아이고 내는 나라에 진 빚이나 탕감받았으면."

양민 여술래가 받는다. 그러자 질세라 대장장이 막달이 나섰다.

"나는 굶지 않았으면 좋겠네. 나는 굶어도 좋지만 새끼들 입안에 먹을 거 못 넣어주는 거는 더는 안 겪으면 얼마나 좋을까."

소망이 하나둘씩 쌓여 광주 불곡산 꼭대기까지 쌓일라치면 박문수가 나섰다.

"에끼 이 사람들! 내가 써 준 이게 무슨 부적이라든가?"

"암요, 부적이다마다요!"

"부적이 아니라도 우리 같은 천것들이 어디 감히 조선 팔도 사람들이 우러르는 대감마님의 글자를 받아보겠습니까요?"

그렇게 시끌벅적하던 때가 벌써 한 달 전이다. 경칩 즈음부터 개구리가 보이기 시작하더니 경칩이 지나면서는 한낮의 기온이 제법 올라 먼 들판으로 나가서면 꿈꾸듯 아지랑이가

318

가물가물 세상 경계를 흩트리며 피어올랐다. 박문수는 하늘하늘 피어오르는 아지랑이를 보며 깊은 생각에 잠기는 날이 많아졌다. 다시 보름쯤 지나자 백성들을 배고픔에서 구해줄 나물들이 언 땅을 뚫고 나왔고 이어 작은 풀꽃들이 피어나기 시작했다.

'이렇게 가는 것인가…….'

스스로 선택한 길이었다고 자부하면서도 어쩔 수 없이 마음 한구석에는 용납할 수 없는 감정이 끓어오르곤 했다. 박문수는 한없이 이어지는 시간의 맨모습들이 차라리 고통스러웠다.

작년 6월 한양으로 올라가 알현했을 때 영조가 했던 말을 종종 생각했다.

"급암汲黯의 말을 오래 듣지 못하였다. 아뢴 것은 과연 옳다."

곧은 말을 아끼지 않는 박문수에게 임금 영조가 늘 하던 말이었다. 다만 급암을 예로 든 것이 예전과 다르다면 달랐다. 급암은 중국 전한前漢 무제 때 인물로 성정이 엄격하고 직간을 잘하여 무제로부터 '사직의 신하'라는 말을 들은 인물이었으니 영조의 비유가 어떤 의미인지는 명백했다.

6월 5일 계축일, 박문수는 광주 초천을 나서 한양으로 향했다. 초천으로 내려오기 전 살았던 한양 황화방 옛집에 들러 남은 일들을 처리하는 것이 주목적이었지만 그는 입궁하여 영조를 알현했다. 임금에게 진언할 말이 있었다.

"궐내는 군중과 다르므로 갑주甲胄(갑옷과 투구)를 갖추고 대취타大吹打(군례악)를 하기에는 마땅하지 않습니다. 이유는 대궐은 임금과 신하가 정사를 논하는 엄숙하고 화평한 곳이기 때문입니다. 더구나 요란한 대취타 소리는 종묘를 놀라게 할 염려가 있습니다. 만에 하나 전하께서 이것을 하고자 하신다면 사장沙場(모래사장)에서 열무閱武(열병)할 때에나 가능할 것입니다. 또 갑주는 마상馬上에서는 합당하나 여상輿上(수레 위)에서는 합당하지 않습니다. 신은 이 뒤로 후원에서 습진習陣(진법을 연습함)할 염려가 있을까 두렵습니다."

덧붙여 그는 조정 누구도 이를 바로 잡으려 하지 않았다는 점 또한 비판했다.

"지나친 거조인 줄 알면서 대신과 삼사 중 어느 누구도 말하는 자가 없었으니, 어찌 조정에 신하가 있다고 할 수 있겠습니까? 신이 시골에 있을 때 듣고 놀라 탄식하였는데, 이제 마침 입시하였으니 아뢰지 않고 돌아가면 신도 또한 무상할 것입니다. 문자로 정식을 만들어 폐단을 막아야 하겠습니다."

돌이켜 보면 그의 삶은 타고난 성정을 성성하게 드러내놓고 산 삶이었다. 어릴 때는 어릴 때 품성으로 청년이 되어서는 청년 품성에 걸맞게, 그리고 관직에 나아가서는 벼슬하는 자로서의 본분을 거스르지 않기 위해. 배우고 익히고 깊게 성찰한 것에 비추어 잘못된 것이 있으면 고치길 주저하지 않았다. 그래서 관직 생활 30여 년 그의 삶은 직언과 논쟁, 참언과 모함의 연속이었다.

결단코 두려움은 없었다. 무신년 반란을 진압하러 출정할 때도, 임금 영조의 노기에 목숨의 위협을 느낄 때도 두려움은 없었다. 당당했기에 비굴하지 않았고 비굴하지 않았기에 그의 삶은 아름다웠다.

그러나 그는 아직 현재를 사는 사람이었고 오지 않은 미래를 알지 못하는 평범한 사람이었다.

작가의 표현처럼 그즈음 나는 조정에서 물러나 있었다. 적바림에 적었던 일들을 마무리 지은 뒤였다. 돌이켜보면 내가 임금 영조에 대한 기대를 버리고 선택한 오직 백성만을 생각하기로 한 길은 차라리 편안한 길이었다.

나는 스승을 지키지 못했다는 죄의식도 애써 던져버리고 적바림에 적었던 일들, 작가가 내 심장에 새겼다고 표현했던 그 일들을 하나씩 해나가기 시작했다. 함경감사로 있던 내게 영조는 형조판서직을 내리고 다시 대사헌에 임명했지만 당시 함경도에 든 극심한 흉년을 핑계 삼아 벼슬에 나아가기를 거절했다. 내게 더는 내직 벼슬은 의미가 없었다. 나는 함경도에 든 흉년이 30년 이래 없었던 엄청난 재앙임을 임금에게 고하고 함경도에 기부된 은을 영남의 군미와 바꾸어 백성을 구제하게 해 달라는 청을 넣었다.

작가 구성판에 적힌 내 업적들을 본다.

'미혼자'

'기아'

'군역'

'탁지'

하나가 더 있다. '금군절목禁軍節目'

금군절목은 이제까지 바르고 자세하게 정리되지 못한 조선 시대 왕실 호위를 맡은 금군에 관한 세부 사항을 정리한 것으로, 이로써 조선 금군 모든 행정의 교본이 되었고, 15만 냥에 이르는 경비가 절감됐다.

굶주리는 백성을 살리기 위해서는 재화가 필요했다. 부족한 재화를 마련하기 위해서는 절약과 분배만이 해답이라 여겼다. 내가 보기에 대궐 안에서 소비되고 낭비되는 것들이 너무 많았다. 필요한 부분만 정확하게 계산해내고 이를 규칙으로 만들면 상황에 따라 사람에 따라 주먹구구식으로 소비되는 재화를 절약할 수 있으리라 여겼다.

　나는 영조에게 '궁중의 부비浮費가 매우 많아졌으니 산정하
여 정제를 만들자'고 청했다. 그리하여 대전·중궁전 등 각 전
과 세자궁·빈궁 등 각 궁, 그리고 제빈방 등 각 방의 진상·공
상·진배의 물종物種을 규정하는 《탁지정례》가 완성됐다.

　　"이로써 궁중 일반 비용과 국혼 비용 같은 호조 경비를 절감
　　했고 사신 접대 비용도 절감했으며, 이것은 국가재정과 왕실
　　재정을 분리하고 회계 예산제도를 처음으로 시행하였다는 점
　　에서 큰 의의가 있다."

　　"원칙이나 한도도 없이 쓰던 궁중 경비를 일정한 원칙에 따라
　　지출하게 하고, 국가재정과 왕실재정을 분리하고 회계 예산제
　　도를 처음으로 시행했다는 점에서 큰 의의가 있다."

　그대들이 내가 한 이 일에 부여한 의미이다. 허니, 어찌 이
업적을 자랑스럽게 여기지 않을 수 있을까, 하하. 나의 노력으
로 혼인시킨 조선 팔도 수많은 젊은이의 행복한 웃음소리가
들리는 듯하다.

　군역 또한 나름 성과를 본 부분이었다.

　요즈음 세상을 보자 하니 군대 문제는 예나 지금이나 백성

들의 고되고 힘든 역役인 듯싶다. 권력 있고 돈 있는 자들이 군대에 가지 않는 것 또한 내가 살았던 시대와 별반 다르지 않다.

나는 내가 살던 시대 양역의 부조리함을, 오직 힘없고 가난한 백성들만이 모든 양역을 감당하는 부당함을 고치고자 했다. 그대들이 잘 아는 것처럼 조선시대 군역은 16세에서 60세까지 양민을 대상으로 했다.

일반 백성들은 양반들은 제외된 양역 의무를 지느라 고통받았다. 그들은 수자리(국경을 지키는 일)를 서기 위해 가다 죽고, 수자리를 서다 죽었으며, 양역 대신 낼 군포가 없어 고향을 버리고 도망갔다. 양역을 피해 도망간 친척과 이웃 대신 짊어진 양역에 짓눌려 죽어갔다. 작가는 앞에서 이 부분을 잠깐 다루었다. 그러나 그것만으로 어찌 참상이 모두 표현되었을까?

나는 영조에게 끊임없이 주청했다. 백성들을 살리기 위해서는 양역 개혁이 필요하다고. 텅 빈 국고를 채워 이 나라의 안위를 지키려면 양반들에게도 양역 책임을 지워야 한다고. 나는 모든 가구에 돈으로 양역세를 받자는 구전론口錢論을 주청하기도 했다.

그러나 가진 자들은 노론이었다. 그들의 반대는 극심했지만 영조는 명민했다. 순문巡問, 그러니까 백성들을 만나 직접 의견을 듣는 여론조사를 감행하며 반대파들을 압박했다.

나는 영조를 도와 순문에 올 양반들은 물론 유생에 일반 백
성들까지 불러 모았다. 하여 저들은 내게 임금의 질문에 대답
할 사람을 미리 정해놓았다고 비판했다.

이 과정에서 나온 다양한 방법은 거론하지 않겠다. 결과적
으로 나의 구전론은 받아들여지지 않았으나 양반들에게도 양
역의 책임을 지우자는 핵심의도는 실현됐다.

영조는 창경궁 명정문에 나아가 순문하는 것을 끝으로 일
방적인 군포 감필을 명했다. 더불어 군사와 군사비 감축, 그리
고 새로운 세원稅源으로 어염세, 은결세, 여결세, 선무군관포를
징수하고, 1결당 결미結米 2두(5錢)를 징수하는 것을 내용으로
한 균역법을 제정했다.

조선 건국 이래 양역에서 빠진 양반에게도 넓은 의미에서
군역이 부과되었다는 점에서 혁명적이었다.

이것에 비해 미혼자들에 마음을 쓰고 결혼을 성사시킨 일
은 그저 나라의 녹을 먹는 내가 한 당연하고 사소한 일이었다.
아니다. 수정한다. 출사해서 내가 한 모든 일이 그러했다. 공
익보다 사익을 우선한 자들과 비교하는 작가의 글을 읽다 보
니 잠시 내가 우쭐해졌다. 부끄럽다.

하지만 그대들이 붙여준 '구휼 전문가'란 말이 난 퍽이나
마음에 든다. 하하.

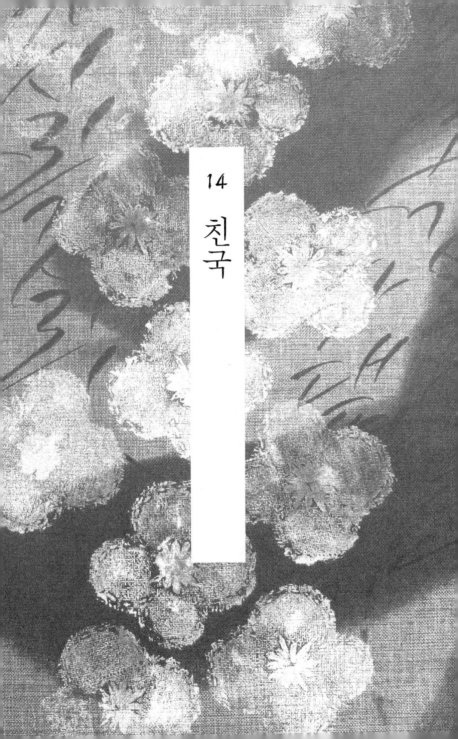

14

친국

영조는 괘서가 발견된 지 보름 만에 친국에 나섰다. 처음 괘
서를 본 영조는 불러들인 좌의정 김상로, 우참찬 홍봉한, 형조
참판 이성중에게 웃음을 지어 보였다.

"이는 틀림없이 무신년 때 잔당들 짓이다. 무신년에 최규서
가 고변하였을 적에도 나는 동요되지 않았다. 이번 일도 마찬
가지다."

오히려 긴장한 것은 김상로였다.

"이는 오로지 인심을 동요시켜 세상 움직임을 살피려는 계
책에서 나온 일입니다. 허니 괘념치 마시옵소서."

김상로의 말에 영조는 웃음을 거두지 않았다.

"어찌하여 흉서의 글씨가 찍어낸 듯 똑같은가?"

"본래 쓴 필적을 감추려고 그렇게 한 것입니다."

승지 김치인의 말에도 웃음을 멈추지 않았다. 좌변포도대장 구선행과 우변포도대장 이장오의 입시를 명할 때도, 그리고 그들에게 기한을 정하여 범인을 색출할 것을 명할 때도 여유와 웃음을 잃지 않았다.

그러나 이로부터 보름이 지난 2월 20일 대궐 동룡문에서 친국하는 영조는 광인에 가까웠다. 동룡문 친국장에는 괘서를 붙인 인물로 잡혀 온 윤지와 그의 아들 윤희철, 윤지 첩의 오라비 독동, 윤지의 종 개봉, 이효식, 기언표, 임천대 등이 형틀에 묶여 있었다.

윤지는 영조가 왕위에 오른 해, 노론이 역적으로 몰아 죽인 윤취상의 아들로 그 또한 제주도로 유배되었다가 나주로 이배된 소론이었다. 이번에도 소론이 영조에게 반역을 꾀한 것이다. 이것이 문제였다.

박문수가 소론의 정신적·문화적 토양에서 태어나고 자라 속속들이 소론이었던 것처럼 영조 또한 노론이라는 정치적 환경에서 태어나고 그들의 후원에 기대 왕이 된 뱃속까지 노론이었다. 따라서 소론에 의해 집권 초기부터 끊임없이 제기된 의혹과 반역 모의는 영조에게 깊은 마음의 상처를 남겼다.

영조의 친국은 혹독했다. 심문을 받는 자들의 살은 으깨지고 뼈는 으스러졌다. 으깨진 살에서는 피가 저며진 듯 흘러내렸다. 그 피비린내가 동룡문을 지나 대궐 하늘 위로 퍼져나갔다. 낭자한 신음, 살이 타는 냄새 또한 대궐을 넘어 장안으로 스며들었다.

박문수가 이 소식을 들은 건 바로 그즈음이었다. 영조의 친국장으로 불려 온 자들이 하나둘씩 사건의 진상을 토설해나갈 즈음, 살기 위해 저마다 영조가 원하는 말을 지어내기도 하던 그즈음.

"아버님!"

문밖에서 아들 구영의 다급한 목소리가 들려온 것은 그날 유시, 이른 봄의 땅거미가 내려와 어둑어둑 발치께를 덮을 때였다. 구영은 서른여덟 살에 어렵게 얻은 아들을 잃고 나이 쉰이 넘도록 자식을 두지 못하자 들인 양자로, 친형 박민수의 아들이었다. 박문수는 그때 안채에서 아내와 작년에 태어나 이제 갓 돌을 넘긴 아들 만영과 다섯 해 전 얻은 향영의 재롱을 보는 참이었다.

"아버…버……."

돌을 지나 말을 배우기 시작한 셋째 만영이 먼저 반응했다.

"말을 합니다. 만영이가 제 아비를 부릅니다, 영감."

아내의 얼굴에 환한 미소가 번져나는 것을 보며 박문수는 마음 한구석이 애잔했다. 어렵게 얻은 아들을 잃고 겪은 슬픔이 어떠했을 것이며, 서자로라도 죽기 전에 친아들을 기르는 아비의 정을 알아야 되지 않겠느냐며 첩의 방에 남편을 밀어

넣던 그 마음이 오죽하였겠는가.

"형님이다!"

이번엔 여섯 살이 된 향영이 몸을 일으키며 문 앞으로 나섰다.

"아버님!"

다시 구영의 부름이 들렸다. 박문수는 비로소 구영의 목소리에서 심상치 않은 느낌을 감지했다.

"구영이냐?"

아내가 물었고 박문수는 몸을 일으켜 향영 뒤에 섰다. 향영이 문을 여니 마당에 선 구영이 보였다. 구영 뒤에 한 사내가 서 있었다. 오천의 솔거노비(주인과 같은 집에 사는 노비) 노산이었다.

"무슨 일이냐?"

"아버님, 지금 대궐에서 친국이 벌어지고 있다 합니다."

박문수는 잠시 심연 속에 있는 것 같은 아득함을 느꼈다. 노산의 형색과 아들 구영의 태도에서 그는 위험을 감지했다. 노산이 품에서 서찰을 꺼냈다.

"오천이 준 것이더냐?"

"그러합니다. 대감마님."

"알았다. 먼 길 오느라 애썼느니라."

박문수는 그에게 요깃거리를 주라 일렀다. 아내 청풍 김 씨는 이내 굳어져서 만영을 품에 안았고, 향영은 청풍 김 씨 치맛자락을 붙잡았다. 뜰에 선 구영은 망부석처럼 서 있었다. 박문수가 노산이 가져온 이종성의 서찰을 펼쳐 읽었다. 굳어지는 박문수의 얼굴을 살피던 청풍 김 씨 표정이 어두워졌다. 박문수가 얼굴을 들어 아내를 보았다.

"무슨… 내용이기에……."

"허허허, 이런 일이 어디 한 두 번이었소. 부인은 걱정하지 마시구려."

박문수는 아내를 안심시키려 목소리를 꾸며 말했다. 그러나 아내 청풍 김 씨는 속아주지 않았다.

"감정을 숨길 수 없는 분 아니십니까, 대감은……."

분명 또다시 사화의 피바람이 부는 것일 거라고 청풍 김 씨는 짐작했다. 가슴이 회오리바람에 휩쓸린 듯 서늘해졌다. 돌이켜보면 노론 집안인 청풍 김 씨 여식으로 소론 집안인 고령 박 씨와 혼인을 한 뒤로 수없이 반복해 온 고통이었다. 그녀가 그를 선택한 이후로, 그리고 박문수가 그녀를 선택한 이후로.

"나주에서 유배 중인 윤지가 전하를 비방하는 벽서를 나주 객사에 붙였다 합니다."

"윤지라면……."

박문수가 가만히 고개를 끄덕였다. 청풍 김 씨도 알았다. 윤지가 어떤 정치적 배경을 가진 인물인지, 그리고 이것은 윤지 개인 문제가 아닌 소론 전체의 문제가 되리라는 것도. 노론 집

안의 딸로 소론 남편과 사는 아내로서 그녀 또한 남편만큼 정
치적 감각이 예민해질 수밖에 없었다.

박문수는 아내가 있는 안방을 나와 사랑채에 들었다. 서찰
을 가지고 온 노산은 아직 머물고 있었다. 박문수는 다시 이종
성이 보낸 서찰을 꺼내 보았다. 내용은 간단했다. 윤지가 붙인
벽서 내용과 벽서를 붙이게 된 경위, 함께 붙잡힌 자들의 면
면, 그들을 잡아 온 자가 전라도 관찰사 조운규라는 것, 그리
고 임금 영조의 태도.

하나의 사실을 알기 전과 알고 난 후는 이렇게 달라지는 것
인가? 사실은 이미 일어나고 있었고 단지 그 사실을 그때는
몰랐고 지금은 안다는 차이밖에 없음에도 지금 박문수는 삶
의 애락과 증오, 행복과 고통의 차이를 실감하고 있었다. 이종
성이 서찰을 보내기 전, 다시 역모의 회오리가 휘몰아치리라
고는 상상하지 못했다. 물론 이미 오래전, 임금이 노론 4대신
을 모두 복권시켰을 때, 그리고 참을 수 없는 참욕으로 스승
이광좌가 자살과 다름없는 죽음을 선택하였을 때, 그는 임금
을 마음으로부터 버렸다.

아무리 조정이 온통 노론 인사로 채워졌다고 해도, 그 아래
에서 세금을 내고 법을 지키며 살아가는 이는 다같은 백성이
었다. 그래서 그는 자신이 할 수 있는 임금을 향한 마지막 충
언을 포기할 수 없었다. 그것은 곧 백성을 위하는 일이기도 했

으므로. 이것이 물러나 있으면서도 이러저러한 일들에 관해 상소를 올린 이유였다.

비록 마음에서 떠나보낸 임금이었으나 박문수는 그래도 영조를 믿고 싶었다. 비록 소론을 버린 임금이었으나 아직 탕평에 대한 의지는 남아있으리라 믿고 싶었다.

장고 끝에 박문수가 결심한 듯 소리 내어 혼잣말을 했다.

"내 한 몸이라면⋯⋯."

곧 그가 노산을 불렀다.

그로부터 이틀 뒤, 반달이 구름 사이를 유희하듯 들고나는 축시의 깊은 밤. 이종성이 박문수의 집을 찾아왔다.

"종형!"

"이 사람 오천! 어둔 밤에 넘어지지 않고 잘 오셨는가? 하하."

박문수가 한껏 여유를 부리며 농으로 오천을 맞았지만 그의 손을 맞잡은 이종성의 손은 떨렸다. 환갑이 넘은 두 사람의 한밤중 재회는 비장하고 어딘지 처량하기까지 했다. 이종성이 판중추부사라는 관직에 있었지만 그것은 명목상 관직에 불과했다. 이종성은 두 해 전 좌의정에, 한 해 전 영의정에 올랐지만 줄기차게 사직 상소를 올린 뒤 낙향해 있었다.

등불에 보이는 이종성의 눈은 움푹했다.

"어찌 이리 핼쑥해진 겐가? 이러다 눈 찾으려면 구만리를 들여다봐야겠어. 하하하"

"허허, 그 입담은 여전하신 겐가."

절체절명의 순간에도 농담하는 박문수 행동의 여일함에 이종성은 묘한 안도감을 느꼈다. 박문수는 눈썹 뼈가 유난히 도드라지고 눈이 움푹 들어가고 하관을 따라 주름이 깊은 이종성을 보며 이광좌를 떠올렸다. 그에게 이광좌는 큰아버지이니 피를 나눈 혈족으로 닮은 것이 어쩌면 당연했다.

"자자, 앉으시게."

집안은 고요했다. 사람 눈을 피한 만남이니 집안의 종이며 식구들 또한 알아도 모르는 일이어야 했다. 이종성은 잠시 침묵했다. 할 말은 이미 정해져 있었다. 다만 말이 천근처럼 무거워 쉽게 꺼낼 수 없었다.

"아직 살아는 있는 겐가……?

박문수가 그 무거움을 나눠지며 물었다.

"어찌 버티겠는가…?"

비록 경험은 없다 할지라도 고신 형장의 참혹함을 보아 잘 알았다. 인간이 인간에게 벌일 수 있는 가장 참혹한 광경이 고신이었다.

"무엇이 드러났는가?"

이종성이 무겁게 입을 열었다. 윤지와 그 아들 윤희철은 여태껏 토설치 않고 버티고 있지만 윤지의 종이며 윤지 첩의 오라비, 그리고 나주 목사 주변 인물들은 모두 토설하였다고. 이제 윤지와 인연을 맺은 자들은 모두 연루되어 고신을 당하는 신세를 면치 못할 것이다. 혹자는 사실을 말하는 데도 죽임을 당할 것이며, 혹자는 그동안의 인연을 뒤엎는 배신으로만 목숨을 연명할 수 있을 것이다.

"하여 다른 증좌가 나왔는가?"

"증좌랄 것이 무에 있겠는가? 그저 미래 없는 선비가 울분을 참지 못해 제 심사나 드러내자 한 짓인 게지. 한 가지……."

이종성이 말끝을 흐렸다. 불길한 말줄임이었다.

"말씀해보시게."

두려움은 피한다고 피해지는 것이 아니다. 사실을 늦게 알면 알수록 상대와의 싸움에서 불리하다.

"윤지가 가까이 지내는 임국훈에게 준 서롱書籠(서책이나 서찰을 넣어두는 용도로 사용하는 대나무로 짠 궤짝) 속에 무신년 때 내걸었던 전하에 대한 참혹한 말들이 있었다 하네."

이종성은 서롱 속에 역적으로 몰려 죽은 윤지의 아비 윤취상의 소장疏章(상소의 글)과 가장家狀(조상의 행적에 관한 기록) 및 연보들이 있었다고 덧붙였다.

"참혹……."

되묻던 박문수는 그만 입을 다물었다. 이인좌가 주동이 되어 일으켰던 무신년 난 때, 그들이 주장했던 말은 임금 영조에게 감히 '참혹', '참담' 따위의 언어로도 표현하기 어려운 말이었고, 신하된 자로서 감히 입에 담을 수 없는 것이었다. 내용은 이러했다.

'영조는 선왕 경종을 독살하고 왕위에 올랐다.'

'영조는 선왕 숙종의 아들이 아닌 노론 김춘택의 아들이다.'

박문수는 기억하고 있다. 극심한 고신에 죽어가면서도 이인좌가 내뱉었던 말을.

"나는 그대를 조선의 임금으로 인정할 수 없다!"

죽음을 앞둔 자의 결기는 세상을 삼키듯 호기로웠다.

"허어!"

절망의 탄식이 박문수의 입에서 터졌다.

"어디까지 갈 것 같은가?"

박문수가 묻고 싶은 말이었다.

"나라고…… 그걸 알겠는가?"

아니다. 안다. 그들은 멈추지 않을 것이다. 노론은 영조의 분노에 기대 소론 뿌리를 완전히 도려내려 할 것이다. 박문수와 이종성은 똑같이 16년 전에 죽은 스승 이광좌를 생각했다. 누구보다 박문수는 잘 알았다. 영조는 멈추지 않을 것이다.

"어찌할 생각이신가?"

이종성이 물었다. 박문수가 잠시 생각에 빠져 대답하지 않왔다. 이종성은 아직도 살아있는 외종형의 성성한 눈빛에서 희망을 얻고 싶었다. 목숨 따위에 연연하지 않고 옳다고 여기는 길을 거침없이 걸어온 그의 판단을 따르고 싶었다. 비록 친구보다 더한 우정을 평생 나눈 사이라고 해도, 그리고 그보다 높은 삼정승의 자리까지 올랐다고 해도 이종성에게 박문수는 늘 앞서 나아가 인도하는 외종형이었다. 더구나 그는 임금 영조와 각별한 군신 관계를 이어오고 있지 않았던가.

박문수가 입을 열었다.

"동궁께서는 어찌하고 계시는가?"

이종성은 자신도 모르게 곧추세웠던 등허리가 꺾이는 것을 느꼈다. 나주에 벽서가 걸리고 윤지 일당의 친국장이 열리면서 이종성은 내내 노론이 소론에게 가해올 일들만 생각했다. 그런데 박문수는 지금 어린 세자를 걱정하고 있는 것이다.

"동궁께서는……."

미처 살피지 못했다. 영조가 대리청정을 세자에게 맡겼다고 해도 친국은 영조가 행하고 있었기에.

"동궁 일은 후에 걱정하여도 되지 않겠는가? 저들이 어찌 나올지 대책을 강구해야 되지 않겠는가?"

"이보게, 오천."

이종성을 바라보는 박문수의 눈빛은 차분했다. 이종성은 많은 이로부터 공격받는 그의 거침없는 감정표현이 거친 성정 때문이 아니라 어쩌면 철저하게 계산되어 나오는 행동이 아닐까 가끔 의구심을 가졌다. 지금도 그랬다. 이 상황에서라면 박문수는 흥분하고 화를 내야 한다.

"저들은 오천과 나의 죽음을 보고자 할 것이네."

이종성이 고개를 끄덕였다.

"아니, 우리 소론 뿌리를 아예 뽑으려 들 테지."

"허나…… 성상께서 그리하시겠는가? 나는 그리 아니하실 것이라 보네만."

박문수는 이종성의 눈빛에서 두려움과 간절함을 동시에 읽었다.

"물론 죽이기야 하시겠는가?"

하지만 박문수는 안다. 영조는 스스로 죽게 만들지도 모른다. 스스로 죄를 인정하고 인정한 만큼 결과를 드러내 보이도록.

"그건 종형이 너무……."

"실망이신가? 허나 지금 조정에 남아있는 소론이 얼마인가? 오천조차도 허울뿐인 영의정 자릴 작년에 마다치 않으셨는가 말이네."

이종성이 깊게 한숨을 내쉬었다.

"그래서 나는 동궁이 심히 걱정이 되는 것일세."

"아무리 그렇다고는 하나 지금 동궁을 걱정하는 건 기우가 아닌가 하네, 내 생각으로는."

이것은 미래 정국에 대한 견해차이라고 할 수 있었다. 또 앞으로 닥칠 일에 대한 가중치를 어디 두느냐의 차이라고도 할 수 있었다.

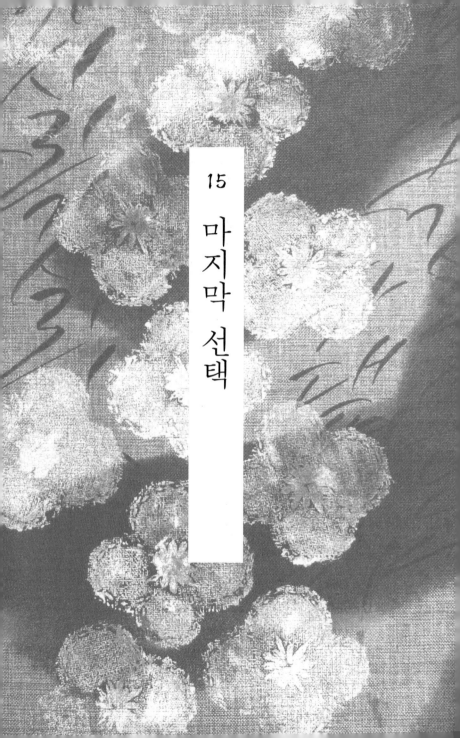

15

마
지
막 선
택

모든 것을 버리니 모든 것이 보였다.

모든 것을 버리니 입춘에서 입춘까지 1년여, 입춘을 지나 다시 청명까지 두 달여를 버티며 보낸 시간이 치욕스러웠다.

입춘 무렵 나주 관아에 나붙은 벽서 한 장을 빌미 삼아 벌인 노론과 영조의 살육 난장은 기어이 무덤 속 이광좌를 다시 죽이고서야 마무리되었다.

영조는 노론이 넣은 살육의 추임새에 장단을 맞추듯 살육의 칼을 망설임 없이 휘둘렀다. 합리성과 정상적인 형 집행절차 따위는 지켜질 리 없었다. 영조는 어떤 날은 맨정신으로, 어떤 날은 술에 취한 채 보검을 쥐었고 역적이라 이름 붙인 자들의 목을 망설임 없이 쳤다.

노론은 이 기회에 소론 뿌리까지 도려내기를 원했다. 그들은 자신들이 올린 상소가 정청에 산처럼 쌓이도록 영조를 압박했다. 보라고, 성상이 탕평이란 이름 아래 함께했던 소론의 정체가 바로 이런 것이라고. 뿌리까지 제거하지 않는다면 또다시 이 같은 참역은 새싹을 틔우고 자라나 모역의 열매를 맺을 것이라고. 그러하니 죽은 이광좌도 용서해서는 안 된다고.

경종을 독살했다는 세간의 의심에도 영조를 지켜 보좌했던 소론이나 이광좌에 대한 고마움은 이제 영조에겐 늦가을 바람에 나뒹구는 낙엽에 불과했다. 무신년 전국적으로 일어나 임금의 자리마저 위협했던 이인좌의 난을 진압한 소론의 충심은 오히려 역모의 뿌리가 됐다.

"그대들이 이광좌를 처벌하라 주청하는 것은 그와 함께한 나의 세월을 모욕하는 것"이라며 단식과 양위선언으로 맞섰던 영조는 이제, "이광좌에게 어찌 허물이 없다고 말하겠는가?"라며 역변의 뿌리에 이광좌가 있음을 인정하고는 직첩을 거두라는 처분을 내렸다.

임금은 부끄러워하지 않았다. 후회도 하지 않았다. 영조는 장장 8개월에 걸쳐 수백 명의 목을 베고 천여 명을 귀양 보내거나 노비로 삼았다. 그는 살육의 난장을 마무리 지으며 자신이 행한 살육이 붕당을 짓고 서로 힘겨루기를 하고 있는 조정의 잘못된 정치 현실 때문이라고 결론지었다. 그리고 이런 현실은 '비록 요순堯舜이 다시 나온다 하더라도 극복하기 어려울 것'이라며 자기 행동을 정당화했다.

그러면서 영조는 "모든 소장은 모두 석실에 보관하라. 마치 화로 안에다 금을 녹이는 것과 같아 비록 금과 철이 같지 않더라도 저절로 합쳐져 하나가 될 것이다"라고 말했다. 자신에게 불리한 임인년·계사년의 기록은 모두 소각하게 한 그가 나주 벽서 사건 관련 수많은 기록은 영구히 기록하라 명한 것이다.

박문수는 9월 계사일의 반교頒敎(나라에서 특별한 일이 있을 때 그 사실을 백성에게 반포하여 알림) 내용을 생각했다. 임금은 말했다. 내가 비록 늙었으나 나의 태아검太阿劍(중국고대의 명검)은 무디지 않았다. 그러니 모두들 이를 명심하라고.

협박이었을까? 살육현장에서 살려준 이종성과 나에 대한 협박이었을까?

두 사람을 처벌하라는 노론의 빗발치는 상소에도 영조는 이종성을 삭탈관직하고 문외출송하는 선에서 처벌을 마무리 지었다. 그러니 비록 감금되어 고문받기는 했지만 살려준 걸 감사하라는 협박은 아닐까 박문수는 생각했다. 그는 이 참혹함을 겪지 않고 죽은 조현명이 차라리 다행스러웠다. 그의 짧은 삶이 고마웠다.

누군가 한 사람을 죽이려 마음을 먹기까지는 얼마나 많은 원망이 쌓여야 하는 걸까? 탑처럼 쌓이고 쌓여 하늘 어디만큼 가닿아야 그런 마음이 될까? 더구나 반역의 이름으로 수많은 목숨을 죽이는 마음은 어떤 마음이 쌓여야 가능한 것인가?

박문수는 죽음을 생각하며 무신난 때 자신이 죽여야 했던 목숨들을 생각했다. 죄책감을 무디게 만드는 명분 뒤에 숨어 잊고 살아온 자신의 삶을 반추했다.

살아야 될 명분을 찾고 또 찾았다. 이미 몸과 마음은 만신창이였다. 무엇보다 견딜 수 없는 건 자괴감이었다. 살아남기 위해 임금에게 바쳤던 마음에 없는 참회의 말들이 삼킨 독처럼 온몸으로 퍼져 나갔다.

박문수는 임금 앞에 나아가 머리를 조아리며 말했었다. 국가가 불행하여 흉역이 또다시 일어났다고. 이것은 나주벽서의 일을 역모로 인정하는 말이었고, 이에 따른 영조의 처분 또한 받아들인다는 표현이었다. 박문수는 여기에 반성을 더했다.

"신은 당론黨論 속에 태어났고 이 당론 속에 자라났고, 당론 속에서 살아왔습니다. 그러나 신은 어리석고 어리석어 이를 깨닫지 못하였나이다."

어디 이뿐이랴. 박문수는 나주벽서 사건이 일어나고 노론이 벌떼처럼 들고 일어나 역적을 성토하는 상소를 올리고 있다는 사실을 알고 당황하였음을 실토했다. 이 또한 파당을 만들어 다른 당을 배척해온 습속 때문이며 이로 인해 재빨리 시비를 정하지 못하고 늦게 임금 앞에 참회하게 되었으니 죽을죄를 지었다고 벌을 청하였다. 아니다. 용서를 구하였다. 엎드려 참혹한 구걸을 하였다.

시비를 정하지 못하고 갈등한 시간들에 대해 만약 속으로 불평을 품고 있으면서 겉으로 미봉彌縫한다면, 이는 두 마음을 갖는 것이기 때문에 반나절 동안 생각하고 헤아리기를 반복할 수밖에 없었으며, 그리하여 그는 마음 깊은 곳으로부터 나주벽서 사건의 전말과 임금의 처분이 도리에 맞음을 인정하게 되었다고 고백했다. 덧붙여 그는 자신이 이 심사숙고로 인해 새로운 마음을 갖게 되었다고 말했다.

그러나 박문수는 새로운 마음을 갖지 않았다. 그는 임금의 잘못이 무엇인지, 노론의 죄가 무엇인지 알고 있었다. 죽어간 수백 명, 벌을 받은 천여 명의 억울함에 심장이 녹을 듯 고통스러웠다. 어찌해야 할지 판단이 서지 않아 망설였다. 자식을 보아 달라는 아내 말에 흔들리고, 재롱 피우는 어린 자식들 때문에 아득해졌다. 더구나 죽은 이들 중에는 당색이 무엇인지 알지 못하는 사람들도 부지기수였다. 그렇기에 그가 그날 한 말, '이제 노론과 소론 모두 근거지를 잃어버렸으니, 만약 상신相臣이 현명하고 전관銓官이 현명하다면 10년의 계획을 삼을 수 있을 것'이라는 말도 진심이 아니었다. 근거지를 잃은 것은 소론이었지 노론이 아니었다. 그것은 살기 위해 한 아부였다. 그 아부의 민망함이, 당당하지 못한 부끄러움이 그의 마음과 몸을 갉아대고 있었다.

그의 처벌을 요구하는 노론의 주청은 계속되었다.

그들은 근본을 뿌리째 뽑아 내지 않아 무신난부터 지금 나주벽서 사건까지 일어나고 있다며 자신들이 얼마나 통분해하고 있는지를 강조했다. 그러면서 박문수를 공격했다. 공격의 핵심 내용은 박문수가 나주벽서와 연루된 소론을 처벌하라는 상소에 동참하지 않았고 임금이 반교를 하는 날에 오지 않았으며 늦게서야 글로 반성문을 제출했다는 것이었다. 표현은 이러하였다.

"반교하는 날 달려오지 않았다."

"반교하는 날에는 집에 누워 있으면서도 홀로 입참하지 않았다."

"벼슬이 높은 자가 의리가 없다."

그들은 임금이 박문수를 앞에 놓고 주대奏對한 것까지 문제 삼았고, 심지어는 동궁의 안위를 걱정하는 그의 말까지도 문제 삼았다.

남은 소론에 대한 노론의 처벌 요구는 박문수에만 국한되지 않았다. 그들은 이종성도 이광좌를 사표라 말했다며 함께 처벌해야 한다고 주청했다. 그들은 박문수를, 이종성을, 남은 소론들을 모조리 옥에 가두라, 변방으로 내치라 요구했다.

이 같은 주청은 그간 노론의 행태에 비춰본다면 예상 못 할 일도 아니었다. 하지만 목숨으로 지키지 못한 양심은 그를 놓아주지 않았다.

박문수는 여름 이후 죄인을 자처하며 집의 대문을 걸어 잠 갔다. 세수도 하지 않았다. 가묘에도 들어가지 않았다. 조상을 뵐 수 없었다. 오랜 가문의 전통 '정일집중'의 정신은 지켰으 나 '진수효'의 가훈은 지키지 못했다.

영조는 그런 그에게 말했다.

"영성은 세제 시절부터 나를 섬겼다. 그 세월이 어언 30여 년이 넘었다. 어찌 내가 그를 모르겠는가?"

영조는 옥고를 치른 그에 대한 미안함도 내비쳤다.

"지난번의 일은 국옥鞫獄의 체통에 지나지 않는다. 내 실로 후회하는 바이다."

더불어 임금은 박문수의 마음을 이해하니 폐인으로 자처하 는 행동을 당장 멈추라 명하였다. 그럼에도 그가 계속 두문불 출 폐인의 행보를 멈추지 않는다면 이는 자신을 우러러 공경 하는 마음이 없는 것이라고 협박했다.

하지만 박문수는 멈추지 않았다. 영조는 다급한 마음에 다 시 그를 향한 마음을 내보였다. 내가 어찌 조금이라도 경을 의 심하는 마음이 있겠는가, 하고. 지금에 와서 생각해 보니 경을 보기가 차마 부끄럽다고.

박문수를 죽여야 하는 노론의 처지에서 본다면 영조의 이 같은 말은 받아들이기 힘든 것이었다. 받아들일 수 없는 것은 박문수도 마찬가지였다. 영조의 말은 오히려 마음의 치욕만을 깊게 할 뿐이었다.

박문수는 스승의 뒤를 따르기로 마음먹었다. 씻지 않고 빗지 않고 먹지 않고 눕지 않고 죽음을 향해 뚜벅뚜벅 걸어가기로. 그는 방문을 걸어 잠갔다.

그렇게 박문수는 봉두난발로 씻지 않은 얼굴을 가리고 살을 잃어 드러나는 뼈들을 가렸다. 바닥과 맞닿은 엉덩이의 살이 서서히 짓물러 갔다.

마음에 켜켜이 쌓인 감정들도 조금씩 비워갔다. 그렇게 그는 텅 비워가면서 주위에서 일어나는 일들을 받아들였다. 걸어 잠근 방문 밖으로 찾아오는 이의 발걸음 소리를 듣고 되돌아가는 자취를 느끼고 어린 자식들을 앞세워 비참한 삶일지나 살아주기를 간청하는 아내의 애원을 들었다. 살아남아 자신의 곁을 지키는 흥복과 평생을 자신을 보필하며 살아온 기축의 애끊는 통곡과 흐느낌도 들었다.

모든 살아있는 사람들은 스러져가는 그를 살리려 애원하고 있었다.

살아서 나의 최후는 비참했다.

작가가 갈등 당사자로 상정한 김재로와의 기나긴 대립에서
도 패했다. 죽어 생각해보니 이 싸움은 노론이 이길 수밖에 없
는 싸움이었다. 나는 이를 '욕망의 가중치'라 말하고 싶다.

이해하기 어려운가?

지구 위에 삶을 부여받은 생명은 무엇이든 한계를 지니고
있다. 그것이 욕망이든 에너지든 혹은 시간이든. 한계 속에서
어디에 가중치를 두느냐에 따라 삶의 모양과 질이 결정된다.
내가 정의실현과 백성들의 행복한 삶을 추구한 것처럼 노론
은 그들 정파와 개인적 욕망 실현에 목표를 두었으니 노론의

성공은 이미 결정 난 것이나 다름없었다.

나의 마음은 사람들을 향했고, 그들의 마음은 나와 소론에 대한 모함과 그들의 영달로 향했다. 그러하니 굳이 성패를 논한다면 나는 패할 수밖에!

영조의 뒤를 이어 조선 스물두 번째 왕이 된 정조에게 끊임없이 찾아온 살해 위협, 사라진 소론과 남인 대신 벽파와 시파로 분화된 노론, 그리고 이어진 일본 침략과 조선 멸망, 그 과정에서 자신의 사욕을 채우며 나라를 팔아먹은 사람들…….사욕과 매국의 욕망은 청산되지 못한 채 잡초처럼 무성히 자라 권력을 잡고 부를 누리며 살고 있음에 통분한다.

자신의 이익이 먼저인 자들이 나라의 권력을 독점하는 세상은 다수가 불행하다. '의혹 백화점'이라 불릴 만큼 다양한 비리를 저지른 자들이 최고 권력자가 되는 나라는 희망이 없다. 병역기피에 부동산 투기, 무소불위 권력을 남용하고, 부끄러움 대신 자랑삼아 떠벌리며, 정책마저도 조삼모사, 백성들을 기만하고, 거짓말을 부끄럽게 여기지 않는 이들이 권력과 돈과 명예를 움켜쥔 현실에 나는 분노한다. 돈과 출세만이 인생의 목적이 되어버린 요즘 가치에 나는 절망한다.

이 모든 분노와 우울과 절망을 끌어안고 나는 사죄한다. 지금 결과는 먼저 산 자들 책임이다. 진정한 정의는 싸워 이기는 것이었음에도 나는 그러지 못했다. 그러니 뒷날 역사가 될 그대들 삶 또한 후회 없기를!

나를 다시 소환해준 소설 속 작가의 말들이 내 감정을 사로
잡는다.

그게 나였는가?

......

그래, 그게 나였다.